PLUS FORT QU'ELLE

Après avoir été grand reporter à France Inter et France Info, réalisateur, directeur des programmes de Paris Première et RTL, Jacques Expert est entré dans le monde des écrivains du noir il y a une dizaine d'années avec *La Femme du monstre*. Il se consacre désormais à l'écriture de romans et de scénarii. Il est l'auteur de plus d'une quinzaine de polars couronnés de succès, et plusieurs fois adaptés en films et séries.

Paru au Livre de Poche :

ADIEU
CE SOIR JE VAIS TUER L'ASSASSIN DE MON FILS
DEUX GOUTTES D'EAU
LA FEMME DU MONSTRE
HORTENSE
LE JOUR DE MA MORT
NE NOUS QUITTONS PAS
QUI ?
SAUVEZ-MOI
LA THÉORIE DES SIX
TU ME PLAIS

JACQUES EXPERT

Plus fort qu'elle

ROMAN

CALMANN-LÉVY

ISBN : 978-2-253-07944-6 – 1re publication LGF

Prologue

Cécile a le sommeil léger. Ce n'est pas nouveau. Autant qu'elle s'en souvienne, le moindre bruit l'a toujours réveillée. Petite, elle couvrait sa tête d'un gros oreiller.

Désormais, tous les soirs, elle met des bouchons d'oreilles pour dormir. Pas ces trucs tout mous qu'on donne dans les avions, mais de vraies boules Quies, achetées en pharmacie. Elle malaxe longuement la cire qu'elle enfonce le plus possible avant d'ajuster un masque pour échapper aux lumières des lampadaires de la rue.

Ainsi, la voilà parée pour la nuit, isolée dans le noir et le silence total. Il n'y a que comme cela qu'elle se sent bien, tranquille dans cette bulle reposante.

Dix minutes avant de se coucher, elle a avalé un cachet de zolpidem. Sans ce médicament qui l'assomme, elle ne trouverait pas le sommeil.

Très vite la torpeur la gagne. Elle dort.

Ce soir, elle est seule dans la maison. Les enfants sont sur le bassin d'Arcachon chez la sœur de Patrick, son mari. Elle ne dira jamais qu'elle s'en est débarrassée pour ce pont de l'Ascension, mais ça fait du bien de ne pas les avoir sur le dos et tant pis s'ils ratent un jour d'école.

La protection phonique des boules Quies lui sera d'autant plus utile cette nuit où Patrick va rentrer tard, et sans doute « avec un verre dans le nez ». Cécile déteste le voir bourré. Elle le connaît par cœur, son mari. En ce moment, il est à ce genre de soirée où il se lâche avec ses anciens copains comme s'ils avaient encore vingt ans. Des gamins.

Quand elle a fermé les yeux vers 22 heures, elle l'a imaginé, comme à son habitude, en train de faire son intéressant. Il a ce talent d'attirer une petite troupe d'imbéciles qui n'en ont que pour lui.

Patrick est tout le contraire d'elle : il adore être au centre de l'attention, entendre dire qu'on le trouve sympa, plein d'humour, avec toujours des histoires à raconter. Ses parents le confirment : depuis tout petit, personne ne résiste à son sourire. Un charmeur-né, son Patrick, à entendre sa mère, qui aime à répéter :

— Enfant, il était déjà beau comme un cœur et tout le monde voulait le couvrir de bisous.

Avec un mari comme celui-là, il faut qu'elle soit très vigilante. Car ce ne serait pas la première fois qu'il ne se rend pas là où il dit aller.

— Mon Patrick, il faut que je le surveille comme le lait sur le feu, a-t-elle confié à Murielle, sa meilleure amie.

En même temps qu'elle lui disait ça, elle se demandait si elle aussi n'avait pas couché avec son mari. Elles sont tellement nombreuses, ces garces… Mais, bon, Murielle ne lui ferait quand même pas un coup pareil.

Ainsi, en début de soirée, Cécile a passé deux coups de fil, histoire de s'assurer qu'il ne l'a pas baratinée. C'est bon pour ce soir, il est bien avec l'amicale des anciens de son école. De leur école, puisque c'est là qu'ils se sont connus, vingt-cinq ans plus tôt.

Classique, tellement classique.

Lui, c'était le mec le plus séduisant de leur promotion. Bien sûr, ce n'était pas très difficile vu les têtes de premiers communiants boutonneux de la plupart des garçons. Les filles, en revanche, c'était un peu mieux. Il y en avait cinq ou six assez canon. Cécile en faisait partie. Jeune, elle était jolie, plutôt sexy pour une étudiante option expertise comptable. Ses amies affirment qu'elle est devenue encore plus belle avec les années.

Dès la classe préparatoire, il était écrit que ces deux-là finiraient par sortir ensemble. Patrick lui avait tourné autour dès la rentrée, avec une assurance qui l'avait agacée. Elle n'avait cédé qu'à la fête de fin d'année, quand elle avait eu la certitude qu'il était reçu à une honorable vingt et unième place. Sur cent. Elle avait terminé trentième. Sans trop se fouler.

Derrière son côté frimeur, Patrick était un bosseur, un battant. Et c'est cette qualité, décelée derrière le « rouleur de mécaniques », qui avait plu à la jeune Cécile de Saint-Seurin, fille unique d'un des plus gros entrepreneurs de la région, président de la chambre de commerce de Bordeaux. Elle s'était dit que celui-là, elle l'épouserait. Ils s'étaient mariés trois ans plus tard dans un château du Médoc en présence de deux cents invités.

Ils ont eu trois enfants, si bien qu'elle a arrêté assez tôt de travailler, d'autant que son père, aujourd'hui décédé, pourvoyait largement à leurs besoins.

Seule héritière, Cécile gère désormais ce qui reste de la fortune familiale. Certes, avec le temps et quelques aléas boursiers, elle n'est plus immense, mais suffisamment importante pour qu'ils vivent « une existence de nabab », comme Patrick a cru malin de le dire un jour devant des amis. Inutile de préciser qu'il s'est fait sérieusement remonter les bretelles et qu'il n'a plus jamais fait une telle allusion. Il y a certaines plaisanteries que Cécile ne supporte pas…

Patrick pourrait lui aussi ne pas travailler, mais, comme il aime à le dire :

— J'y tiens, pour ne pas vivre aux crochets de ma divine femme, et pour rester dans la vraie vie.

Il explique, tout content de lui :

— Ma Cécile n'aimerait pas m'avoir dans les pattes toute la journée et je la comprends. Je suis ennuyeux à un point que vous n'imaginez pas !

En toute logique, elle aussi devrait être à cette fête, organisée chaque printemps par les anciens de leur promo. Mais elle y a participé une fois et s'est bien juré de ne plus y remettre les pieds. C'était trop déprimant. Elle n'a pas supporté de les entendre parler de « leur job » (ils disent « job », pas « travail »), de « leur formidable réussite » (ceux qui étaient au chômage évitaient la soirée), de leurs gosses, de leurs vacances à l'île Maurice, de leur villa sur le « Bassin ».

Tous ces anciens, avec leur tête de « déjà presque vieux », la renvoient à sa propre image.

Cécile, qui fut la plus sexy de la promo, n'a pas envie d'exposer ses premières rides, son léger embonpoint, bref, tout ce qui fait qu'à quarante-quatre ans on n'a plus la même allure qu'à vingt. Pas envie de les entendre dire qu'elle est magnifique, que les ans n'ont pas prise sur elle après trois grossesses.

— Mais comment fais-tu ? lui demande-t-on, laissant entendre qu'avec tout son argent, c'est facile de rester jeune…

Enfin, et surtout, elle n'y est pas retournée parce qu'elle ne supporte pas de voir son mari faire le beau devant un auditoire ébahi.

Ce soir donc, elle s'est endormie de bonne heure, dans un silence si apaisant qu'elle redoute l'arrivée bruyante de Patrick. Les portes qui claquent, les lumières, le bruit qu'il fera en se déshabillant, en se lavant les dents, en pissant, et enfin en tirant sur la couette.

Pour l'instant elle profite du calme, de sa bulle.

Cécile n'entend pas les pas furtifs sur les graviers dans le jardin, la porte d'en bas s'ouvrir, le léger craquement du parquet en chêne, la porte de la chambre grincer.

C'est en sentant une légère pression sur son bras qu'elle ouvre les yeux. Dans un demi-sommeil, elle retire le bouchon de son oreille gauche, enlève son masque. Elle reconnaît dans la pénombre la silhouette qui la domine.

— Qu'est-ce qui se passe ? murmure-t-elle d'une voix pâteuse.

Elle n'a pas peur, elle est seulement étonnée par cette présence au-dessus d'elle.

Elle demande :

— Quelle heure est-il ?

— Debout ! Il faut qu'on parle.

— Maintenant ?

— Oui, tout de suite. C'est important. Descendons dans le salon.

Si elle n'avait pas avalé ce foutu cachet qui l'a plongée dans les vapes, elle réagirait sans doute. Elle comprendrait qu'elle est en danger, elle crierait, se débattrait, tenterait de se lever pour s'échapper.

Mais non, elle sort du lit comme un automate, la vision troublée. Elle oublie ses lunettes sur la table de nuit. Elle entend :

— Allez, debout, je ne vais pas le répéter !

Et elle obéit.

En haut de l'escalier, elle n'a pas le temps de crier. Elle sent un coup violent à l'arrière du crâne, et tombe en avant dans l'escalier de marbre. Son corps dévale jusqu'en bas, sa tête heurtant violemment plusieurs marches.

Cécile Maisonnave est une proie facile.

Elle est morte sur le coup, une boule Quies encore enfoncée dans l'oreille droite.

Partie 1

RAPHAËLLE ET PATRICK

1

C’est en un éclair que les choses se sont passées : dès l’instant où Raphaëlle a vu Patrick, il lui a plu. Son amie Juliette dira plus tard aux enquêteurs :

> « Je n’ai jamais vu Raphaëlle Constantino dans cet état. Elle était éblouie par cet homme, tétanisée. Comme si, soudain, il n’y avait que lui qui comptait. » (Extrait procès-verbal de Juliette Portelli)

Ce fut, en effet, un coup de foudre ravageur. Et à celui qui pense que ça n’existe pas, Raphaëlle soutiendra le contraire. Elle expliquera :

> « Ce que j’ai ressenti était plus fort que moi. Je l’ai aimé dès l’instant où il est apparu et j’ai été emportée par ce tsunami. Croyez-moi, vu ce qui s’est passé ensuite, j’aurais préféré le contraire. »

Évidemment, Patrick, la quarantaine, est bel homme, brun, grand, avec des yeux bleu lavande. Il est habillé avec soin, et surtout il porte des bottines noires parfaitement cirées. Elle a remarqué cela tout de suite.

Car c'est aussi à ce genre de détail, la qualité du cuir et l'entretien des chaussures, que Raphaëlle a pris l'habitude de jauger les personnes et les hommes en particulier. Elle affirme qu'elle ne s'est jamais trompée.

Il y a ceux qui cirent. Ceux-là sont non seulement soigneux mais attentifs aux autres. Et il y a ceux qui ne cirent pas : des imparfaits, indélicats. Des sans-éducation. Par exemple, Gauthier, son mari, est devenu négligent avec le temps… Il se plaint régulièrement de ne pas progresser assez vite dans sa boîte. Elle lui rétorque :

— Fais un effort… Il y a des jours où tu ressembles à un clodo.

Mais elle a beau lui répéter qu'il doit veiller davantage à son apparence, en particulier à l'état de ses chaussures, il ne s'en occupe que le week-end. Sinon elle se fâcherait et il n'a pas envie de se « farcir une dispute ».

Raphaëlle reconnaît qu'elle est un peu maniaque, et surtout sensible à la présentation. Il ne lui viendrait jamais à l'idée d'aller au travail sans être maquillée, avec discrétion et élégance. Elle a la vulgarité en horreur.

Patrick lui plaît d'emblée, et elle a le sentiment que c'est réciproque. En effet, dès l'instant où il monte sur l'estrade avec Deltil, le grand patron de Méneret et fils SA, pour être présenté au personnel, il ne cesse de la regarder. Entre parenthèses, Deltil, lui aussi, est fâché avec le cirage, si bien que Raphaëlle s'amuse à dire qu'elle ne lui fait pas totalement confiance. Sans raison, car il a toujours été correct avec elle : aucune tentative de séduction, aucune remarque grivoise. Peu importe, un type qui ne cire pas n'aura jamais grâce à ses yeux.

Patrick Maisonnave, chaussures rutilantes, est le nouveau responsable des ventes chez Méneret et fils SA, entreprise leader en sécurité industrielle dans le Sud-Ouest.

Régis Deltil, cinquante-neuf ans, le patron aux mocassins à pompons mal entretenus (aujourd'hui encore), n'est pas mécontent de l'avoir débauché de chez Frémiot Sécurité, dans le quarante-quatre, pour remplacer Fourcade, parti à la retraite après trente-neuf ans de maison. (En voilà un autre de négligent !)

Deltil commence, comme à chacun de ses discours, par « Rassurez-vous je ne serai pas long car il faut retourner bosser ! », puis brosse la carrière sans défaut du nouveau numéro deux de la boîte.

— … un cadre qui nous arrive avec la réputation de vendre du sable à des Bédouins ! J'espère que TU, car on va se tutoyer maintenant, que tu appartiens à la maison Méneret, que TU resteras aussi longtemps que Fourcade avec nous, dit Deltil en donnant une tape amicale dans le dos du nouveau, avant de qualifier Patrick Maisonnave de « pointure ».

Alors, avec un sourire étincelant (l'hygiène dentaire est également capitale aux yeux de Raphaëlle, décidément cet homme a tout pour lui !), le nouveau directeur des ventes lève la jambe, laissant apparaître sa bottine parfaitement astiquée, et lance à la cantonade :

— Pointure : quarante-deux et demi !

D'un coup, tout le monde rit, quelques-uns y vont de leur commentaire, pour une fois plutôt positif, car d'ordinaire, la cinquantaine d'employés attend de « juger sur pièces », comme dit Ghislain, le représentant du personnel. Sylvain, des expés, veut faire le malin et lance un « Patriiick ! » du meilleur aloi. Bref, Patrick Maisonnave réussit son entrée dans la société.

Deltil, ravi de son coup (« Méneret et fils a besoin de toi, et toi de nous. Ensemble, nous allons faire de très grandes choses, mon cher Patrick »), conclut son discours de bienvenue par une accolade et invite ses employés à partager le buffet :

— … sans se ruer, il y en aura pour tout le monde !

Verre de champagne à la main, Juliette glisse à l'oreille de sa copine :

— Il est bel homme, ton nouveau boss. En plus, il a l'air sympa. Ça va te changer de ce vieux con de Fourcade…

Comme Raphaëlle ne répond pas, Juliette se croit maligne d'ajouter dans un grand sourire :

— Tu vas faire des jalouses, ma cocotte…

— Arrête de dire des bêtises, Juliette, coupe fermement Raphaëlle tandis que Patrick, en discussion avec Deltil, plante sur elle ses yeux bleu lavande.

À la fin de la petite cérémonie, tandis que le personnel commence à se disperser, Deltil fait les présentations :

— Voici Raphaëlle, votre future assistante. Elle est toute discrète, mais inutile de vous dire que c'est une perle. Il n'y a que cela, chez Méneret et fils, des perles ! Croyez-moi, elle aussi, c'est une pointure !

— Et elle chausse du combien, Raphaëlle ? À vue de nez, du trente-huit ! sourit Patrick Maisonnave.

Puis il lui serre longuement la main :

— Je suis certain que nous allons bien bosser ensemble.

— Je l'espère aussi… Bienvenue, monsieur.

— Pas de monsieur entre nous, Raphaëlle… Appelez-moi Patrick !

Juliette confiera aux enquêteurs :

« C'est tellement banal, aussi, qu'une assistante, secrétaire de direction, tombe amoureuse de son patron. On voyait bien que Patrick était un homme à femmes. Non seulement il était beau, avec des yeux magnifiques, mais tout le monde a été conquis par son côté chaleureux. […] Cette malheureuse Raphaëlle a succombé tout de suite. Elle était tellement fleur bleue. Et puis je sais qu'elle n'était pas très heureuse avec son mari. Elle a toujours fantasmé sur le grand amour. Voyez où cela l'a menée. Quelle tristesse ! » (Extrait procès-verbal de Juliette Portelli)

Raphaëlle résistera trois mois avant d'accepter de se laisser embrasser.

2

Juliette Portelli n'est pas de celles qui colportent des ragots.

— Je sais garder ma langue, comme elle dit.

Avec Raphaëlle, elle a longtemps été d'une discrétion absolue. Elle est gentille, prévenante, souriante, fidèle. On peut compter sur elle. Chez Méneret et fils SA, ses collègues l'apprécient parce qu'elle est toujours de bonne humeur. Elle aime la vie, les sorties, la rigolade. Ce qui, d'ordinaire, n'est pas la qualité première d'une comptable, comme la taquine Deltil, le patron.

Juliette a quarante et un ans. Grande, brune, le regard pétillant. Elle est fâchée avec les régimes et assume ses cinq ou six kilos « de surcharge pondérale ». Elle en rigole :

— Les mecs m'aiment comme ça !

Elle traverse les événements de sa vie sans donner l'impression qu'ils l'atteignent vraiment. Pourtant, elle a eu sa dose. Après un mariage raté à vingt ans « avec un connard », elle a multiplié les liaisons « foireuses » dont l'une (avec un autre « connard ») lui a laissé une fille, Maeva. Elle a des fins de mois compliquées, mais elle s'en accommode. En dépit de ses nombreux échecs amoureux, et même si elle a renoncé à trouver l'homme de sa vie, elle n'a toujours pas fait une croix sur les mecs et s'amuse sur Meetic, Tinder et autres applications de rencontres.

Elle ne s'en cache pas, raconte ses amants de passage à Raphaëlle, sa plus proche amie dans la boîte. Raphaëlle, qui prend la vie au sérieux, est fascinée par cette exubérance frivole.

Dès le jour, dix ans plus tôt, où elle l'a vue intégrer Méneret et fils, Juliette s'est prise d'amitié pour la jeune femme. Elle aime sa fragilité, cette naïveté touchante avec laquelle elle regarde le monde. Un jour, elle lui a dit :

— Tu es comme un petit oiseau en équilibre sur une branche. Mais il ne faudrait pas que le vent souffle trop fort !

— Ne t'inquiète pas pour moi. Ce jour-là, je ne tomberai pas. Je suis comme le roseau, je plie mais je ne romps pas.

Elles déjeunent ensemble tous les jours dans la salle commune, et parfois Juliette suggère de prendre un verre à la fin de la journée. Elle l'entraîne au cinéma, dans des expos, au théâtre.

Raphaëlle l'apprécie beaucoup et si elle ne l'invite pas plus souvent chez elle, c'est parce que Gauthier trouve Juliette « agaçante à la longue, avec son sourire perpétuel et sa voix perchée ». Il s'étonne que sa femme puisse la supporter plus de dix minutes.

— Moi je n'y arrive pas ! dit-il.

Il préfère qu'elles fassent leurs affaires « entre nanas », et comme il déteste le théâtre, ça tombe bien, il ne les accompagne pas. Il ne s'est même pas étonné que sa femme se mette à y aller presque tous les mercredis, avec sa copine. Ça ne le gêne pas de garder leurs deux garçons, Guillaume, onze ans et Augustin, neuf.

— Deux vrais mâles, aussi jolis que leur maman, aime-t-il à se vanter.

Car c'est vrai qu'elle est belle, « ma Raphaëlle », dit-il souvent avec fierté. Elle n'est pas très grande, un mètre soixante-quatre et demi. Elle est mince, un visage en ovale parfait, avec de grands yeux verts et une bouche pulpeuse. Sa chevelure auburn tombe gracieusement sur ses épaules. Elle est toujours parfaitement soignée, les ongles faits, élégante. Elle s'étonne quand Juliette lui dit qu'elle fait bander tous les mecs.

Elle a trente-six ans, on lui en donnerait dix de moins. Il y a des jours où en la regardant préparer le dîner, Gauthier se dit qu'il a du pot. « Au jeu du mariage, j'ai vraiment tiré le meilleur numéro ! »

Gauthier ignore que ces soirées théâtre du mercredi ne sont qu'un prétexte pour que sa femme retrouve son amant à l'hôtel, dans le centre-ville. Parfois, les soirs où sa fille est absente, Juliette leur laisse son appartement. Car la comptable est dans la confidence et c'est seule qu'elle va voir les pièces… Plus tard, quand elle sera convoquée par les enquêteurs, elle dira sur PV :

« Raphaëlle a été mon amie, ma très grande amie, et je l'aime encore beaucoup. Je la connais par cœur, depuis le temps, une dizaine d'années, que nous nous fréquentons. Contrairement à ce que raconte son connard de mari, excusez ce terme mais je n'en trouve pas d'autres pour qualifier ce monsieur qui s'est comporté comme un goujat avec elle ["connard" ne figure pas dans le PV], Raphaëlle n'est pas du genre à coucher avec le premier venu. Je ne lui ai connu aucune liaison, et je suis formelle sur ce point, avant qu'elle tombe amoureuse de Patrick Maisonnave.

Elle a éprouvé pour cet homme un amour passionné que je qualifierais d'irraisonné. J'en ai été le témoin puis la confidente, avant d'en devenir la complice. J'affirme ici qu'elle a tout fait pour résister à cette folie qui la consumait de l'intérieur. Elle ne voulait pas mettre son couple en péril. Et puis elle tenait tant à ses enfants... Si elle voulait rester fidèle à Gauthier, c'est parce qu'elle avait peur de se lancer dans une aventure aussi dévastatrice. Elle avait peur d'être balayée, de tout perdre... Et c'est malheureusement ce qui lui est arrivé. Un jour, ses digues ont cédé et on voit où tout cela l'a conduite... Au désastre, mais je suis sûre qu'elle le pressentait. Elle est fautive, bien sûr, c'est très grave, mais à sa décharge je dirais qu'il lui était impossible de lutter contre cet amour dévorant. Elle n'a vécu que pour lui, à travers lui. Elle aurait donné sa vie pour lui. Elle était prête à tous les sacrifices. D'ailleurs n'est-ce pas ce qu'elle a fait, en abandonnant tout ? [...]

Si je regrette de l'avoir aidée à tromper son mari ? Avec le recul, et vu tout ce qui s'est passé, je réponds oui sans aucune hésitation. Je m'en veux surtout de l'avoir encouragée à poursuivre cette liaison hors norme. J'ai honte de le dire, mais je le dis quand même : j'étais fascinée par la force de son amour. Il y avait quelque chose de magnifique et je devais l'envier un peu.

Au final, je me sens complice, un peu responsable, de tout ce malheur. Je ne me le pardonnerai jamais et je vivrai toute ma vie avec ce remords. » (Extrait procès-verbal de Juliette Portelli)

3

Comme annoncé, Patrick prend possession de son bureau deux semaines après sa présentation au personnel. Il a dû organiser son déménagement de Nantes et installer sa famille à Bordeaux.

— Mais il est déjà au turbin. Il bosse sur des dossiers, a insisté Deltil devant ses vendeurs, prenant à témoin Raphaëlle qui a acquiescé d'un léger sourire.

Ce cinq mars, quand il traverse les bureaux accompagné de Deltil, tous le trouvent aimable, souriant, un peu facétieux. Les filles disent qu'il est élégant et vraiment bel homme.

Il dit à son président, qui l'abandonne aux soins de son assistante :

— Je me sens déjà chez moi. On va faire du bon boulot !

Raphaëlle, on ne la refait pas, remarque ses chaussures parfaitement cirées.

Sa poignée de main est si vigoureuse qu'il lui fait mal. Il s'en excuse avec son magnifique sourire, et s'exclame :

— Pointure trente-huit !

Elle est aux anges, il n'a pas oublié ce détail insignifiant. Elle ose dire :

— Vous, c'est quarante-deux !

Il répond :

— Quarante-deux ET DEMI ! Avec moi, vous apprendrez à être précise !

— Je ne demande que ça, lâche-t-elle.

— Quoi ?

Elle est prise de court et bredouille :

— À apprendre…

— J'espère que je serai un bon professeur !

Raphaëlle est rouge de confusion.

Il ne traîne pas pour s'installer dans son bureau. La déco que Fourcade a laissée ne lui plaît visiblement pas. Raphaëlle s'en excuse :

— Ce n'est pas faute d'avoir dit à M. Fourcade qu'un peu de ménage ne ferait pas de mal.

— Dites plutôt qu'il avait un goût de chiottes, papi ! Il faudra me débarrasser de toutes ces horreurs, Raphaëlle. Il faudra aussi passer un coup de peinture. Je veux tout en blanc. Et le plus tôt possible. Le blanc, ça donne des idées fraîches !

Il rit, puis teste le fauteuil.

— Impec. Il aimait son petit confort, papi Fourcade !

Il regarde vers la grande fenêtre qui donne sur la rocade, écarte les rideaux rouges.

— Je voudrais des stores blancs, s'il vous plaît. Et ne faites pas cette tête, ma chère Raphaëlle, M. Deltil est tout à fait d'accord pour qu'on rende ce bureau présentable ! Crédits illimités !

Il sourit, affichant des dents magnifiques, blanches et parfaitement alignées. Raphaëlle note tout sur un calepin mais reste silencieuse, fascinée par cet homme enthousiaste et direct.

Jamais elle n'oubliera ce premier face-à-face et à quel point elle a été subjuguée.

À chaque mot qu'il prononce, son cœur bat, il est tellement charmant… Elle est déjà amoureuse, mais ne se l'avoue pas encore. Il lui tarde seulement de retrouver Juliette pour partager ses émotions.

Elle le regarde, admirative. Il s'étonne qu'elle ne parle pas.

— Vous avez avalé votre langue ? Avec moi, il ne faut pas être timide, grande fille !

Qu'il l'appelle « grande fille » ne la gêne pas. Avec Fourcade, elle n'aurait pas autorisé une telle familiarité. Elle est très à cheval là-dessus. D'ailleurs, personne dans la boîte ou n'importe où n'a intérêt à lui manquer de respect. Elle a toujours veillé à garder ses distances, surtout avec « tous ces mâles en rut qui ne pensent qu'à la sauter », comme l'interprète Juliette avec son élégance coutumière.

— Non, monsieur, promis, répond-elle d'une voix douce.

— Je vais me fâcher, Raphaëlle, pas de « monsieur » entre nous. Moi, c'est Patrick. Alors on dit : « Non, PATRICK, promis. »

Elle répète comme un automate :

— Non, Patrick, promis…

— C'est mieux !

Toujours installé dans le fauteuil de Fourcade, il pose ses chaussures cirées sur le bureau. Elle ne s'en offusque pas. Puis il sort de sa mallette un petit cadre avec la photo de ses trois enfants. Il fait les présentations avant de le poser sur le bureau face à lui :

— Madeleine, seize ans et, comme toutes les ados, un caractère de cochon. Mais elle travaille bien à l'école. Voilà mon Jérémie qui à quatorze ans s'est mis en tête de devenir footballeur au Paris Saint-Germain. Et enfin, Sacha, dix ans et demi, ma petite princesse. Que voulez-vous, Raphaëlle, la dernière est toujours la préférée de son papa chéri. Et vous, des enfants ?

Elle revient avec une photo épinglée au milieu de cartes postales sur le mur d'images à droite de son ordinateur.

— J'ai deux garçons, Augustin, neuf ans, et Guillaume, onze ans… et demi !

— Bravo pour la précision, Raphaëlle. Vous apprenez vite ! Pas de fillette ?

— Non. J'aurais bien aimé… mais c'est trop tard, maintenant.

Il se récrie :

— Il n'est jamais trop tard… Les enfants, il n'y a que cela d'important dans la vie.

— Ils sont tout pour moi, monsieur.

— Patrick !

— Monsieur Patrick !

— Je sens que nous allons bien nous entendre, madame Raphaëlle.

Elle éclate de rire, il lui sourit de nouveau. « Oui, pense-t-elle, nous allons bien nous entendre. » Puis elle regagne son poste de l'autre côté de la vitre épaisse qui sépare leurs bureaux, si bien qu'en inclinant légèrement la tête, elle ne voit que lui.

Un détail la frappe soudain tandis qu'elle relance son ordinateur sans oser se tourner dans sa direction, persuadée qu'il la regarde : sur leurs photos respectives ne figurent ni sa femme à lui, ni son mari à elle. Elle se dit en esquissant un tout petit sourire qu'il ne veut pas l'avoir toute la journée face à lui. Comme elle, en définitive. Jamais elle ne supporterait d'avoir Gauthier en permanence devant elle…

Son téléphone sonne. C'est lui :

— Oui, monsieur… Pardon, oui, Patrick ?

— À midi et demi, nous déjeunons ensemble. Vous me parlerez de votre job et de la boîte. Vous devez connaître un petit resto sympa dans le coin…

Il raccroche sans attendre sa réponse. « Mais il y a pire comme ordre », se réjouit-elle.

Quand elle lui apprend cette invitation à déjeuner, Juliette a ce commentaire :

— Putain, il ne perd pas de temps ton boss !

— C'est un déjeuner de travail ! rétorque Raphaëlle. Ne va pas t'imaginer…

— Je n'imagine rien. J'attends impatiemment la suite, ma cocotte, conclut Juliette. Et bon appétit !

Il est déjà midi lorsqu'elle s'éclipse pour se faire belle.

— Vous êtes en beauté, Raphaëlle, la félicite-t-il dans l'ascenseur.

Elle esquisse un sourire :

— Merci, Patrick.

Elle tremble un peu, son cœur bat à cent à l'heure, elle cherche une contenance tant elle a peur de ne pas être à la hauteur de ce moment inédit.

4

C'était écrit. Il devait bien arriver un jour, ce premier baiser. À force de se tourner autour au moindre prétexte, de se frôler, de laisser une main effleurer celle de l'autre une seconde de trop, d'échanger des regards furtifs à travers la grande vitre dont le rideau restait constamment levé, ce moment qu'elle espérait et redoutait à la fois est arrivé.

Il est 11 heures. Le cinq juin est un mardi.

Deux heures plus tôt, alors qu'elle partageait avec Juliette leur premier café (elles prennent le second après leur déjeuner en commun à la cantine), son amie s'est amusée à lui lire leur horoscope. Pour elle c'était « plein soleil », en revanche pour Raphaëlle : « Verseau : en amour vous irez de désillusion en désillusion. Peut-être devriez-vous laisser tomber. Il ou elle ne vous mérite pas. »

Juliette, la confidente des émois amoureux de son amie, a lancé :

— Ma pauvre chérie, encore une journée de perdue ! Le *big love* n'est pas pour aujourd'hui, je commence à en avoir marre d'attendre ! Il faut que tu lui sautes dessus, Raphaëlle ! Tu le plaques au sol et tu lui roules une pelle !

La jeune femme a d'abord plaisanté :

— Il est trop grand et costaud pour moi !

Puis elle a ajouté, d'un ton sans appel :

— Ne m'emmerde pas avec ça. Que les choses soient claires : il ne se passera jamais rien entre nous.

Juliette ne s'est pas formalisée.

— T'es grave amoureuse de lui, ma petite. Alors, baisez et qu'on passe à autre chose !

— Bon, tu as fini ?

— Tant que tu ne passeras pas à la casserole, jamais !

Juliette suit cette histoire comme un jeu.

Pourtant, si, ce matin-là, on lui demandait si elle pensait que ce coup de foudre se terminerait par une liaison entre la secrétaire et son patron, elle répondrait par la négative. Certes, elle voit bien que l'homme plaît beaucoup à son amie, qu'elle est sans doute très amoureuse, que son œil brille, qu'elle n'est plus tout à fait la même quand elles évoquent son nom. Mais Juliette est persuadée que Raphaëlle ne franchira jamais cette frontière. Combien de fois lui a-t-elle répété que jamais elle ne tromperait son mari ? « Je me ferais honte. »

La réalité est tout autre. Par peur de se les avouer, Raphaëlle a caché ses sentiments réels à sa meilleure amie. Juliette ne peut pas mesurer la puissance du feu qui la consume de l'intérieur.

À 10 h 45, Juliette, dont le bureau donne sur le parking, avertit son amie que « Patriiick » vient d'arriver.

— Fais-toi belle, ma chérie, *mister play-boy* va débarquer ! Et fais mentir ton horoscope !

— Tu m'emmerdes ! Fais tes additions et fous-moi la paix.

Par réflexe, Raphaëlle ajuste son chemisier blanc. Elle l'entend approcher, plaisanter avec ceux qu'il croise. Elle se cherche une contenance et tape sur son clavier d'ordinateur.

En passant devant elle, comme tous les matins, Patrick demande de sa belle voix gutturale et dans un sourire lumineux :

— Comment va mon assistante préférée ?

— Très bien et vous, Patrick ? Le rendez-vous chez Gaboriaud s'est bien passé ?

— Vous me connaissez, je suis un champion !

Puis il lance :

— Venez dans mon bureau, s'il vous plaît, Raphaëlle.

Lorsqu'elle entre dans la pièce, il est en train de baisser le rideau qui sépare leurs bureaux. Il dit :

— Nous serons plus tranquilles.

Il ajoute, d'un ton à la fois ferme et doux :

— Fermez la porte derrière vous, Raphaëlle.

La jeune femme comprend aussitôt ses intentions. Elle devrait s'enfuir, mais au contraire elle s'approche de lui. Elle a si souvent pensé à ce moment, imaginant qu'elle refuserait gentiment et s'éclipserait sans faire d'histoires. Mais non, elle reste, tremblante, presque chancelante.

Silencieux, Patrick se retourne, il la regarde longuement, puis il lui prend le visage à deux mains. Elles sont douces.

Elle se laisse embrasser.

Quand il détache ses lèvres, il murmure :

— Je ne pouvais plus attendre… Excuse-moi mais cela fait des semaines…

Elle est tétanisée, perdue, incapable de prononcer le moindre mot. Partagée entre le sentiment de commettre la plus grosse bêtise de sa vie et l'envie de s'abandonner dans ses bras.

Il caresse ses cheveux, plante ses yeux lavande dans les siens, il murmure à son oreille :

— Je crois que je suis amoureux de toi.

Alors, dans un soupir, elle lâche :

— Moi aussi, c'est terrible !

Il sourit, passe son index sur ses lèvres :

— Non, au contraire, c'est formidable, Raphaëlle.

— Patrick… Nous sommes fous…

— Heureusement.

Cette fois, c'est elle qui prend l'initiative d'un deuxième baiser, encore plus long, tandis qu'il attire son corps contre le sien, caressant son dos, laissant sa main remonter sur ses cuisses.

Ce jour-là, elle ne déjeune pas à la cantine, prétextant une course à faire.

Patrick la récupère à l'arrêt de bus et l'amène dans une ruelle discrète de Talence. Leurs baisers sont fougueux. De la main, il explore son corps. Elle glisse ses doigts sous sa chemise. Il murmure « mon amour ». Elle n'ose pas et l'embrasse pour seule réponse.

Quand, une demi-heure plus tard, il la dépose à un arrêt de bus, il dit :

— Il faudra être très discrets. Dans des boîtes comme celle-là, tout se sait très vite.

Puis il ajoute, le visage éclairé de son magnifique sourire :

— Je suis si heureux !

Alors qu'elle s'apprête à descendre de la voiture, Patrick lui donne l'adresse d'un petit hôtel dans le centre de Bordeaux.

— Réserve pour après-demain à la mi-journée. Sous ton nom… Ce sera plus prudent.

Raphaëlle laisse passer deux bus avant d'y monter.

Une semaine plus tard, Raphaëlle n'y tient plus et met Juliette dans la confidence. D'abord parce qu'elle est si maligne qu'il est difficile de le lui cacher. Ensuite parce qu'elle sait qu'elle gardera le secret et surtout parce qu'elle a besoin d'une amie pour partager son immense bonheur.

En apprenant la nouvelle, Juliette s'exclame :

— Incroyable, tu l'as fait !

Puis, comme à son habitude, elle plaisante :

— C'est un bon coup ?

Raphaëlle lui répond d'un ton désolé :

— C'est affreux, Juliette, je suis amoureuse. Comment vais-je m'en sortir ?

— Non, c'est magnifique ! Pour une fois que tu peux t'éclater. Putain, qu'est-ce que je t'envie !

— Je suis dingue. Dans quoi je m'embarque ?

Durant les mois de leur liaison, Patrick et Raphaëlle seront si prudents que personne ne remarquera rien jusqu'à ce que la vérité finisse par éclater, après le drame. Les gens diront alors qu'ils s'en doutaient.

Ce qui est faux.

5

Pendant les premiers mois de leur liaison, Cécile, la femme de Patrick, n'a été qu'une voix pour Raphaëlle. Une voix douce et agréable. Bien éloignée du personnage décrit par Patrick à sa maîtresse. Elle se montrait amicale au téléphone lorsqu'elle demandait poliment si son mari était là, car, expliquait-elle, elle n'arrivait pas à le joindre sur son portable.

Elle s'excusait toujours de la déranger mais elle devait « parler à Patrick ». C'était pour un problème avec les enfants, un renseignement dont elle avait un besoin urgent, « quelque chose à lui dire ». Elle la rassurait :

— Dites-lui qu'il n'y a rien de grave.

Raphaëlle a vite compris que ces raisons n'étaient que des prétextes. Patrick l'a prévenue :

— Elle me surveille en permanence. Moins tu lui en diras, mieux tu te porteras.

La plupart du temps, Raphaëlle répondait d'un ton neutre, celui de l'assistante parfaite :

— M. Maisonnave est dans le bureau de M. Deltil… dans le hangar des livraisons…

Elle promettait qu'elle transmettrait le message dès son retour. Elle proposait même d'aller le chercher, si c'était important.

Elle esquivait les questions, prétextait un appel pour la mettre en attente. Elle faisait durer, l'imaginant en train de s'énerver contre elle, obligée de supporter l'*Adagio* d'Albinoni en fond sonore.

Quand elle la reprenait pour dire qu'elle n'avait pas trouvé M. Maisonnave, Cécile se contentait de la remercier et raccrochait.

Leurs échanges restaient courtois et distants.

Et puis un matin, Cécile a demandé si cela se passait bien avec son mari.

— Oui, très bien, madame, a prudemment répondu Raphaëlle.

— Tant mieux, parce que ça n'a pas toujours été le cas avec ses précédentes assistantes… Il peut se montrer très dur, et certaines s'en sont plaintes.

Mal à l'aise, Raphaëlle avait le sentiment désagréable que cette femme la sondait. Patrick ne l'avait-il pas avertie qu'elle devait se méfier d'elle ?

Elle a tenté de couper court, mais Cécile a poursuivi sur le même ton amical :

— Il y a des jours où cela ne doit pas être facile de travailler avec lui. Je le connais par cœur, mon mari, exigeant comme pas deux… Je sais que vous ne me le direz pas, mais il est un peu désordonné. Avec lui, il faut suivre, et si on ne suit pas, on se fait dégager. Je me trompe, Raphaëlle ? Je peux vous appeler Raphaëlle, n'est-ce pas ?

Que pouvait-elle répondre d'autre que « Bien sûr, madame » ?

— Pas de madame entre nous.

Elle a éclaté de rire.

— Je veux, que dis-je, j'exige que vous m'appeliez Cécile !

Raphaëlle a réussi l'exploit de ne jamais appeler la femme de son amant par son prénom. C'était au-dessus de ses forces.

La conversation a continué ainsi, à sens unique, durant des minutes que Raphaëlle a trouvées interminables. Elle a repéré la perfidie de Cécile quand, par petites touches, celle-ci l'a interrogée sur l'emploi du temps de son patron.

— Hier soir, il est arrivé à la maison vers 21 heures, j'espère qu'il ne vous oblige pas à rester aussi tard.

— Non, madame, je quitte le travail à 18 heures.

Raphaëlle n'allait quand même pas lui répondre qu'ils étaient restés dans sa voiture à s'embrasser.

Par la suite, Cécile a pris l'habitude de téléphoner à l'assistante de son mari « pour discuter ». Raphaëlle avait beau s'y préparer, elle redoutait ces appels. Cécile trouvait toujours un sujet de conversation, avec en priorité les enfants (« ne me parlez pas de l'adolescence, Raphaëlle, Madeleine m'en fait voir de toutes les couleurs ») et l'école. Elle aimait aussi parler de décoration, de voyages, de yoga, sa nouvelle passion (« il faut que vous vous y mettiez, ma chère Raphaëlle. Ça me fait un bien ! »).

Elle était surtout très curieuse de l'assistante de son mari.

Raphaëlle n'a jamais posé de questions à Cécile, elle n'a rien voulu savoir d'elle, refusant de nouer la moindre intimité avec cette femme qu'elle détestait au-delà de tout. Cependant, au fil de leurs nombreuses et de plus en plus longues conversations, Raphaëlle a pratiquement tout raconté de sa vie.

Ce démon a su y faire…

Lorsque Patrick regagnait son bureau, il devinait au regard agacé de Raphaëlle que Cécile le cherchait. Il soufflait :

— Encore elle !

Quand il n'y avait pas de témoins, elle hochait la tête avec dépit :

— Elle ne va pas te lâcher.

Il lui arrivait de murmurer :

— J'en ai ras le bol !

Ensuite il tirait la porte, et Raphaëlle le voyait téléphoner à « l'autre ».

À travers la vitre, il lui faisait des signes pour lui faire comprendre à quel point elle l'emmerdait. Raphaëlle souriait, aux anges.

Un jour, particulièrement excédée par un appel si inquisiteur qu'elle s'en est plainte à Patrick, Raphaëlle a craqué.

— La prochaine fois, je l'envoie balader.

— Ne fais jamais ça ! Elle deviendrait ta pire ennemie, mon amour. Et ça, je ne le veux pas… Tu me crois, n'est-ce pas ?

Bien sûr qu'elle le croyait… Elle le croyait d'autant plus qu'il disait que, pour lui, la vie conjugale devenait de pire en pire et heureusement qu'il allait bientôt vivre loin de cette sorcière. « La sorcière », « la méchante », « l'autre » : c'était ainsi qu'ils nommaient Cécile. Jamais ils ne l'appelaient par son prénom.

Enfin, il fallait s'y attendre, est arrivé le jour où, sans prévenir, Cécile s'est présentée au bureau en compagnie de Deltil, avec lequel elle était visiblement très amie.

— Ainsi, c'est vous, Raphaëlle ! Levez-vous que je vous embrasse !

Raphaëlle a détesté ce moment où elle a dû lui faire la bise, feindre une fausse complicité, entendre Cécile souffler à Deltil « il a bon goût mon mari en matière d'assistante » et ajouter à son intention : « vous êtes magnifique, Raphaëlle ».

Elle a dû faire les honneurs du bureau de Patrick, avant que celui-ci ne remonte.

Elle a frémi en voyant son amant poser un baiser sur les lèvres tendues de sa femme. Elle en aurait pleuré. Elle a détesté ce moment, non pas parce qu'ils se sont enfermés tous les trois dans le bureau, mais parce qu'elle n'a pas pu s'empêcher de trouver « l'autre » jolie.

La sorcière était grande, blonde, élégante et soignée. Raphaëlle l'avait imaginée comme un vieux pain rassis. Elle rayonnait.

Quand ils sont enfin sortis, elle a entendu Patrick dire, en la prenant par le bras :

— Suis-moi, je vais te faire visiter la boîte.

— Une entreprise à taille humaine, a précisé Deltil, tout sourire.

— Avec un EBITDA à cinq chiffres, Régis, a rectifié Cécile, frétillante.

— Je vois que tu suis ! Il faut bien payer les actionnaires, chère amie.

Tous trois ont éclaté de rire et ils sont passés devant elle comme si elle n'existait pas.

Raphaëlle s'est sentie minable.

Elle n'a retrouvé le sourire que lorsque Patrick lui a dit qu'elle avait été formidable :

— Il n'y a vraiment pas photo entre elle et toi, mon amour !

Elle l'a cru.

Partie 2

RAPHAËLLE

6

« Tout a basculé le jour où Raphaëlle a pris la décision de tout quitter pour lui. C'était environ trois mois avant le drame. Elle disait qu'elle n'avait pas changé. Moi, j'ai bien vu que, dès ce jour-là, elle n'a plus été la même. Elle avait beau dire le contraire, une mère ne peut pas renoncer à ses enfants. C'est pourtant ce qu'elle a fait et je ne me l'expliquerai jamais. Si elle en est arrivée là, c'est pour lui. Je reste convaincue qu'elle pensait que c'était le seul moyen de l'avoir pour elle seule. D'enfin le conquérir et qu'il honore sa promesse de divorcer. Mais était-il prêt à sauter un aussi grand pas ? Si vous me demandez mon avis, je répondrai sans hésiter non. » (Extrait procès-verbal de Juliette Portelli)

Un samedi matin, le vingt-deux février, Raphaëlle annonce à son mari qu'elle part.

Il est dans la cuisine en train de faire la vaisselle du petit déjeuner. Ça le détend. D'abord, il s'étonne :

— Tu devais m'accompagner chez Casto. Tu as changé d'avis ?

Benoîtement, il ajoute :

— Tu vas où ?

Elle ne répond pas, s'éloigne. Puis elle se retourne, rassemble tout son courage et assène :

— Je suis désolée, Gauthier, mais je te quitte. Je pars rejoindre l'homme que j'aime !

Gauthier comprend soudain et hurle sa colère. Les garçons accourent, demandent ce qui se passe. Le petit pleure.

Alors Raphaëlle s'approche d'eux et les embrasse :

— Mes chéris, je vous aime ! Maman s'en va pour quelques jours. Je vous emporte avec moi, dans mon cœur. On se revoit bientôt.

Elle ajoute :

— Maman est heureuse !

Elle sourit, saisit sa petite valise et elle sort.

— Barre-toi, sale pute ! crie Gauthier en claquant la porte derrière elle de toutes ses forces.

Raphaëlle expliquera plus tard au juge d'instruction Marc Rignault :

> « J'ai fait un sacrifice terrible, ce jour-là. Le sacrifice de mes enfants, d'une vie paisible. Je savais que je laissais la désolation derrière moi. Mais il était impossible que j'agisse autrement. Je n'ai pas quitté mon foyer sur un coup de tête. J'y pensais depuis des semaines, avec la certitude que c'était la seule façon de faire réagir Patrick.
>
> Je suis partie pour nous, pour lui. Il fallait ce sacrifice douloureux pour qu'il ait la force de la quitter. Je ne le regrette pas et si c'était à refaire je le referais, même si, au final, tout cela n'a servi à rien. » (Extrait interrogatoire de Raphaëlle Benedetti, épouse Constantino)

7

« Je sais trop bien ce que les gens ont pensé. Je le voyais dans leur regard : si ma femme allait voir ailleurs, c'est parce qu'elle n'était pas heureuse avec moi, qu'elle avait trouvé mieux. Je me demande si certains n'ont pas cru que je la tabassais et que c'est pour cette raison qu'elle s'est barrée. Mais je n'ai jamais haussé la voix sur elle. C'est plutôt elle qui m'engueulait, et plus souvent qu'à mon tour. Car sous ses airs de sainte-nitouche, elle a un sacré caractère. Elle peut être dure, même avec ses enfants. Demandez-leur, ils vous diront qu'ils en ont bavé avec elle. Pourquoi je n'emploie pas le mot “mère” pour parler d'elle ? Tout simplement parce qu'elle n'est plus leur mère, ils n'en veulent plus !

Maintenant, je comprends ses petits sourires en coin : elle se foutait de ma gueule ! Elle se disait : “Regarde-le, il porte les cornes ce pauvre con et il ne se doute de rien.” Voilà ce qu'elle pensait de moi. [...]

Elle m'a foutu la honte. Les gens me regardaient comme le cocu de service, celui qui n'a pas su y faire avec sa femme. Un minable ! Et puis, quand les gens ont su qu'elle avait laissé ses enfants et qu'elle ne cherchait même pas à les revoir, le vent a tourné. Là, fini le con, le con de cocu ! J'étais le père courageux qui s'occupait seul de ses gosses, et elle, c'était la salope, la mauvaise mère. Qu'est-ce qu'elle a pris ! D'un coup, il n'y a plus eu personne pour la défendre. [...]

Je vous pose une question, commandant, qu'est-ce que j'ai fait pour mériter ça ? Je ne comprends pas, elle était heureuse avec nous, elle ne manquait de rien. Je n'ai rien vu venir et ça durait depuis plus de deux ans. DEUX ANS ! Elle a bien profité de ma naïveté. [...]

Pour moi, cette histoire avec ce mec l'a rendue folle. Et on connaît le résultat... Quel merdier. » (Extrait procès-verbal de Gauthier Constantino)

Il a fallu que Raphaëlle lui annonce qu'elle le quittait pour que Gauthier comprenne que sa femme avait une liaison depuis des mois. Il aurait aimé connaître le nom de cet enfoiré, mais ça a été si soudain qu'il s'est contenté de l'injurier tandis qu'elle disparaissait. Ses deux garçons n'ont pas compris non plus, ils sont remontés jouer dans leur chambre en attendant que l'orage passe.

Gauthier n'a pas essayé de sortir pour la retenir. Il en aurait eu le temps, car il l'entendait se démener au volant de sa Twingo pour contourner sa grosse Renault Captur. Il est seulement allé à la fenêtre pour s'assurer qu'elle n'écornait pas sa caisse. C'est idiot comme réaction, mais c'est pourtant celle qu'il a eue, alors qu'il s'en fout de sa bagnole.

Ensuite, il est allé au salon, il a allumé la télé et il s'est dit : « Elle est complètement tarée. »

Il pose ses chaussures sur la table basse en verre épais, ce qu'elle lui interdisait de faire « pour ne pas salir ».

Il la hait, la maudit. Il n'essaye pas de comprendre. Sa décision est prise, définitive : « Elle n'a pas intérêt à se repointer ! »

Ceux qui le connaissent savent que ce n'est pas une promesse en l'air.

Dès l'instant où la porte s'est refermée, Raphaëlle est sortie de sa vie.

Là, avachi dans son fauteuil de cuir mauve, les pieds en éventail, il efface leurs années de vie commune. Une vie sans accroc, où elle s'est comportée en épouse et maman exemplaire. C'est bien ça qui le rend furieux : il s'est fait avoir comme un bleu. Il lui a fait entièrement confiance alors qu'elle devait se faire baiser par tout le monde, cette pute. Il n'a rien vu venir… Gauthier adorait sa vie tranquille aux côtés de cette femme tellement belle que tout le monde la lui enviait. Il comprend d'autant moins son attitude qu'ils font l'amour une ou deux fois par semaine. Elle ne refuse jamais quand il l'attire, il est même certain qu'elle prend son pied. Jusque dans le pieu, elle s'est foutue de sa gueule.

Elle l'a trahi, elle va payer. Il ne pleure pas, ça lui ferait trop plaisir !

Quand il entend la voiture s'éloigner, il fait descendre ses deux garçons.

Ils sont debout, face à lui, et il annonce :

— Je vais vous parler en hommes, les gars. Vous êtes assez grands pour comprendre ce qui s'est passé ce matin.

Il leur dit la vérité :

— Elle a choisi de nous abandonner pour vivre avec un autre homme. Elle le préfère à nous trois, elle l'aime plus que moi, et plus que vous deux. Ce n'est pas seulement moi qu'elle a trompé en couchant avec ce type, mais c'est notre famille qu'elle a bafouée. Comme elle renonce à vivre avec nous, nous, nous allons renoncer à elle. Guillaume, Augustin, ce qu'elle nous a fait est impardonnable. Elle n'existe plus, ni pour moi, ni pour vous. Compris ? Elle est morte !

Augustin, le plus jeune, prend la parole le premier :

— Si maman ne nous aime pas, nous non plus.

Gauthier ignore les sanglots de son petit garçon et il dit :

— Nous ne la verrons plus jamais.

Guillaume lance :

— Moi non plus je ne l'aime plus, papa !

— Bravo, les garçons, je suis fier de vous. Je vous promets qu'elle ne va pas nous manquer. D'ailleurs, elle ne nous manque déjà pas, hein ?

— Oui, papa, s'exclame Augustin qui ne pleure plus. Maman ne nous manque pas.

Gauthier le reprend :

— Je ne veux plus entendre prononcer le mot maman ! Vous n'en avez plus. Il ne vous reste que moi, votre papa.

Gauthier tiendra parole. Il sera impitoyable durant les trois mois suivants, jusqu'au drame qui engloutira sa femme. Il interdira à Raphaëlle d'approcher ses enfants « qui ne sont plus les tiens ».

La seule fois où, par mégarde, il l'aura en ligne, il triomphera en proclamant que Guillaume et Augustin, « mes fils », la détestent.

— Ils ne veulent plus te voir. Ils racontent à leurs copains que tu es morte et enterrée. Ils te haïssent parce que tu leur as préféré un autre monsieur, comme ils disent. Et c'est bien fait pour ta gueule.

Quand surviendra le drame, il dira qu'il s'y attendait, et tout au long de l'instruction il l'accablera.

> « Déjà quand nous étions ensemble, c'était une mauvaise mère. Elle ne s'occupait pas de ses gosses, elle sortait tout le temps. Il y avait des soirs où elle rentrait bourrée. Son départ fut une bénédiction pour moi et mes enfants. » (Extrait procès-verbal de Gauthier Constantino)

Gauthier obtiendra sans difficulté le divorce sept mois plus tard.

8

Raphaëlle se gare sur le bas-côté, à trois rues de la maison qu'elle vient de quitter. Ses fils, elle les aime, au-delà de tout. Elle a pris le risque de les sacrifier, de leur faire mal, de se couper d'eux pour longtemps, peut-être. Il faudra du temps, mais un jour la tempête s'apaisera. Quand elle vivra avec Patrick, quand les divorces seront prononcés, ils se retrouveront.

Quant à Gauthier, elle sait qu'elle l'a blessé. Elle l'aime bien. Il est un bon mari, un bon père. Elle n'a rien à lui reprocher. Mais il ne lui pardonnera pas cette humiliation. Tout retour est impossible. « Lui aussi finira par se calmer », se persuade-t-elle.

Elle ne regrette pas sa décision. Il y a longtemps qu'elle y pense, que l'idée mûrit, prend forme, devient une évidence. Ce matin, partir s'est imposé comme une nécessité, une urgence à défier le destin.

Alors, elle ne s'est pas donné le temps de réfléchir, sinon elle aurait renoncé. Elle a fait sa valise en toute hâte, et elle est partie, consciente et résolue.

Là, stationnée au milieu de nulle part, les mains calées sur le volant, respirant à pleins poumons, elle se sent libérée, convaincue d'avoir fait un choix difficile mais nécessaire. Les lignes vont enfin bouger. Et surtout, il sera tellement content.

Depuis des semaines, des mois, elle en parle avec Patrick.

C'est lui le premier qui a abordé le sujet, à l'automne dernier. Un mercredi soir, tandis qu'ils quittaient l'hôtel, il s'est étonné qu'elle continue à vivre avec un homme qu'elle n'aimait plus. Elle aurait pu lui répondre qu'il partageait sa vie avec une femme bien plus détestable que son mari. Car elle n'avait rien de grave à reprocher à Gauthier.

Elle a évoqué ses deux fils.

— Si je pars, il est tellement rancunier qu'il m'empêchera de les voir. Tu verras, il les dressera contre moi.

— Ça ne durera pas, l'a-t-il rassurée.

— Je sais… Mais ce sera très dur.

— Tu ne veux pas vivre avec moi ? s'est-il lamenté.

— Plus que tout, mon amour. Mais essayons de faire les choses sans précipitation, a-t-elle répondu.

— Tu as raison, amour de ma vie. Le principal est que nous soyons un jour ensemble.

Et ce soir-là, la discussion en est restée là.

Les semaines suivantes, Patrick est revenu sur le sujet. « Tu dois le quitter, il ne te mérite pas », « des enfants ne peuvent pas être privés de leur maman, tu obtiendras la garde », « je serai toujours là pour te soutenir », « il faut que tu me montres le chemin, après ce sera à moi de me libérer », « sois courageuse, pour toi, pour moi et pour nous ». Il insistait : « Ce serait une immense preuve d'amour. »

Cette preuve d'amour, elle vient de la lui donner.

Voilà pourquoi elle s'est arrêtée, elle ne peut attendre plus longtemps pour partager son bonheur avec Patrick. Elle a agi comme il le souhaitait et il lui tarde de l'entendre dire qu'il l'aime, que ce qu'elle a fait est extraordinaire. Qu'il n'a jamais été aussi heureux de sa vie. Que bientôt ils seront réunis.

Elle sait qu'appeler Patrick un samedi matin est interdit. Il dit que c'est trop dangereux.

Car il est à la maison, avec sa femme dans les pattes, méfiante et mauvaise comme une teigne, à l'espionner, à attendre la faute.

— À cause d'elle je dois faire attention à tout, a-t-il coutume de dire.

C'est au prix de sacrifices comme celui-ci qu'ils ont réussi à garder leur liaison secrète depuis deux ans. Il en plaisante souvent :

— Si elle apprend que je t'aime et que je ne peux pas vivre sans toi, elle va me couper la queue. Plus de bite, plus de Raphaëlle !

— Je t'aimerai quand même !

Pour Raphaëlle, les week-ends sont une torture. Deux longs jours à se morfondre, à ne pas entendre ne serait-ce que quelques secondes le son de sa voix. Cela la rend si malheureuse qu'il faut qu'elle s'isole dans les toilettes pour pleurer.

Le lundi elle arrive toujours de bonne heure au travail.

Son pouls bat à toute allure, elle frissonne en entendant approcher ses pas. Il demande à ceux qu'il croise s'ils ont passé un bon week-end, échange sur la météo, donne son avis sur le dernier match des Girondins. Il avance dans les couloirs sans se presser.

Le cœur de Raphaëlle explose quand, enfin, il apparaît. Mais elle doit se forcer à dissimuler cette émotion.

— Ne montre rien. Aux yeux de tous, tu es et tu n'es que mon assistante. Pour vivre heureux, vivons cachés, lui a-t-il dit avant de se reprendre : Bientôt, ma chérie, je te le jure, nous vivrons notre amour au grand jour, mais en attendant, prudence !

Alors, quand il arrive, elle résiste à l'envie de lui sauter au cou, de le couvrir de baisers, et elle doit se contenter d'un rapide et banal :

— Bonjour, Patrick. Vous avez passé un bon week-end ?

Ce à quoi il répond invariablement : « Excellent, Raphaëlle, merci », avant de s'enfermer dans son bureau.

En semaine, ils s'appellent le moins possible, jamais ils ne quittent le bureau ensemble et à la même heure. Ils arrivent à leurs rendez-vous clandestins chacun de leur côté. Il paie toujours en liquide, les chambres d'hôtel, les restaurants, le parking.

Patrick explique qu'il doit faire attention à tout, jusqu'au kilométrage de sa voiture. Il attend que la rue soit quasi déserte avant de sortir de son Audi Q4 (dans laquelle Raphaëlle ne monte que très rarement, de peur de laisser un indice compromettant). Il exige qu'elle ne se parfume pas les jours où ils se retrouvent. Raphaëlle s'impose toutes ces précautions sans discuter.

— Tu ne la connais pas, lui a-t-il dit. Si elle apprend que je la trompe elle est capable des pires horreurs. Je sais à quoi m'attendre, elle me pourrira la vie, mais surtout, elle s'acharnera sur toi. Elle ne te laissera aucun répit tant qu'elle n'aura pas assouvi sa vengeance. Elle est tellement puissante que nous serons séparés.

Alors Raphaëlle s'inquiète :

— Tu ne la quitteras donc jamais, la sorcière ?

— Bien sûr que si, il faut juste me laisser un peu de temps, la rassure-t-il de son éclatant sourire. J'attends la bonne fenêtre de tir, mais je te jure que bientôt nous en aurons fini avec cette clandestinité. J'en ai marre d'être obligé de me cacher… Je veux exposer au monde l'amour de ma vie. Nous serons si heureux !

Au début, Raphaëlle n'a rien exigé de lui. Puis, elle s'est faite plus pressante, tant il répétait qu'il l'aimait à la folie, qu'il ne pouvait pas vivre sans elle.

Alors, surtout les jours où il se plaignait de la vie avec sa femme, elle suppliait :

— Tu ne peux pas continuer à vivre ainsi. Il faut que tu la quittes. Pense à toi, à nous.

Il promettait. Mais il ne partait pas. Il y avait toujours un contretemps : l'anniversaire de ses gosses, une réunion de parents d'élèves, un examen, une maladie, un deuil dans la famille…

Bref, elle voyait bien qu'il n'avait pas le courage de couper ce lien. Il fallait attendre et attendre encore. Elle n'en pouvait plus, pleurait beaucoup, et il promettait à nouveau.

Voilà pourquoi, ce samedi matin-là, elle contrevient aux règles qu'il a imposées. Elle veut qu'il sache qu'elle lui a obéi… Elle s'est sacrifiée pour lui. À lui maintenant, prie-t-elle, de faire pareil. Leur bonheur est à ce prix.

9

Garée à trois rues de son ancien domicile, tremblante et excitée, elle compose le numéro de Patrick qu'elle connaît par cœur. L'« amour de sa vie » décroche à la quatrième sonnerie.

Évidemment, par prudence, le numéro de sa maîtresse ne figure pas dans sa liste de contacts.

Quand Raphaëlle s'en est étonnée, il lui a expliqué que « l'autre » fouillait régulièrement dans son portable. Elle lisait ses messages, regardait ses appels, examinait son carnet d'adresses à la recherche d'une nouvelle conquête.

— Je ne suis pas idiot à ce point-là, elle ne trouvera jamais rien, mais cette sorcière continue d'espionner mon téléphone !

— Parce qu'il y en a d'autres que moi ? a minaudé Raphaëlle.

— Des centaines, mon amour !

Plus sérieusement, il a ajouté :

— Si elle voit ton nom, elle trouvera étrange que je possède le numéro privé de mon assistante. La connaissant, elle en fera toute une histoire et tu en subiras les conséquences. Autant ne pas lui donner de bâton pour se faire battre.

Comme ils ne s'appellent quasiment jamais, Patrick ne reconnaît pas le numéro qui s'affiche sur l'écran. Il est en sueur. Il rentre à l'instant de ses dix kilomètres quotidiens qu'il a parcourus dans un mauvais chrono, deux minutes trente-deux de plus que d'ordinaire. Il est dans la cuisine où il vide une bouteille d'Évian.

Il laisserait sonner cet appel anonyme si Cécile ne criait pas depuis le salon :

— Tu ne réponds pas ?

C'est plus un ordre qu'une question, alors il obéit. Dès l'instant où il entend « C'est moi ! », il raccroche.

Il s'en veut d'avoir bêtement perdu son sang-froid. Il aurait dû répondre, dire qu'il rappellerait plus tard. Il craint maintenant que « l'autre » soit à l'affût. D'ailleurs il l'entend demander, avec cet air de ne pas y toucher qu'il déteste tant :

— C'est qui ?

— Je ne sais pas, ça s'est arrêté.

Le téléphone sonne à nouveau.

— Réponds !

Il tente :

— Le week-end, je ne prends pas les appels que je ne connais pas.

Elle le rejoint dans la cuisine.

— Tu n'es pas curieux ? s'exclame-t-elle.

La sonnerie cesse. Il s'inquiète, pourvu qu'elle ne recommence pas. Son portable reste silencieux. Patrick respire mais il est furieux. « Qu'est-ce qu'il lui prend, à cette idiote ? » Il sursaute au tintement qui indique que Raphaëlle lui a laissé un message.

Cécile s'étonne :

— C'est peut-être important, tu ne l'écoutes pas ?

— Pour qu'un emmerdeur gâche mon week-end… Ça peut attendre. Je monte prendre une douche.

— Tu transpires ! s'amuse-t-elle.

Patrick fuit à l'étage, grimpant les marches deux à deux. Il ne se retourne pas mais il sent peser sur lui le regard de son épouse. « Pour ça, elle a du pif. Elle va me faire chier toute la journée. » Il pense au savon qu'il va passer à Raphaëlle.

Cécile a bien noté que son mari s'était éclipsé la queue entre les jambes. « Mais bon, se dit-elle, je ne vais pas m'empoisonner la vie avec ça… »

À l'étage, Patrick efface le message sans même l'écouter. Car Cécile, jalouse comme pas deux, est capable de revenir à la charge et d'exiger de l'entendre. Si elle insiste, il dira que c'était un client qui a confirmé un rendez-vous pour le lundi matin. Elle ne le croira sans doute pas, mais la preuve ne sera plus là. Puis il met l'appareil en mode silencieux et le cale au fond de sa poche. Il est très en colère contre Raphaëlle : « Mais qu'est-ce qui lui est passé par la tête ? Est-ce que je l'appelle, moi ? Putain, elle va m'entendre, cette conne… »

Il prend une longue douche brûlante en gardant un œil sur son portable.

Quelques semaines plus tard, Patrick confiera aux enquêteurs :

« Je n'ai toujours pas compris – et je ne comprendrai jamais – ce qui a poussé Raphaëlle Constantino à tout abandonner, car elle a toujours clamé que ses enfants étaient tout pour elle. [...] Je ne crois pas à ses explications quand elle affirme qu'elle l'a fait pour moi, soi-disant comme une preuve de notre amour. [...]

En revanche, j'ai la certitude que quelque chose a vrillé dans sa tête. J'ignore les raisons de son changement, mais je pense que vous devriez fouiller dans sa vie personnelle, car il est exact qu'elle me répétait sans cesse qu'elle n'était pas heureuse avec son mari. [...] Depuis ce jour-là, elle n'a plus été la même. Nous avions une aventure que je qualifierais de banale et uniquement basée sur le sexe. J'affirme qu'il n'a jamais été question d'engagement réciproque comme elle le soutient désormais. » (Extrait interrogatoire de Patrick Maisonnave)

10

Tandis qu'il enfile un peignoir en lin, Patrick se répète qu'il doit être vigilant. Il est en sursis dans son couple. Il y a deux ans, Cécile l'a prévenu :

— C'est la dernière fois que je ferme les yeux sur tes coucheries. Je n'en peux plus d'avaler des couleuvres, d'avoir honte… Si j'apprends que tu me trompes à nouveau, je te mets à la porte. Et tu crèveras la dalle, mon chéri ! Je ne te raterai pas.

Patrick ne le sait que trop : Cécile ne parle jamais en l'air et elle mettra sa menace à exécution. Avec ses relations et son argent, elle le poursuivra de sa rancune. Fini la belle vie. Il se retrouvera à la rue.

Tout ça à cause de cette histoire, à Nantes, pour laquelle il s'est fait gauler comme un débutant. Pourquoi s'être vanté auprès de François Favier, le directeur financier, de pouvoir sauter le premier la nouvelle fille de l'accueil ? Vingt-cinq ans, pas super jolie mais des seins fabuleux. Favier et lui étaient entrés en compétition et il avait gagné : cent euros.

L'histoire avait fait le tour de la société, car François Favier ne savait pas tenir sa langue. Mais quand la fille avait appris qu'elle avait fait l'objet d'un pari entre deux boss, elle l'avait très mal pris. Pour se venger, elle avait laissé un message sans ambiguïté sur le portable de Cécile.

Pour la première fois depuis leur mariage, Cécile ne lui avait pas laissé le choix. Elle avait été d'un calme effrayant, refusant « ses explications bidon ». C'était son dernier avertissement :

— Arrête d'obéir à ta queue et pense avec ta tête. Sois intelligent pour une fois car, à ce petit jeu, tu vas tout perdre. Et je te rappelle que c'est moi qui te fais vivre…

Elle n'avait pas relevé quand il avait répété qu'il l'aimait plus que tout et qu'il s'était traité d'imbécile. Elle lui avait annoncé :

— Nous retournons à Bordeaux. Je t'ai trouvé du boulot chez Méneret et fils SA, une boîte de sécurité. Le patron, Deltil, est un ami de mon père. Chef des ventes, cela te convient ?

Il n'avait pas à discuter. Après trois ans à Nantes, ils allaient à nouveau déménager…

— Maintenant nous nous sommes tout dit. Il est tard, va te coucher.

Il avait obéi. Ce soir-là, Cécile ne l'avait rejoint que longtemps après. Elle ne voulait pas qu'il voie le chagrin qui la ravageait.

Depuis, en dépit des menaces et parce que c'est plus fort que lui, il continue à la tromper. Mais avec tant de précautions qu'elle ne se doute de rien. Et il a fallu que cette conne de Raphaëlle lui téléphone… Cet appel risque de mettre en péril le plan qu'il échafaude depuis plusieurs mois.

Après s'être rasé, il humecte ses joues de Dior pour homme. Cécile adore ce parfum.

Il repense à Raphaëlle. « Un sacré bon coup, quand même ! Mais qu'elle est sotte ! »

Il se dit, alors qu'il ignore qu'elle vient de le faire : « Le jour où elle quittera son mari, je serai dans la dernière ligne droite. » Patrick reprend confiance : plus que quelques semaines à tenir. Ça devrait aller !

Il fredonne la chanson de Michel Delpech, *Ma pauvre Cécile*, et sourit.

Il la retrouve en bas. Elle semble avoir oublié l'appel incongru.

Patrick expliquera aux enquêteurs :

« Je n'ai pas été un époux fidèle, je le reconnais volontiers. J'ai eu de nombreuses aventures durant mon mariage avec Cécile. Cependant, aucune (et encore moins ma liaison avec Mme Constantino) n'a mis en péril le couple et la famille que nous formions. Les miens ont toujours été ma priorité.

Mon épouse n'ignorait pas mes écarts et elle les admettait. Car, même si cela peut sembler étrange, le secret de la réussite et de l'équilibre de notre couple est là. [...] Je vous demande de me croire quand j'affirme que je n'ai jamais eu le sentiment de faire du mal à ma femme, toutes ces aventures étaient sans importance. » (Extrait interrogatoire de Patrick Maisonnave)

11

Il est presque midi, ce samedi matin, et Juliette Portelli est toujours en robe de chambre quand retentit la sonnette de son appartement de Pessac. Sa fille Maeva passe le week-end chez son père et, comme elle est seule, elle traîne. « Je feignante », comme elle aime à le dire. Elle hésite à aller ouvrir (« encore un emmerdeur ») mais finit par s'y résoudre parce que le visiteur s'acharne sur la sonnette.

— Tu en as mis du temps, s'exclame Raphaëlle, souriante.

Puis, sans demander la permission à son amie, elle s'engouffre dans l'appartement.

« C'est seulement quand elle m'a dépassée que j'ai remarqué qu'elle avait une valise à la main. [...] J'étais son amie, sa confidente, la seule personne à qui elle pouvait tout dire. Elle avait, à juste raison, une confiance totale en moi. C'est donc tout naturellement qu'elle est venue se réfugier chez moi ce jour-là. Elle n'avait nulle part où aller, alors je l'ai recueillie. » (Extrait procès-verbal de Juliette Portelli)

— Qu'est-ce que tu fais ici ? s'inquiète Juliette.

— Il faut que tu m'héberges quelques jours en attendant.

— En attendant quoi ?

Raphaëlle réagit brutalement à la question, agacée.

— Tu le fais exprès ? Je te demande de m'héberger quelques jours EN ATTENDANT qu'il quitte son horrible bonne femme. Tu sais à quel point il est malheureux et que nous allons nous installer ensemble. Alors si je peux rester chez toi le temps de trouver un logement pour Patrick et moi…

Elle ajoute, de nouveau enjouée :

— Je te dédommagerai pour le lit, l'eau et l'électricité, j'y tiens !

Juliette acquiesce, troublée :

— Bien sûr que tu peux rester ici, le temps qu'il faudra.

Raphaëlle est euphorique.

— Ça ne sera pas long, rassure-toi.

Sa surprise passée, Juliette ose enfin demander, alors que son amie s'installe dans le canapé du salon :

— Tu es partie de chez toi ?

— Oui. Et je ne regrette pas…

— Tu ne regrettes pas ? Et tes gosses, Raphaëlle ? Tu les adores !

— Arrête avec ça. Je ne les ai pas abandonnés. Ils viendront vivre avec nous plus tard. Mais d'abord, il faut que je me concentre sur Patrick et moi. Ma priorité est de nous dénicher un appartement !

— Je comprends… Tu es ici chez toi !

« Je dois indiquer que je ne l'ai pas fait de gaieté de cœur. Même si je connaissais peu son mari, j'étais gênée vis-à-vis de lui car j'avais l'impression de prendre position et aussi parce que je trouvais la décision de Raphaëlle totalement folle. Comment peut-on se couper ainsi de ses enfants, la chair de sa chair ? » (Extrait procès-verbal de Juliette Portelli)

Juliette témoignera de ce moment crucial pendant quatre heures devant le juge Marc Rignault, chargé de l'instruction de l'affaire Cécile Maisonnave. Juliette sera impressionnée par ce juge, un grand maigre, au visage anguleux, avec un regard sérieux et sévère derrière des lunettes cerclées.

Son témoignage sera considéré comme capital, car Raphaëlle résidait toujours chez elle au moment des faits.

« Raphaëlle ne semblait pas prendre la mesure de son geste. Elle disait que seul comptait son amour pour Patrick Maisonnave. C'était à la fois incompréhensible et surréaliste. Je n'ai pas osé lui dire qu'elle avait fait la plus grosse bêtise de sa vie. Elle ne m'aurait pas écoutée. Elle pensait qu'en faisant le premier pas, en envoyant un signal aussi puissant, il serait bien obligé de suivre. [...]

"Je l'aime trop." Je m'en souviens parfaitement, ce sont exactement ses mots... "Je l'aime trop." Nous avons longuement discuté (par chance, ma fille Maeva était absente ce samedi-là) et Raphaëlle n'a cessé de parler de Patrick. Il n'y en avait que pour lui. Elle me répétait que son malheur était d'aimer cet homme à la folie et, dans le même temps, elle disait qu'elle ne pourrait jamais se passer de lui. Elle me prenait à témoin : "Tu me comprends, n'est-ce pas, quand je te dis que sans lui je ne suis rien ? Il est mon bonheur, ma raison de vivre. Je préfère encore mourir que de le perdre." [...]

Elle n'a pas quitté le canapé, n'a presque rien mangé, elle n'a cessé de se demander pourquoi il ne lui téléphonait pas. Il a fallu que je cache son portable, sinon elle aurait essayé de le rappeler. J'ignorais pourquoi, mais je savais qu'il ne fallait pas qu'elle le fasse, sans doute à cause de la femme de Patrick, qui était, d'après ce que m'avait dit Raphaëlle, un véritable dragon. Elle a fini par m'écouter quand je l'ai convaincue qu'elle mettait son avenir avec Patrick en danger, car avec l'autre (c'est ainsi que moi aussi je nommais la femme de Patrick) on pouvait s'attendre au pire. Le mieux était de patienter jusqu'à lundi matin. Elle s'est un peu calmée le dimanche soir. Histoire de lui changer les idées, nous sommes allées à la pizzeria.

Quand je repense à ce week-end assez surréaliste, hors du temps, pendant lequel nous n'avons fait que parler de lui, de leur vie future, je me rends compte qu'à aucun moment elle n'a évoqué ses enfants. [...]

Ce week-end-là, Raphaëlle est entrée dans un autre monde, dans une autre dimension, où l'amour pour cet homme prenait toute la place. Ensuite, cela n'a fait qu'empirer avec, en point final, ce que l'on sait... Je m'en veux tellement. Dans un sens, je suis la complice de ce qui s'est passé. J'ai ma part de responsabilité et toute ma vie, il faudra que je fasse avec. » (Extrait procès-verbal de Juliette Portelli)

12

Trois mois après avoir fait irruption dans la vie de Juliette sans prévenir, Raphaëlle vit toujours chez elle. Elle dort sur le canapé qu'elle déplie chaque soir, car, explique-t-elle :

— Je ne veux pas te donner le sentiment que je m'installe. C'est provisoire !

Juliette fait comme si… Son amie s'agace vite quand elle émet le moindre doute.

Maeva, la fille de Juliette, a douze ans maintenant. Elle est toute mignonne avec deux longues nattes autour d'une frimousse d'enfant. Autant, à l'orée de l'adolescence, elle pourrit la vie de sa mère, autant elle adore Raphaëlle, se passionne pour son histoire d'amour, souffre et s'enthousiasme avec elle. Elle la trouve touchante, admirable. De sa petite voix elle affirme que l'amour triomphe toujours et qu'elle déteste « la sorcière, cette sale bonne femme ». Elle console Raphaëlle quand celle-ci se plaint que les choses n'avancent pas assez rapidement.

Maeva est même volontaire pour accueillir leur invitée dans sa chambre, ce que Raphaëlle refuse :

— Une jeune fille a besoin de son espace à elle ! Et surtout, je ne suis que de passage.

Raphaëlle tient compagnie à la jeune fille quand Juliette découche, ce qui arrive de plus en plus souvent.

Lors de sa seconde audition, Juliette dira au juge :

« Jusqu'à ce jour affreux où la police est venue la chercher, Raphaëlle a vécu chez moi. Elle passait des heures sur Internet, à consulter les annonces pour trouver un appartement, car elle m'expliquait que Patrick ne voulait plus vivre dans une maison, ça lui rappellerait trop sa vie avec l'autre. Il lui fallait quelque chose de suffisamment grand pour accueillir leurs enfants. Elle en avait deux, et Patrick trois. Elle touchait du bois : "Pourvu qu'ils s'entendent ! Les enfants, tu sais, ce n'est pas facile tous les jours, alors des enfants de divorcés... Mais je suis sûre que Patrick va adorer mes gosses et moi les siens. Il nous faudra juste du temps pour que tout roule." Raphaëlle était en plein fantasme. Elle prenait ses rêves pour la réalité et s'enfonçait chaque jour un peu plus dans son monde. Je ne pouvais pas lui dire qu'elle se berçait d'illusions, que Patrick était un homme à femmes... Ça n'aurait servi à rien... [...]

Il y avait quelque chose de schizophrénique dans ses recherches. C'était devenu obsessionnel. Quand je lui ai proposé de prendre un studio, elle m'a ri au nez. "Tu nous vois vivre dans vingt mètres carrés ?" Quand j'ai avancé l'idée que ce serait une solution provisoire, elle a fondu en larmes. "Tu veux que je parte, tu en as assez de moi", et tout le tralala. Il a fallu que je la console en lui répétant qu'elle pouvait rester chez moi tout le temps nécessaire. Évidemment, elle rabâchait que dans quelques jours elle serait partie. Je connaissais la chanson. En toute franchise, j'en avais ras le bol, mais je n'avais pas le cœur à la mettre dehors. Car elle n'avait nulle part où aller. [...]

Il y a des jours où je n'en pouvais plus et j'inventais un rendez-vous avec un homme pour partir de chez moi et avoir un peu de tranquillité. Ce n'est pas qu'elle était envahissante, mais elle était là, toujours à ressasser son histoire. Il fallait que je prenne l'air ! [...]

Au fil des semaines, je l'ai vue dériver. Ma faute est de n'avoir rien tenté pour la sauver de ce naufrage. Au contraire, il m'arrivait de l'encourager dans sa fuite en avant. Je me dis que je l'ai fait par bonté, par pitié. En fait, j'ai été lâche. [...] De toute façon, Raphaëlle n'était pas prête à entendre la vérité. Elle n'avait pas fait un tel sacrifice pour rien. C'est dur pour une maman d'être séparée de ses enfants et je sais qu'elle souffrait de ne pas les voir. Cependant, elle se convainquait que tout rentrerait dans l'ordre quand il aurait quitté "l'autre". En toute franchise, Raphaëlle me faisait peur quand elle parlait d'elle. Il y avait tant de haine. [...]

Un jour, je m'en souviens comme si c'était hier, elle m'a affirmé qu'elle était capable de faire n'importe quoi pour l'avoir pour elle seule et le sauver des griffes de la sorcière. Je lui ai répondu qu'elle avait déjà sacrifié ses enfants, elle m'a répondu très sérieusement qu'elle pouvait faire encore bien pire. Cela me fait mal de vous le dire, vu les circonstances, mais ce sont ses mots exacts... Elle pouvait faire bien pire. Si j'avais pu me douter. [...]

Comment ai-je été assez sotte pour ne rien deviner ? Je me sens tellement responsable... Mes amis me disent que non, qu'elle est folle, mais je suis sûre que j'aurais pu, j'aurais dû éviter tout ça... Au fond de moi, sachant ce qui s'est passé, je regrette de l'avoir hébergée. » (Extrait procès-verbal de Juliette Portelli)

Le procès-verbal indique, à la cote 334, que Juliette a demandé à interrompre l'interrogatoire pendant quelques minutes car elle était trop secouée par les récents événements.

Elle sortira du bureau du juge tellement bouleversée que son médecin lui accordera un arrêt maladie de quinze jours.

Partie 3

PATRICK

13

Patrick est sorti indemne de ce week-end où Raphaëlle a tenté de l'appeler.

Amener Cécile sur le Bassin pour manger des huîtres, puis aller se promener main dans la main au bord de l'eau ont été deux coups de génie !

Il y a eu une petite alerte quand, le dimanche matin, Cécile lui a demandé de lui passer son téléphone pour appeler sa mère. Elle lui a montré que son propre iPhone était à plat.

— J'ai oublié de le recharger.

En le lui tendant, il n'a pas eu le temps de vérifier si quelqu'un l'avait appelé.

Elle s'est étonnée :

— Il est en mode silencieux ?

Puis, sans attendre, elle a composé le numéro de sa mère, s'éloignant du salon.

Il s'est demandé si elle n'avait pas inventé cette histoire de portable déchargé pour s'emparer du sien et le fouiller. C'est qu'elle est maligne, cette garce… Certes, il sait qu'elle ne trouvera rien, mais il a tremblé jusqu'à ce qu'elle le lui rende. Il n'a pas envie, ainsi qu'elle l'en a menacé, d'être « licencié sans indemnité ».

— Je ne suis pas mécontente de ma formule, avait-elle ajouté en souriant.

« Sans indemnité » signifierait dire bye-bye à sa belle vie confortable, à son Audi, à la villa de Ramatuelle, aux vacances à Courchevel et au Royal Palm de l'île Maurice, où, l'hiver, ils passent quinze jours et ont leurs habitudes.

Elle a les moyens de lui en faire baver, de le mettre sur la paille, d'aller jusqu'à l'empêcher de trouver un travail dans la région.

Elle le tient. Il en est parfaitement conscient, et c'est pour cela qu'il est temps que cela cesse.

Il a son plan en tête, et bientôt il ne sera plus son jouet.

Patrick le mûrit depuis des mois. L'appel de Raphaëlle qui, il en est certain, a réveillé la vigilance de sa femme, va accélérer le « processus », comme il appelle ce qu'il prépare. Car il y a urgence désormais. Qu'elle ait emprunté son téléphone n'est pas anodin.

Finalement, la bourde de cette imbécile de Raphaëlle est une bonne chose.

Oui, sa maîtresse sera parfaite dans le rôle qu'il lui prépare.

C'est donc l'esprit serein et plus déterminé que jamais qu'il arrive chez Méneret SA le lundi vers 10 heures. Il prétexte souvent un rendez-vous bidon pour prendre son temps.

Il a quand même l'intention de passer un petit savon à Raphaëlle, histoire qu'elle ne recommence pas. « Des week-ends comme ça, merci ! »

Du fond du couloir, il voit s'illuminer le visage de sa maîtresse dès qu'elle l'aperçoit. Elle rayonne. Il la trouve magnifique, désirable. Il se dit qu'elle est vraiment sexy et que cela aurait été un crime de passer à côté d'un pareil canon.

Il oublie de l'engueuler et sourit. Il pense : « Je suis vraiment une ordure ! »

Elle s'est fait un brushing, a enfilé un jean et un tee-shirt blanc qui met en valeur sa poitrine. Elle s'est un peu maquillée, exactement comme il aime.

— Je déteste les pots de peinture, lui a-t-il dit un jour, faisant allusion à sa femme qui ne sort jamais que très maquillée. Déjà qu'elle est moche…, s'est-il moqué.

Raphaëlle l'a trouvée très belle le jour où elle est passée au bureau, mais elle n'a pas relevé.

Elle le suit d'autorité dans son bureau dont elle a baissé les stores, pose un baiser sur ses lèvres et annonce de cette voix mutine qui excite tant Patrick :

— Tu vas me gronder, mon amour.

— Ah, oui, tu sais bien que tu ne dois pas m'appeler le week-end. Je suis dans la merde, maintenant. Elle se méfie de tout, cette salope.

Elle sourit, il s'en étonne :

— J'ai l'impression que tu ne réalises pas que j'ai frôlé le drame. Ne me refais plus jamais ce coup-là.

— Promis ! Je ne le referai plus, mais c'était tellement important !

— Qu'est-ce qui t'arrive ?

— Je suis partie de chez moi. Comme tu le voulais, mon amour. Samedi, j'ai tout abandonné pour toi. J'ai laissé mon mari, mes gosses, et tu veux que je te dise : je suis tellement heureuse… Je suis libre, totalement libre, mon amour. Je suis tout à toi.

Il doit la faire répéter. Au fond, il ne la croyait pas capable d'aller aussi loin, en dépit de son insistance régulière. Alors, après avoir vérifié d'un coup d'œil que le rideau est bien baissé, il l'attire à lui :

— Mon amour, tu l'as fait, tu l'as fait.

— Pour toi.

— Pour nous, corrige-t-il.

Il l'embrasse.

— Je t'aime tellement, murmure-t-il.

Raphaëlle se tait. Heureuse, simplement heureuse.

Il ajoute :

— Tu as fait le plus beau geste d'amour, ma chérie. Bientôt, très bientôt, je te le jure, ce sera à mon tour. Nous serons réunis. Promis, promis, promis…

— Je t'aime, se contente-t-elle de dire.

— Moi aussi et pour l'éternité.

Enfin il s'excuse :

— Pardonne-moi de ne pas avoir répondu samedi. Mais cette saleté est en permanence sur mon dos. Je n'ai plus de vie. Heureusement que je t'ai, toi.

— Nous ! s'amuse Raphaëlle.

S'il était seul, Patrick hurlerait sa victoire. Mais il continue à jouer le jeu de l'amour éperdu… Elle lui explique comment elle a pris sa décision.

— C'est tout simple, je n'en pouvais plus et il fallait que je le fasse.

En quelques secondes, il mesure combien la fuite de la femme qu'il continue à embrasser avec passion et contre laquelle il serre son bas-ventre est une aubaine inespérée. Parce qu'elle a abandonné sa famille, les gens diront qu'elle a perdu le sens des réalités, qu'elle s'est précipitée dans une impasse qui ne pouvait que se terminer par le geste effroyable qu'elle a accompli.

À lui maintenant de ne pas faire d'erreurs. « Je n'en ferai pas ! » se persuade-t-il avant de lâcher à haute voix :

— C'est parti !

— Qu'est-ce qui est parti, mon amour ?

— Notre vie ensemble. Maintenant, ça ne va plus tarder !

14

En fin de journée, Raphaëlle arrive, radieuse, chez Juliette, avec un énorme bouquet de roses rouges, les fleurs préférées de son amie.

— Qu'est-ce que j'ai fait pour mériter un tel cadeau ? Toi, tu as des choses à me raconter !

Tandis qu'elles coupent les queues en biseau, Raphaëlle raconte, heureuse :

— Ces roses vont embellir mes derniers jours chez toi. Et puis, tu les mérites pour m'avoir supportée tout un week-end à écouter mes histoires. J'ai été horrible…

— Mais non…

— Pardonne-moi… Mais ton calvaire est bientôt terminé, ma belle.

Juliette s'impatiente :

— Allez, parle ! Comment ça s'est passé entre vous ? En plus tu m'as plantée à la cantine… Allez, allez ! Raphaëlle ne résiste pas davantage et raconte ses « extraordinaires retrouvailles avec l'homme de sa vie, aujourd'hui au bureau ».

« J'étais vraiment heureuse pour elle. On a ri de bonheur, je l'ai prise dans mes bras et je lui ai dit que c'était formidable. En toute franchise, j'étais convaincue que ce n'était plus qu'une affaire de quelques jours. La suite m'a donné tort, mais ce soir-là j'ai fait l'erreur de la croire. » (Extrait procès-verbal de Juliette Portelli)

— J'ai une faim de loup ! annonce Raphaëlle.

— Je vais ouvrir une bonne bouteille de bordeaux, répond Juliette. On va se bourrer la gueule, ma chérie !

Elles trinquent à l'amour.

Ce soir-là, Raphaëlle mange avec appétit des côtelettes d'agneau et une assiette de frites.

Tout en dévorant, elle ne cache rien à son amie de leur étreinte dans son bureau.

— Il m'a dit des centaines de fois qu'il m'aimait, qu'il ne pouvait pas vivre sans moi. Il m'a aussi dit qu'il m'admirait, que bientôt lui aussi allait tout bazarder. Il m'a promis que bientôt nous vivrons notre amour au grand jour, sans être obligés de nous cacher, et qu'il emmerde tous ceux qui nous critiqueront. Je n'oublierai jamais ce moment.

Raphaëlle confie qu'il voulait faire l'amour tout de suite.

— Il a fallu que je résiste moi aussi ! dit-elle, le visage illuminé de bonheur. On se voit mercredi soir, mais je n'ai plus besoin de toi pour me servir d'alibi. Je suis libre comme l'air !

Puis elle plaisante :

— Je ne sais pas si je vais pouvoir tenir… Je te préviens, je vais être emmerdante comme jamais. J'ai plus envie d'être avec lui qu'avec toi, ma vieille !

Puis, plus sérieusement, elle ajoute :

— D'ici là, je me tiens à carreau, et je ne l'appelle plus chez lui. Il paraît que la sorcière commence à avoir des doutes… Tant mieux !

Malheureusement, le mercredi, leur rendez-vous est annulé. Deltil a calé un dîner avec des fournisseurs auquel Patrick ne peut échapper. Raphaëlle retient une chambre pour le lendemain, puis pour le lundi. Chaque fois, Patrick doit annuler à la dernière minute à cause de sa femme.

Juliette dira aux enquêteurs :

« Évidemment, ces rendez-vous ratés désespéraient Raphaëlle. Mais elle ne craquait pas, en dépit de sa folle envie de vivre des instants d'intimité amoureuse avec son Patrick, surtout qu'elle était libre maintenant. Elle me disait que Patrick était tout aussi malheureux qu'elle. Et puis elle croyait vraiment que Patrick allait quitter sa femme. Je pense que c'est ce qui la faisait tenir. À force, comme rien ne se passait, elle a commencé à s'agacer. Elle a fini par exiger qu'il s'installe avec elle. Je sais qu'elle lui a rappelé plusieurs fois tout ce qu'elle avait fait pour lui. Il réclamait un peu de patience, disait qu'ils n'étaient pas à quelques semaines près, qu'ils avaient toute la vie devant eux. Ça la calmait pour un moment et puis elle revenait à la charge. Un soir, elle m'a dit qu'elle ne comprenait pas pourquoi il s'entêtait à rester avec "ce monstre de bonne femme" et qu'elle allait prendre les choses en main. » (Extrait procès-verbal de Juliette Portelli)

15

Le mercredi soir, après trois rendez-vous manqués, Patrick se libère enfin. Ils se retrouvent à 20 heures dans un petit hôtel discret du vieux Bordeaux, à deux pas de la cathédrale.

Patrick a prétexté un dîner de travail avec un fournisseur britannique. Cécile n'a pas cherché à en savoir plus et lui a seulement demandé de ne pas faire de bruit en rentrant :

— Je suis fatiguée et je vais me coucher tôt.

Ils ont fait l'amour. Patrick caresse les cuisses de Raphaëlle tandis qu'elle lui parle d'un grand appartement qu'elle a repéré dans le quartier de Bacalan quand, un peu après 22 h 30, son portable sonne. Il coupe aussitôt la communication, avec le regard apeuré d'un enfant pris en faute.

— C'est elle ! Il faut que j'y aille.

Raphaëlle voit Patrick s'habiller en toute hâte, blême, sans prononcer un mot. Il l'embrasse du bout des lèvres et demande :

— Ça va, je ne sens pas trop l'amour ?

Elle prend sa main, le forçant à s'asseoir au bord du lit.

— Il faut que tu la quittes, Patrick. Tu ne peux plus vivre dans cette angoisse permanente.

Alors, au bord des larmes, il avoue :

— Je ne trouve pas le courage de la quitter… Pardonne-moi, mon amour. Je suis un lâche. Tu n'imagines pas à quel point elle est redoutable. J'ai peur d'elle…

Raphaëlle, émue elle aussi, le rassure :

— Si, si, je le sais. Je te le jure, mon amour : cela prendra le temps qu'il faudra, mais nous y arriverons.

— Je t'admire tellement… Tu as réussi ce que je ne parviens pas à faire. Toi, tu es si forte, alors que moi, je ne vaux pas grand-chose, Raphaëlle… Comment peux-tu encore aimer un type comme moi ? Je suis pathétique… Une merde qui ne te mérite pas.

— Ne dis pas de bêtises, mon amour. Et puis tu as tes enfants. Ils t'aiment…

— Elle va me les enlever, je le sais… Elle est tellement mauvaise.

— Tu ne les perdras pas. Elle ne pourra jamais te les enlever. Regarde-moi, je ne vois pas mon Guillaume ni mon Augustin. Tu n'imagines pas à quel point ils me manquent. Pourtant, mon amour pour toi me donne la force de tenir. Je sais que bientôt je les retrouverai. Il faut que tu aies confiance en l'avenir, crois-moi. Pour cela, il faut que tu la quittes.

— Je n'y arrive pas, mon amour. Je ne sais plus comment faire pour me débarrasser de cette femme.

Il éructe, le regard fiévreux :

— Cette sale sorcière me rend tellement malheureux. Je la hais !

— Moi aussi, je la déteste, tu le sais bien…

— Il ne faut pas qu'elle gagne et pour cela j'ai besoin de toi, amour de ma vie.

— Nous vaincrons !

Patrick retrouve le sourire. Il proclame :

— Je l'emmerde !

Alors ils s'embrassent longuement, elle se laisse emporter et ils font l'amour une troisième fois. Avec tant de passion qu'il reste tout habillé, ses chaussures cirées aux pieds.

Raphaëlle s'en moque…

Elle ignore que Patrick a demandé à son copain Azhar de l'appeler à 22 h 30 précises.

Cet appel fait partie de son plan, comme la discussion qu'il aura avec Juliette, la « meilleure amie » de sa maîtresse, deux jours plus tard.

16

Patrick demande à Raphaëlle d'appeler Juliette pour qu'elle passe le voir. Il doit examiner avec la cheffe comptable le suivi d'un achat en Angleterre, dont il ne trouve pas la trace sur les relevés bancaires.

Juliette, depuis le bureau qu'elle partage avec Carole, la secrétaire de Deltil, s'en étonne auprès de son amie :

— Passe-moi ton boss, qu'on règle cette histoire au téléphone. Ça prendra une minute. J'ai la flemme de traverser toute la boîte.

— Non, non, un ordre, c'est un ordre ! plaisante Raphaëlle.

— Il ferait mieux d'ordonner à sa femme de se barrer ! chuchote Juliette.

— Il faut que tu viennes maintenant, réplique sèchement Raphaëlle.

Juliette comprend que sa plaisanterie n'est pas du goût de son amie :

— Pardonne-moi, Raphaëlle, c'était pour rire.

— Figure-toi que moi, ça ne me fait pas rire.

Juliette hausse le ton :

— C'était une blague, Raphaëlle. Putain, calme-toi.

— Je suis très calme.

— On ne dirait pas. Allez, on fait la paix !

— Ok, mais c'est le dernier avertissement ! Sale garce.

— Ah, je préfère ça !

— Allez amène-toi !

Carole incline sa chevelure brune sur le côté de son ordinateur :

— Tu sais qui c'est, toi, le mec de Raphaëlle ?

— À part son mari, elle n'en a pas, c'est bien son problème.

— C'est pas ce qu'on dit…

— Et qu'est-ce qu'on dit ?

— Qu'elle s'est tirée de chez elle pour un mec.

— C'est des conneries. Je ne suis au courant de rien.

— Je la trouve étrange, ces derniers temps, pas toi ?

Juliette nie :

— Au contraire, je la trouve en super forme.

— Tu me permettras de ne pas être d'accord avec toi. C'est plus notre Raphaëlle…

Carole sera de celles qui confirmeront aux enquêteurs que Raphaëlle était invivable ces derniers mois : énervée, colérique, désagréable :

« Mme Constantino ne supportait plus personne, sauf Juliette, et encore. [...] On voyait bien que M. Maisonnave avait du mal avec elle. Il prenait sur lui, mais de ce que l'on sait, il se serait plaint de son assistante auprès de Deltil, mon patron. [...] Il faut dire qu'elle était imprévisible. Il y avait des jours où elle était charmante et d'autres où elle ne parlait à personne, tirait une tête de cent pieds de long. Ces jours-là, on n'avait pas intérêt à l'approcher. Elle a fini par se mettre presque tout le monde à dos. » (Extrait procès-verbal de Carole Vallat)

Juliette arrive quelques minutes plus tard, son ordinateur sous le bras. Patrick l'accueille par un tonitruant :

— Bonjour Juliette. Vous êtes en beauté ce matin.

Puis il referme la porte. Raphaëlle est contente que son amant apprécie son amie, la complice de leur amour, celle qui sait tout d'eux. À travers la vitre de séparation dont le rideau reste levé, Raphaëlle les voit travailler sur leurs ordinateurs respectifs.

Elle ne saura jamais rien de la réalité de leur échange.

Alors que Juliette ouvre son ordinateur, Patrick attaque d'entrée :

— Ma chère Juliette, ce n'est pas pour parler des factures de chez Bréau que je vous ai demandé de venir.

— Pourquoi, alors ?

Il poursuit sans prêter attention à l'étonnement de la comptable :

— Je sais que je peux vraiment compter sur vous et sur votre discrétion, n'est-ce pas ?

— Bien sûr, Patrick, mais à quel sujet ?

— Au sujet de Raphaëlle.

— Raphaëlle ?

— Faites semblant de travailler, elle nous regarde…

Juliette obéit sans comprendre où il veut en venir, et se concentre sur son ordinateur.

— Oui, je veux que nous parlions de Raphaëlle. Nous n'allons pas refaire l'histoire de notre liaison. Vous la connaissez.

— Oui, Patrick… Je suis son amie et elle vit chez moi.

— Alors permettez-moi d'être direct : elle ne va pas bien, et elle se fait des illusions sur notre couple. Vous êtes sa seule amie, c'est pour cela que j'ai voulu vous parler. C'est important pour moi, et surtout pour elle.

— Mon Dieu, je m'attends au pire…, frémit Juliette.

— Ne levez pas la tête de votre ordinateur. Elle continue de nous regarder.

Patrick sort une feuille d'un classeur et la brandit, le doigt pointé sur des lignes imaginaires. Juliette, se sentant observée par Raphaëlle, fait mine de donner son avis. Mais elle est mal à l'aise car elle a deviné où Patrick veut en venir. « Il a raison, réalise-t-elle, elle ne va pas bien du tout. »

— Alors, Juliette, qu'en pensez-vous ? insiste Patrick.

Elle bredouille :

— Nous suivons au mieux les flux comptables avec l'Angleterre. Bréau est l'un de nos meilleurs fournisseurs.

— S'il vous plaît, Juliette, appliquez-vous, essayez d'être la plus naturelle possible. Vous l'ignorez sans doute, mais Raphaëlle sait lire sur les lèvres.

Troublée, elle parvient à articuler :

— Non, je l'ignorais…

Patrick sait que Juliette le croira quoi qu'il dise, désormais. Il s'en félicite : « Je vais me la mettre dans la poche. Elle est si naïve, elle aussi. »

Il en est convaincu pour l'avoir souvent expérimenté : plus un mensonge est gros, plus il a des chances de passer. Car, c'est faux, Raphaëlle ne les regarde plus, pas plus qu'elle ne lit sur les lèvres. Elle est en train de caler pour lui une longue liste de rendez-vous, jonglant avec son agenda pour qu'il soit libre les mercredis en fin d'après-midi.

Le mercredi, c'est leur jour.

Mercredi prochain, dîner avec Fasseta Management. Le rendez-vous s'inscrit aussitôt sur son portable. Quand la sorcière y fouinera, elle le trouvera. Combien de fois lui a-t-il répété qu'elle est en permanence à le surveiller, à lui chercher des poux dans la tête au moindre prétexte ? Voilà pourquoi elle ne doit pas oublier de retenir une table qu'elle annulera au dernier moment.

Piquée par la remontrance de Patrick, Juliette se penche sur le document. Elle est si près de lui qu'elle sent son parfum. Dior pour homme, reconnaît-elle immédiatement. Elle déteste les hommes qui s'aspergent de parfum, mais lui ne s'humecte que légèrement les joues. Cet homme a une classe folle. Tout est élégance chez lui.

« Raphaëlle se fait des illusions sur notre couple », lui a-t-il soufflé. Cette révélation la désarçonne, elle qui a partagé les émotions de Raphaëlle, ses emportements. Elle est sa complice. Elle murmure :

— Je ne comprends pas ce que vous voulez dire par « illusions », Patrick. Elle vous adore plus que tout.

— Elle se trompe sur nous deux et c'est pour cela que j'ai voulu vous voir, Juliette. J'ai besoin de vous.

Calmement, il lui explique qu'il a beaucoup d'affection pour Raphaëlle. Il précise :

— C'est une femme fantastique que je ne mérite pas… Ensemble, nous avons passé des moments formidables, et encore merci, chère Juliette, de lui servir de chaperon, sans vous, je ne sais pas comment nous aurions fait.

— Ce n'est rien…

— Elle n'est plus la même depuis qu'elle a fait ce geste insensé de quitter les siens. Vous vous rendez compte qu'elle a abandonné ses enfants, qu'elle dit qu'elle s'est sacrifiée pour moi. Jamais je ne lui aurais demandé une chose pareille. Quand elle a évoqué le sujet, je lui ai même interdit de le faire. C'est dingue et je ne sais plus comment faire. Elle veut que je fasse comme elle, que je quitte les miens.

Juliette est abasourdie par ces révélations.

L'homme a l'air si sincèrement inquiet. Elle le croit, quand il affirme que les choses étaient pourtant très claires entre eux depuis le début de leur liaison :

— Elle savait, je l'avais prévenue que je ne quitterais jamais ma femme et mes enfants.

Il ajoute, toujours penché sur les documents sur lesquels ils sont censés travailler :

— Je vais être franc avec vous, car il est important que vous compreniez la situation pour aider Raphaëlle à sortir de sa folie. Avec Cécile, mon épouse, ce n'est pas le grand amour, je le concède. Mais nous tenons à notre couple et nous avons pris certains engagements l'un envers l'autre. Inutile que je rentre dans les détails, mais chacun y trouve son compte. Et puis, j'ai trois gosses que j'adore. Il n'est absolument pas question que je les abandonne.

Elle le croit quand il s'étonne de l'entêtement récent de Raphaëlle pour qu'ils vivent ensemble.

— Juliette, je vous jure sur ce que j'ai de plus cher qu'il n'en a jamais été question. Je lui plaisais, elle me plaisait, mais, et je ne voudrais pas être trivial, notre histoire était juste celle d'un homme marié qui a une liaison avec une femme mariée. Nous couchions ensemble, nous aimions cela, point final.

Juliette entend sa voix qui se casse, partage son émotion. Elle pense « pourvu qu'elle ne le voie pas dans cet état », et se décale légèrement sur le côté.

Elle murmure :

— Je ne sais pas ce qu'elle s'est mis dans la tête.

Il se reprend :

— Vous qui la connaissez si bien, comment a-t-elle pu changer à ce point ? Je ne la reconnais plus…

— Raphaëlle est mon amie depuis longtemps… Moi aussi, je suis désemparée.

— J'ai peur, Juliette.

— Peur ?

— Oui, j'ai peur qu'elle fasse n'importe quoi. J'ai peur qu'elle ait perdu, comment dire, sa raison… toute mesure.

Juliette aime sentir, le temps d'une ou deux secondes, la douceur de la main de Patrick sur la sienne. Elle la retire aussitôt.

— Il faut m'aider, Juliette. Il faut surtout l'aider à reprendre ses esprits. Vous vous rendez compte que certains jours elle m'appelle à toute heure du jour et de la nuit. C'est du harcèlement.

— Non, je l'ignorais.

— Je vis un cauchemar, Juliette. Je ne comprends pas. Comment a-t-elle pu faire cette folie, quitter son mari et abandonner ses enfants ? Comment une mère peut faire cela ? Vous savez à quel point elle les adore !

— Ah, ça oui ! Elle dit qu'ils sont la prunelle de ses yeux. Moi aussi, je vais être franche avec vous, Patrick. J'adore Raphaëlle, mais il y a des jours où je regrette de l'avoir accueillie chez moi. Elle est assez pénible.

— Il faut qu'elle retrouve ses esprits, et vite, avant que tout cela dégénère. Il n'y a que vous qui puissiez l'aider. Et Dieu sait qu'elle en a besoin.

— Le départ de chez elle l'a fait disjoncter, affirme Juliette, comme une évidence.

— C'est ça, vous avez raison, ma chère Juliette, elle est devenue folle. Il faut l'aider à en sortir et il n'y a que vous, Juliette. Si vous ne le faites pas pour moi, faites-le pour elle. Il faut la guérir de ses fantasmes, sinon tout va mal tourner. Je crains le pire. Et croyez-moi quand je dis cela, ce ne sont pas des paroles en l'air. Raphaëlle est capable de tout. Et surtout, je compte sur vous pour me prévenir à la moindre alerte. Elle est incontrôlable.

— Vous pouvez compter sur moi, Patrick.

— Merci, je m'en doutais… Vous êtes une personne formidable, Juliette.

17

Tandis que Juliette, sur le point de repartir, range les documents, Patrick se réjouit déjà : cette femme a été encore plus facile à cueillir qu'il ne le pensait. Visiblement il l'a impressionnée et il en a profité pour l'amener là où il le désirait : à douter de sa meilleure amie. Sa « supposée meilleure amie »... Elle ne le restera pas longtemps.

Il va en faire son alliée...

Il pense : « Mon charisme naturel et mon charme ont encore fait des ravages. »

Il remarque que la robe de Juliette est entrouverte, laissant apparaître la fine dentelle d'un soutien-gorge bordeaux. « Il n'y a pas de hasard dans la vie, elle l'a fait exprès. » Il dit, en se levant :

— Nous avons bien avancé, n'est-ce pas ?

— Très bien avancé, Patrick.

« Je crois que je te plais... Tu ne dirais pas non, hein ? » s'amuse-t-il en lui-même. Mais il a suffisamment de choses à régler avec sa propre femme, sa maîtresse et les petits écarts qu'il s'autorise quand il est en déplacement pour ne pas se mettre davantage dans les emmerdes.

C'est vrai que cette Juliette a un truc… Mais « on verra après » !

Lorsqu'elle ouvre la porte, elle lance à haute voix, pour Raphaëlle :

— Je vais vérifier ce virement, effectivement, nous ne sommes pas au clair avec ce fournisseur !

— Revenez me voir dès que vous avez du nouveau, réplique-t-il. Mais ne traînez pas, comme je vous le disais, c'est très important et urgent.

— Vous pouvez compter sur moi.

Patrick est en pleine autosatisfaction quand il décide d'appeler Raphaëlle, par la ligne interne. Elle tourne la tête dans la direction de son amant et ce qu'elle découvre est un regard intense, chargé d'amour et de désir.

Il murmure de sa plus belle voix (ne lui a-t-elle pas avoué qu'elle frissonnait rien qu'en l'entendant ?) :

— J'ai tellement envie de toi, de t'embrasser, de te serrer dans mes bras, que nous fassions l'amour pendant des heures et des heures, que nous soyons ensemble. Toi et moi, seuls pour toujours, pour l'éternité. Je t'aime tant, ma chérie…

— Moi aussi, tu n'imagines pas à quel point…

— Si, si, je le sais, mon amour. Si je tiens, c'est grâce à toi, grâce à l'espoir que nous serons bientôt réunis. Tant pis, prenons des risques, mais voyons-nous à 12 h 30. Je ne peux pas attendre plus longtemps de sentir ton corps, ta présence… Je veux vivre notre si grand amour.

Il se demande s'il n'en fait pas trop. Mais non, à voir le visage extatique de sa maîtresse. Il lui demande de réserver à l'Ibis, à l'entrée de la zone industrielle.

— On risque de nous voir, tu ne préfères pas ailleurs ?

— Mon amour, je m'en moque qu'on nous voie. Je n'ai qu'une envie : te faire l'amour, te baiser !

Raphaëlle a juste le temps de dire :

— Oui, à tout à l'heure, mon amour.

Par miracle, elle se tait à l'instant où M. Deltil surgit devant elle.

— J'ai entendu malgré moi la fin de votre conversation. Vous étiez avec Gauthier, il me semble. Vous lui ferez mes amitiés... En tout cas, l'amour vous réussit, vous êtes rayonnante. À propos, vous êtes mariée depuis combien de temps ?

— Quinze ans, monsieur.

— Cela fait un bail. Bravo. Et vous avez bien deux garçons, je ne me trompe pas ?

Puis, sans attendre sa réponse, il entre dans le bureau de son chef des ventes. Quand il en sort, cinq minutes plus tard, il s'adresse à Raphaëlle :

— Est-ce que vous pourriez réserver une table pour deux au Café du Théâtre ? J'amène votre patron dans l'un des meilleurs restos de la ville.

— À quelle heure ? demande-t-elle d'une voix d'outre-tombe.

Il plaisante :

— Faut pas être triste, Raphaëlle, il reviendra notre Patrick. Je vous le rends cet après-midi !

Elle se reprend et sourit :

— 13 heures, monsieur ?

— 12 h 30... Merci, Raphaëlle.

Interrogé par les enquêteurs, Régis Deltil se rappellera cet instant :

« Raphaëlle Constantino a toujours été une assistante discrète dont son précédent patron, Philippe Fourcade, disait le plus grand bien. Elle restait à sa place comme toute secrétaire qui se respecte. Un jour, peu avant le drame, Patrick m'a proposé de déjeuner ensemble. J'ai demandé à Raphaëlle de réserver au Café du Théâtre comme elle avait l'habitude de le faire du temps de Fourcade. Elle m'a jeté un regard mauvais, qui m'a perturbé. J'ai même eu l'impression qu'elle allait se mettre à pleurer. C'était vraiment curieux. J'en ai parlé avec Patrick et je me souviens qu'il m'a dit qu'il avait des petits problèmes avec elle. Il s'est plaint qu'elle se mêlait un peu trop de sa vie privée à son goût. La conversation en est restée là, mais si je vous raconte cette anecdote, c'est parce que, à mon avis, elle voulait régenter la vie de ce pauvre Patrick. Il était à elle. Elle était à son service exclusif et ça ne lui plaisait pas que je lui donne un ordre. Il y avait quelque chose qui ne tournait pas rond dans sa tête. J'aurais dû être beaucoup plus vigilant et attentif à ce que Patrick me laissait régulièrement entendre. Si j'étais intervenu, peut-être que j'aurais évité ce drame affreux. » (Extrait procès-verbal de Régis Deltil)

De l'autre côté de la vitre, Patrick lui adresse une mine déconfite qui signifie « je n'ai pas pu refuser ». Il paraît si dépité que Raphaëlle lui fait signe que « ce n'est pas grave, une autre fois ». Lui, il pense : « Tu vas pouvoir déjeuner avec ton ex-meilleure amie ! »

Patrick est content de lui.

À ce rythme, il n'aura pas beaucoup à se forcer pour la rendre dingue. « Tu mûris gentiment, amour de ma vie ! »

18

Les semaines suivantes, Patrick met Raphaëlle à la torture.

Il la rassure sur la puissance de son amour. Il lui promet tout ce qu'elle veut entendre et, dans le même temps, il la fait souffrir. Rarement disponible, il ne lui accorde que peu de temps.

Il a des engagements de dernière minute, des déplacements professionnels qui empêchent leurs rendez-vous inscrits de longue date par sa maîtresse.

Un mercredi, alors qu'elle a retenu et payé la chambre, il est cloué au lit par une mauvaise grippe. Pourtant, le lendemain, il arrive tout gaillard au travail :

— J'ai transpiré toute la nuit et ce matin la fièvre est tombée.

Huit jours plus tard, c'est son fils qui a une compétition de judo :

— Je suis obligé de l'accompagner, sinon il va me détester toute ma vie.

Le lendemain, il annonce que son gamin a gagné et elle partage sa fierté de papa.

Patrick se morfond de la voir si peu, s'excuse d'être obligé de repousser alors qu'il en brûle d'envie et qu'il en crève de désespoir. Mais c'est la faute de « l'autre », car, explique-t-il à Raphaëlle, elle ne le lâche pas, exige qu'il s'absente moins souvent :

— Elle organise des dîners, me traîne à des invitations, rien que pour me faire chier et m'avoir sous sa coupe. Elle espionne mes moindres faits et gestes.

Il est sans cesse sur le qui-vive. Un soir, raconte-t-il à Raphaëlle, il l'a surprise en train de renifler ses vêtements :

— Elle me cherche !

Il ne se passe pas un jour sans qu'il raconte à sa maîtresse que sa femme lui rend la vie impossible. Raphaëlle peut en témoigner, puisque Cécile continue à l'appeler, parfois plusieurs fois dans la même journée, pour parler à son mari.

Quasiment tous les jours aussi, Raphaëlle parle de son désespoir à son amie Juliette, raconte les affres de son amant par la faute de « cette méchante femme ». Elle lui confie surtout sa haine envers cette sorcière qui fait obstacle à leur bonheur.

Pour seule réponse, Juliette, qui sait maintenant que la vérité est tout autre, se contente de la plaindre. Comment ramener son amie à la réalité ? Comment lui dire qu'elle se berce d'illusions ? Elle n'y parvient pas.

À chaque occasion, comme elle s'y est engagée, Juliette raconte tout à Patrick. Elle avoue qu'elle ne sait plus comment faire avec Raphaëlle. Il hoche la tête de dépit et dévoile son impuissance :

— Moi non plus. Nous sommes en train de la perdre. Cette pauvre Raphaëlle fait une fixation sur ma femme, qu'elle rend responsable de ses malheurs. Mais Cécile est bien loin de tout cela.

Évidemment, Juliette s'interdit d'en parler à Raphaëlle (« ça la rendrait folle »), mais elle est toute contente d'être devenue la confidente d'un homme aussi séduisant.

Ne se voient-ils pas désormais au minimum une fois par semaine sous prétexte de travaux comptables où ils jouent leurs rôles à la perfection ?

— Nous sommes devenus complices, se réjouit Patrick.

Il s'interdit d'aller plus loin alors que ce serait si facile. Son plan avance exactement comme il le veut et il doit rester concentré.

Des semaines plus tard, Juliette expliquera au commandant Castaneda, qui dirige l'enquête, que son amie était totalement obsédée par la femme de « monsieur » Maisonnave.

> « Il ne se passait pas un jour sans qu'elle s'énerve contre elle. Elle m'affirmait que Patrick était sa proie et qu'il était son prisonnier. Cette pauvre fille, je la plains vraiment, elle se vantait qu'elle allait le délivrer de ce monstre. Mais jamais je n'aurais imaginé qu'elle en arriverait là. Il faut vraiment qu'elle ait perdu la tête pour commettre cette horreur. » (Extrait procès-verbal de Juliette Portelli)

19

Raphaëlle compte sur ses doigts et à haute voix tandis qu'elles dînent d'une omelette et d'une salade. Juliette a improvisé ce repas avec ce qui restait dans son réfrigérateur. Elle n'a jamais été une femme d'intérieur, et pour remplir le frigo il ne faut pas compter sur Raphaëlle, qui « n'a plus trop le cœur à ça » et se contente d'un bout de fromage sur un morceau de pain.

Maeva refuse de regagner sa chambre pour profiter de la conversation entre les deux femmes. L'adolescente se passionne toujours autant pour les aventures de Raphaëlle. Plus que jamais, elle partage ses espoirs, vit ses déceptions et souffre avec elle.

— Un, le treize mars, au Sélect, deux, le trois avril, toujours au Sélect, trois, à l'Appart Confort, le dix-sept avril…

Il est plus de 21 heures.

Juliette connaît la litanie par cœur. Hier, avant-hier et encore le jour précédent, Raphaëlle a ressassé la même histoire : en presque trois mois, ils ne se sont vus que cinq fois.

Cela aurait dû faire six ce soir, et Raphaëlle ne serait pas là à la saouler avec ses rendez-vous ratés.

Mais Patrick a annulé au dernier moment. « L'autre » était soi-disant malade.

— Une maladie imaginaire, a-t-il pesté quand il a averti Raphaëlle, mais elle ne veut pas que je m'absente tant que le médecin n'est pas là. Cette salope le fait exprès rien que pour le plaisir de me faire chier.

— Je n'en peux plus, a rugi Raphaëlle.

— Moi non plus, mon amour. J'ai tellement envie de te voir… Je n'ai pas réussi à bosser de la journée tellement j'y ai pensé. Ton corps me manque tellement…

Elle a senti son affolement :

— Je dois raccrocher, elle arrive !

Il a coupé la conversation si vite que Raphaëlle n'est pas sûre qu'il ait entendu son « je t'aime ».

— Seulement cinq fois, se plaint-elle à Juliette, prenant Maeva à témoin.

Elle ne leur dit pas que ces soirées sont souvent écourtées parce que « l'autre » exige qu'il rentre tôt. Aussi, ils ne perdent pas de temps à discuter.

Non, quand Raphaëlle pénètre dans la chambre, Patrick, qui arrive toujours le premier, est déjà nu dans le lit. Il a parfaitement plié ses vêtements dans la penderie car il veille à ce qu'ils ne soient pas froissés.

— Elle soupçonnerait quelque chose.

Avant de l'attirer à lui, il vérifie qu'elle ne s'est pas parfumée.

— Tu n'imagines pas l'examen auquel la vipère me soumet quand je rentre, explique-t-il quand elle s'étonne d'autant de prudence. Elle surveille tout. J'en ai ma claque.

— Pars, quitte-la ! n'a plus peur de lui dire Raphaëlle.

— Ça ne va pas tarder, mais en attendant, restons prudents.

Quand ils font l'amour, il ne cesse de répéter qu'elle est la femme de sa vie. Elle réclame :

— Tu m'aimes vraiment ?

— Au-delà de tout, répond-il.

Il est doux, attentionné à ses désirs. Elle force un peu son orgasme pour lui faire plaisir car elle sait qu'il aime qu'elle exprime sa jouissance. Il murmure alors :

— Je suis tellement heureux avec toi.

Ensuite, Patrick l'attire à lui, lui caresse les cheveux, le corps, l'embrasse. Il regarde sa montre et dit :

— J'ai envie de te baiser. Il nous reste encore un peu de temps.

Elle répond, comme une gamine :

— Je suis à toi.

Il se lève et ouvre le champagne qu'il a apporté. Elle vient avec les flûtes car Patrick déteste les gobelets en plastique.

Alors ils parlent de leur futur. Il l'entraîne dans « ce rêve qui sera bientôt réalité », ce moment où ils vivront leur amour sans avoir besoin de se cacher. Il décrit l'endroit où ils habiteront, loin du tumulte de la ville. Patrick veut une ferme dans la campagne avec un étang ou une rivière. Raphaëlle ne dit pas qu'elle a enfin trouvé un bel appartement à Mériadec, et se laisse bercer par sa belle voix grave, ces promesses auxquelles elle veut tant croire.

Invariablement, ensuite, Patrick évoque ce qu'il appelle les « dernières inventions de "l'autre" pour lui pourrir la vie » :

— Pas plus tard que ce week-end, elle a exigé que je lui donne mon agenda à consulter tous les soirs sous prétexte de savoir où je suis s'il arrive quelque chose à elle ou aux gosses. Tu te rends compte où nous en sommes.

Il raconte que « cette sorcière » a des informateurs partout. Il dit qu'elle bavait d'un plaisir malsain en lui faisant remarquer : « Elle est vraiment jolie, cette Raphaëlle, c'est tout à fait ton genre de femme ! »

— Je lui ai dit que tu étais mariée, et tu sais ce qu'elle m'a répondu ?

— Non…

— Que tu venais de te séparer de ton mari. Putain, comment elle a appris ça ?

— C'est incroyable… Elle doit me surveiller aussi. Tu crois qu'elle est au courant pour nous ?

— Tout est possible.

— Elle est effrayante, dit Raphaëlle.

— C'est pour ça qu'avec elle, il faut être patient et très malin.

Il ajoute :

— Mais on l'aura au final, je te le jure. Elle est trop méchante et vicieuse.

— Et si j'allais la voir ? lance Raphaëlle. Cela ne me fait pas peur de mettre les pieds dans le plat ! Je vais prendre les choses en main. Ça n'a que trop duré.

— Ce serait de la folie ! Ne fais jamais ça.

— Pourquoi pas… Je suis prête à tout pour nous.

— Non, non, mon amour, c'est à moi de le faire…

— Comme tu voudras.

Puis ils font l'amour une seconde fois. Avec tendresse.

Le lendemain, c'est un Patrick affolé qui prévient Juliette :

— Raphaëlle va faire une folie.

« Patrick Maisonnave m'a appelée trois semaines environ avant le drame. Il était très inquiet car il ne savait plus comment s'y prendre avec Raphaëlle pour l'empêcher de commettre l'irréparable. Car celle-ci lui a annoncé qu'elle avait l'intention d'aller voir sa femme et de tout lui raconter. Elle lui a même dit qu'elle allait prendre les choses en main. On sait maintenant ce qu'elle avait dans la tête. » (Extrait procès-verbal de Juliette Portelli)

Patrick confirmera les propos de Juliette auprès du juge Rignault.

20

Murielle Flament était non seulement la meilleure amie de Cécile, mais elle était très proche des Maisonnave. Elle se présentera d'elle-même au commissariat deux jours après les obsèques de Cécile. C'est le commandant Castaneda qui recueille le témoignage de celle qui affirmera avoir pleuré toutes les larmes de son corps à la disparition de son amie.

> « Cécile était fidèle en amitié. Elle était généreuse, dynamique, volontaire. Toujours partante. Cécile était non seulement une femme exceptionnelle, mais une épouse et une mère formidable. Elle respirait la joie de vivre. Je l'aimais beaucoup. »

Grâce à son témoignage, Castaneda va comprendre, pense-t-il, les relations qui liaient le couple. N'est-elle pas la mieux placée pour les décrire ?

> « Je connais Cécile depuis le lycée. J'ai été son témoin de mariage. Bien que nous ayons eu des trajectoires différentes, nous ne nous sommes jamais perdues de vue, même lorsqu'elle et son mari habitaient loin de Bordeaux. Avec mon époux et notre fille, nous avons passé des week-ends et des vacances ensemble dans leur villa de Ramatuelle. [...]

Cécile m'a toujours parlé de Patrick avec beaucoup d'affection, et pas seulement parce qu'il était le père de ses enfants. Sur ce point, il s'est toujours comporté en très bon papa. [...]

Je sais qu'il a eu quelques liaisons. Bien sûr, Cécile en a souffert et elle me l'a confié en amie. Elle était au courant de ses écarts, mais elle a fini par accepter cette situation. Elle lui pardonnait. Car, me disait-elle, Patrick est un séducteur et il a besoin de plaire. C'est dans sa nature. [...]

Je ne cherche pas à lui trouver des excuses, mais j'ai la certitude qu'il n'a jamais voulu la blesser. Je pense que ces liaisons n'avaient que peu d'importance à ses yeux. Il respectait sa femme, il se comportait en bon mari, ce qui peut paraître paradoxal vu qu'il la trompait. Avec leurs trois enfants, ils formaient une famille soudée et aimante. [...]

En réalité, Patrick n'est pas un méchant. Il n'est pas aussi solide et sûr de lui que l'image qu'il donne à la première approche. C'est un homme qui doute, et séduire est probablement sa façon de s'affirmer. [...]

J'ai l'intime et totale conviction (je vous rappelle que je les connais bien tous les deux et depuis très longtemps) que Patrick et Cécile formaient un couple certes pas idéal, mais solide. Sans ce malheureux drame, ils auraient fini leur vie ensemble. Je pense qu'ils s'aimaient. À leur manière, mais ils s'aimaient. » (Extrait procès-verbal de Murielle Flament)

Dès qu'elle quitte le commissariat, Murielle Flament appelle Patrick pour lui raconter comment s'est passée sa déposition.

Après tout, c'est lui qui l'a encouragée à témoigner puisqu'elle était très proche de sa « chère Cécile ».

— N'attends pas qu'ils te convoquent et va voir la police. Ton témoignage sera précieux car ils ont besoin de comprendre comment Cécile et moi fonctionnions. Ça les aidera. Et demande à parler à leur chef. Retiens son nom : Castaneda.

Elle a accepté sans problème :

— Je dirai la vérité ! Toute la vérité !

Patrick peut compter sur sa « vérité ». Il sait que Murielle a toujours eu beaucoup d'affection pour lui.

Et pas seulement parce que, il y a une dizaine d'années, ils ont eu une liaison qu'ils qualifient de « sans grande importance », « en tout respect de leurs mari et femme respectifs… ».

21

Il y a eu, entre Raphaëlle et Patrick, un sixième rendez-vous.

Le mardi dix-neuf mai.

Raphaëlle, à la demande expresse de Patrick, ne doit en parler à personne, et surtout pas à Juliette.

— C'est une vraie pipelette, ta copine. Un jour, nous aurons des problèmes à cause d'elle. Tu verras.

Raphaëlle a beau la défendre, Patrick exige le secret le plus absolu :

— Ce soir, nous allons faire une folie, mon amour.

Quand Raphaëlle tente d'en savoir plus, Patrick met son index sur sa bouche :

— Chut ! C'est une surprise, une énorme surprise, et moi, contrairement à Juliette, je suis une tombe ! Tu ne sauras rien…

À 19 heures, Patrick récupère Raphaëlle dans une petite rue de Pessac. Il lui demande de s'allonger sur la banquette arrière et il la recouvre d'une grande couverture.

Raphaëlle dit qu'elle est excitée comme une puce. Patrick répond :

— J'aime bien quand tu es excitée.

Elle plaisante :

— Tu ne penses qu'à ça !

— Silence !

Ils roulent quelques minutes seulement. Quand la voiture s'immobilise, Patrick lui ordonne de rester cachée. Elle ne bouge pas tandis qu'elle entend le bruit reconnaissable d'une porte automatique de garage en train de se lever.

— Tu peux sortir de ta cachette, ma chérie.

Raphaëlle comprend immédiatement où Patrick l'a conduite : chez lui. Elle s'exclame :

— Tu es dingue, mon cœur !

— Dingue de toi !

Il l'attire à lui et l'embrasse. Ensuite il explique qu'il n'y a personne chez lui.

— La sorcière est à Arcachon avec nos enfants pour la semaine.

Raphaëlle s'inquiète :

— Elle ne risque pas de rentrer ?

— Aucun risque ! Elle reste dormir là-bas… Nous sommes chez nous, mon amour !

— Ah, non, jamais je n'accepterai de vivre là où l'autre a vécu. Nous aurons notre chez-nous !

Dans le corridor, il la colle contre le mur, glisse sa main entre ses cuisses.

— Ça t'excite d'être là, hein ?

Raphaëlle est partagée, mal à l'aise. Enfin, elle découvre son univers, mais même si elle est absente, elle sent la présence de « l'autre ».

— Moi, en tout cas, ça m'excite comme un dingue !

Il l'entraîne par la main gauche. L'autre caresse ses fesses. Ils traversent le salon et montent un escalier de marbre. Il lâche :

— Tiens-toi à la rampe, les marches glissent un peu.

Elle obéit.

Dans le couloir, Patrick l'a laissée passer devant :

— Ouvre la porte, mon amour.

Elle tourne la poignée. Elle a à peine le temps de comprendre qu'ils sont dans leur chambre que Patrick la pousse sur le lit.

Raphaëlle se laisse faire. Elle rit.

Maintenant, elle est trop heureuse de ce coup de folie. Elle vit l'instant comme une revanche.

Ils font l'amour dans le lit, sous la douche, dans le lit encore.

À minuit, il la ramène à sa voiture.

En l'enlaçant tendrement, il lui murmure :

— J'avais tellement envie de cela. Faire l'amour avec toi, dans sa maison, dans son lit. C'est notre vengeance, mon amour.

Il ajoute :

— Il faut que cela reste notre secret.

Elle lui promet sur ses enfants qu'elle n'en parlera jamais.

22

Quand elle se réveille ce vendredi vingt-deux mai, pour la première fois depuis qu'elle est partie de chez elle, trois mois plus tôt, Raphaëlle se demande si elle n'a pas fait une erreur. Non pas d'être allée chez Patrick, même si elle s'est juré de ne plus y remettre les pieds tant elle a trouvé malsain de l'aimer dans leur lit. Elle a senti l'odeur de « l'autre » et cela ne lui a pas plu.

Quelque chose de plus insidieux la tracasse.

Jusqu'à présent, elle s'est refusée à l'admettre, convaincue d'avoir pris une décision nécessaire, convaincue aussi qu'elle retrouvera ses garçons.

Ces dernières semaines, et hier encore en fin d'après-midi, au lendemain de cette soirée folle chez Patrick, elle s'est discrètement approchée de son ancien domicile.

Elle n'a pas cherché à parler aux enfants, elle a trop peur qu'ils la repoussent. Elle n'a pas pleuré. En les voyant jouer dans le jardin, heureux, riant fort, elle s'est dit que leur maman ne leur manquait pas. La douleur n'en a été que plus vive.

Voilà ce qui la peine ce matin : et s'ils ne veulent plus la voir ?

La semaine passée, elle a reçu un commandement d'avocat. Elle s'y attendait, mais ça a été un choc : Gauthier demandait le divorce.

La lettre recommandée avec AR a été adressée au bureau, seule adresse connue de Mme Raphaëlle Benedetti, épouse Constantino.

Le texte était d'une brutalité inouïe, ce qui ne l'a pas étonnée. Gauthier entamait une procédure par laquelle il demandait la garde exclusive d'Augustin et Guillaume. Il était question d'abandon de foyer depuis trois mois sans donner la moindre nouvelle, et d'enfants traumatisés par la disparition de leur mère.

Elle savait par Juliette qu'il ne l'épargnait pas. Il ne se répandait pas, car il avait honte d'avoir été largué, mais en privé il la traitait de « salope », de « folle », de « traînée », et lui promettait le pire. Ceux qui étaient dans la confidence le plaignaient. Ils n'en revenaient pas que cette femme si gentille et aimante ait tout plaqué. Il y avait forcément un homme là-dessous. Mais qui ? On la voyait toujours seule.

La famille de Raphaëlle elle aussi a tenté de comprendre.

— Tu as un amant ? a fini par lui demander sa mère.

Pour ne pas trahir Patrick, Raphaëlle a nié. Elle a seulement expliqué qu'elle ressentait le besoin de prendre du recul.

À de nombreuses reprises, sa mère a essayé de l'attendrir sur le sort de ses enfants.

— Tu leur manques… Ils ne te manquent pas, à toi ? Tu es une maman, quand même !

Pour toute réponse elle réaffirmait :

— Je sais ce que je fais, laissez-moi tranquille. Bientôt tout rentrera dans l'ordre.

Quand sa mère est revenue à la charge, Raphaëlle s'est bornée à répéter :

— Tout va bien, arrêtez de vous lamenter sur mon sort. Ce n'est qu'une question de jours.

Ensuite, Raphaëlle a renvoyé dans ses cordes sa sœur aînée, venue exprès de Paris :

— Je n'ai pas de leçons à recevoir de toi. Je fais ma vie, tu fais la tienne, et c'est bien comme ça !

Rien n'a pu la faire changer d'attitude…

Sa sœur et surtout ses parents se sont découragés. Leur fille a disjoncté, probablement pour un homme, et ils ont fini par partager l'avis de Gauthier sur Raphaëlle.

Comme ils n'ont pas voulu perdre le contact avec leurs deux petits-fils, ils ont soutenu la demande de séparation de leur gendre « pour le bien des petits ».

Ce vendredi matin, il y a plus grave encore pour Raphaëlle. Elle est prise d'un doute qui la terrifie : et si Patrick ne quittait jamais sa femme ?

Il l'aime, c'est une certitude. Il y a des signes qui ne trompent pas : elle le lit dans ses yeux, elle l'entend dans ses mots. Leur amour reste aussi puissant qu'au début de leur relation. Si ce n'est plus fort.

Mais hier soir, au dîner, elle s'est violemment disputée avec Juliette à ce propos, et ce matin elle ne parvient pas à se sortir les mots de son amie de la tête.

Il faut dire que depuis quelque temps, Juliette est moins complice de son amour pour Patrick. Elle n'a de cesse de lui demander de prendre de la distance avec cette histoire, comme si elle voulait la ramener à la raison.

Raphaëlle répond invariablement que leur amour n'est pas raisonnable.

Et la veille au soir, les choses se sont envenimées. Elle a été à deux doigts de claquer la porte. Juliette a osé sous-entendre que Patrick ne l'aimait pas autant qu'elle se l'imaginait.

Elle n'aurait pas dû.

Raphaëlle a hurlé sa rage, a donné un coup de poing dans un vase qui s'est fracassé sur le carrelage, a traité son amie de « connasse ».

Juliette lui a craché au visage :

— Un de ces quatre, il te plaquera pour rester avec sa femme et tu finiras toute seule. Sans ton homme et sans tes gosses.

Avant de tourner les talons, elle a montré les débris de porcelaine :

— Tire-toi si tu veux, mais tu me nettoies le bordel que tu as mis.

Ça n'a pas calmé Raphaëlle. Elle a poursuivi Juliette jusque dans sa chambre pour exiger des excuses, hurlant :

— Je t'interdis de dire qu'il ne m'aime pas !

Elle a saisi Juliette par le bras, l'obligeant à la regarder dans les yeux :

— Oui je vais me tirer d'ici. Mais sache que dans très, très peu de temps, j'ai l'intention de régler le problème et tu n'auras plus à me supporter. Rien ni personne ne m'arrêtera ! J'irai jusqu'au bout, que cela te plaise ou non.

Cette nuit, Juliette a peu dormi, la porte de sa chambre fermée à double tour. Et ce matin, affolée, elle avertit Patrick des menaces proférées par Raphaëlle.

Celui-ci lui dit qu'il prend les choses au sérieux et promet de s'en occuper au plus vite.

En réalité, il ne fait rien. Son plan fonctionne à merveille. C'est pour ce soir !

Partie 4

LE POLICIER ET LE JUGE

23

Ce samedi vingt-trois mai, Patrick rentre chez lui un peu avant 3 heures du matin. Il ne sera pas plus précis avec les enquêteurs.

— Il ne m'a fallu qu'une dizaine de minutes pour faire le chemin, expliquera-t-il, je sais que je suis parti assez tard. Il y avait encore du monde, ils vous le confirmeront.

Quelques jours plus tard, les policiers vérifieront la durée du trajet à différents horaires de la soirée. À 3 heures, un samedi, ils ont fait la route en moins de six minutes. En passant par la rocade, la distance est parcourue encore plus rapidement, mais Patrick affirme avoir emprunté les petites rues qu'il connaît par cœur.

— J'ai préféré faire comme ça par crainte des gendarmes, car ce n'était pas le moment de souffler dans le ballon. Je reconnais qu'avec les copains, nous nous sommes un peu laissés aller… Et quand je dis un peu…

Patrick explique encore au commandant Castaneda du SRPJ de Bordeaux :

— Moi, la nuit, j'ai la trouille avec tous ces gens qui brûlent les feux. Je n'aime pas conduire vite et je suis très prudent, surtout quand j'ai trop picolé.

Les enquêteurs ont également chronométré le trajet en début de soirée, dans l'hypothèse où Patrick aurait fait l'aller-retour à ce moment-là. À 22 h 30, il leur a fallu une minute de plus. Cinquante-quatre secondes, précisément.

Ils ont calculé qu'il se serait absenté de la fête pendant une bonne trentaine de minutes.

— Possible, mais difficile, ou alors il est très fort, estime le commandant Castaneda, qui aurait bien aimé qu'on lui dise que Patrick s'était absenté. Ce que personne ne fera.

Patrick Maisonnave participait ce soir-là au dîner de l'association des anciens de Sup de Co Bordeaux, promotion 1999. Ils se retrouvent tous les ans, un vendredi de mai, dans le resto de Talence où, étudiants, ils venaient jouer au tarot. Depuis qu'il existe, Patrick n'a jamais raté ce rendez-vous annuel, même à l'époque où il ne travaillait pas à Bordeaux.

— Garder le contact avec les vieux copains, c'est sacré !

Ce soir-là, ils étaient une petite soixantaine sur la centaine que comptait leur promo.

Aucun des convives ne se souvient de l'heure exacte du départ de Patrick, mais il était assez tard :

> « On a bien rigolé quand il nous a dit qu'il devait filer, sinon, il allait se faire engueuler par sa femme. Pat, ce n'est pas le bonhomme à avoir peur de sa nana. On voyait qu'il plaisantait. Surtout que Cécile, c'est pas une marrante, mais, comme bonne femme, elle est plutôt cool. Surtout avec un phénomène comme lui... »

Son départ tardif n'a pas surpris François Vannier, le président de l'association des anciens :

« Patrick est un pilier de notre asso, un mec aussi sympa qu'à l'époque où il était étudiant. Il a toujours aimé faire la bringue et généralement il reste jusqu'à la fermeture de la boutique, vers 3, 4 heures. On vieillit, mais les anciens sont toujours d'attaque. »

Il a ajouté :

« Ce qui lui est arrivé est terrible et nous sommes tous à ses côtés dans ce moment tragique. Ah, si Cécile l'avait accompagné... Mais elle ne vient jamais. »

Deux ou trois se souviendront aussi qu'il s'est plaint d'avoir trop picolé avec la route qu'il avait à faire.

« C'est vrai qu'on a commencé au Ricard et qu'on a terminé au calva. Comme tous les copains, Patrick a bien carburé. Je ne devrais pas le dire, mais prendre la route avec un verre dans le nez, c'est pas ce qui lui fait peur. » (Extraits procès-verbal de François Vannier)

Patrick Maisonnave arrive donc chez lui, une maison de style contemporain construite quinze ans plus tôt sur une parcelle de huit cent trente-deux mètres carrés à Pessac, aux alentours de 2 h 30.

La suite figure dans le procès-verbal daté du vingt-trois mai. Il a été rédigé par le commandant André Castaneda.

« J'ai laissé la voiture dans la rue. Notre entrée de garage est assez étroite et je ne me sentais pas de me lancer dans des manœuvres. Je vous rappelle que j'avais largement dépassé les doses d'alcool autorisées.

Il y avait de la lumière à l'étage, dans notre chambre. J'en ai déduit que Cécile ne dormait pas et que j'allais me prendre une soufflante. Ma femme est... était assez stricte sur ce point-là. Cela ne m'a pas vraiment étonné que la porte d'entrée ne soit pas fermée à clef. Elle oublie souvent de le faire même quand elle est seule. Ce n'est pas faute de le lui avoir dit à de nombreuses reprises. Mais elle n'y pense pas et elle me dit toujours qu'elle n'a pas peur. »

En réalité, et il ne le dira pas aux policiers, Patrick n'a rien bu de la soirée afin de garder la tête froide et un parfait contrôle de lui-même. Il a berné ses amis, trop saouls pour s'en apercevoir. Ce n'est qu'en rentrant chez lui qu'il a avalé de longues rasades de whisky. Il fallait que l'alcootest auquel il serait forcément soumis se révèle positif.

Le PV continue ainsi :

« Je suis d'abord allé dans la cuisine, histoire d'avaler un grand verre d'eau et un Doliprane. J'avais trop bu et un sérieux mal de crâne. Puis, j'ai allumé la télé de la cuisine. J'ai dû la regarder pendant un quart d'heure. Ensuite, j'ai pris une douche dans la salle de bains du rez-de-chaussée pour ne pas faire de bruit, et je suis monté me coucher. J'étais torse nu, en caleçon, pieds nus.

L'escalier est sur le côté de l'entrée, dans un recoin, ce qui explique que je ne l'ai pas vue quand je suis arrivé.

J'ai allumé dans le petit corridor. C'est à ce moment seulement que je suis tombé sur son corps au pied des marches. » (Extrait procès-verbal de Patrick Maisonnave du vingt-trois mai)

Bernard Dupouy, habitant au numéro dix, rue du Général-Gougaud, dira qu'il a été réveillé par les appels au secours de son voisin à 3 heures du matin.

24

Patrick demande qu'on interrompe sa déposition. L'émotion qui l'a soudain submergé a été trop forte. Il murmure :

— C'est dur…

Quelques larmes s'échappent de ses yeux rougis et glissent sur ses joues.

Le commandant Castaneda suit le parcours de l'une d'elles, en suspens sur le côté gauche du menton de l'homme détruit qui lui fait face. Elle reste là, bloquée par les poils drus d'une barbe de vingt-quatre heures. La larme grossit, dodeline un peu, hésite à tomber. D'un brusque revers de la main, l'homme la délivre. Puis il s'essuie les yeux, prend une longue inspiration, serre les poings et demande d'une voix ferme :

— Où en étions-nous ?

— Au moment où vous avez découvert le corps de votre épouse au pied de l'escalier. Qu'est-ce que vous avez fait ensuite ?

— Ce qu'aurait fait n'importe qui, commandant, s'étonne Patrick, je me suis précipité vers elle. Je me souviens qu'il y avait beaucoup de sang. J'ai compris immédiatement qu'elle avait fait une mauvaise chute dans l'escalier. Mais je n'ai pas réalisé tout de suite qu'elle était décédée. C'était impossible à admettre. Alors je l'ai prise dans mes bras, je l'ai appelée, j'ai tapoté ses joues.

Patrick vide d'un trait le verre d'eau posé devant lui, avant de poursuivre :

— C'était horrible… Je crois que je n'oublierai jamais ce moment. Ces souvenirs sont comme irréels.

Il prend sa tête entre ses mains, se frotte les yeux.

— Vous voulez faire une pause ? Nous pouvons reprendre plus tard…, propose Castaneda.

— Non, non, commandant… Je veux juste qu'on en termine. Vous me comprenez, n'est-ce pas ?

— Bien sûr… Et je vous remercie d'être passé cet après-midi. Je sais que revivre ça n'est vraiment pas facile. Vous êtes très courageux, monsieur Maisonnave.

— Merci…, murmure Patrick.

Il ajoute du bout des lèvres :

— Vous pouvez m'appeler Patrick, si vous le souhaitez…

— Non, monsieur Maisonnave. Désolé, mais ce n'est pas dans les usages.

Castaneda se dit que ce type est un malin, « la ficelle est un peu grosse »…

Puis il pose une photo sur la table.

On y voit une femme allongée sur le dos, les yeux clos. Elle porte un long tee-shirt blanc remonté sur le ventre, laissant apparaître une culotte noire. Le tee-shirt est couvert de sang. Sa chevelure brune en est imbibée. Un mince filet de sang s'échappe de sa bouche.

Après un instant d'hésitation, Patrick expire un grand coup, s'oblige à baisser le regard.

— C'est un supplice, commandant.

Il détourne les yeux et finit par dire :

— Je ne faisais pas attention à tout ce sang. Je ne le voyais pas ! J'avais l'impression qu'elle vivait encore, je crois que je lui ai demandé comment elle avait fait pour tomber dans l'escalier, si elle avait raté une marche. Je crois même que je l'ai engueulée de s'être levée dans le noir. Parce que l'escalier était éteint. Dans ces moments-là, on fait n'importe quoi, commandant. J'étais totalement ailleurs. Je la tenais dans mes bras. Son corps était froid, un peu tiède, peut-être…

À nouveau, il serre les poings, ferme les yeux, comme s'il rassemblait tout le courage dont il a besoin dans ce moment si difficile. Tellement douloureux.

Il dit qu'il pense à ses deux aînés qui l'attendent dans le hall du commissariat.

— Ils sont dévastés par la disparition de leur maman. Je ne voulais pas qu'ils viennent, mais ils ont tenu à m'accompagner. Je les trouve tellement courageux…

Il confie au policier à quel point ils aiment leur maman, qu'il ne sait pas comment ils vont surmonter cette épreuve, comment ils vont faire sans elle, mais le commandant l'interrompt d'une voix neutre :

— C'est vous qui avez déplacé le corps. Car elle n'était pas dans cette position quand vous êtes arrivé ?

— Non. Elle était sur le ventre, comme repliée sur elle-même. Je l'ai retournée pour la prendre dans mes bras. J'avais l'impression qu'elle respirait encore, faiblement, mais qu'elle respirait.

— Un voisin a dit qu'il vous a entendu crier.

— Je ne m'en souviens pas du tout.

— La fenêtre du corridor était ouverte.

— Je ne sais plus, mais Cécile n'avait pas peur. Elle laissait tout ouvert. Ça ne la dérangeait pas.

— Reprenons, monsieur Maisonnave. Racontez-moi ce qui s'est passé ensuite.

— Ensuite ?

— Quand vous avez compris que votre femme était décédée.

— Je ne l'ai jamais compris, commandant. Mes mains étaient pleines de son sang. J'avais froid, je tremblais. Bizarrement, je ne pleurais pas. J'étais là, assis par terre, médusé. Dans un premier temps, j'étais incapable de réagir et je la gardais serrée contre moi en lui disant que les secours allaient arriver. Il faut me croire, commandant, mais j'ai même cru qu'elle bougeait les lèvres, qu'elle cherchait à me dire quelque chose. Son regard était fixé sur moi comme si elle me suppliait d'agir. À ce moment-là seulement j'ai réalisé que je n'avais appelé personne. Alors j'ai dit : « Ne parle pas, mon amour, je vais avertir les pompiers. »

Patrick s'est trompé. Dans son affolement, il a composé le 17 au lieu du 18.

Le 17, c'est le numéro de police secours.

Sur l'enregistrement, on l'entend hurler :

— Venez vite, ma femme a eu un accident ! Je crois que c'est très grave.

La policière de permanence a demandé calmement ce qui se passait. Il a crié :

— Au secours, vite, vite !

Elle a dit :

— Nous allons nous occuper de vous, ne vous énervez pas, monsieur.

Mais comment apaiser un homme qui vient de découvrir sa femme brisée au pied d'un escalier en marbre ?

— Comment vous appelez-vous et où habitez-vous, monsieur, qu'on puisse envoyer des secours le plus rapidement possible ?

Patrick a dû s'y reprendre à trois fois pour décliner son identité, donner leur adresse.

Il hurle :

— Venez vite, par pitié, venez vite ! Elle va mourir. Ma femme est tombée dans l'escalier, il y a du sang partout !

— Elle est toujours en vie ? demande l'opératrice.

— Oui, oui, bien sûr. Elle respire !

— Votre femme est consciente ?

— Je ne sais pas…

— Une voiture de police sera là dans cinq minutes, a indiqué posément la femme. Je m'occupe aussi des pompiers.

Elle insiste :

— Vous êtes toujours là, monsieur Maisonnave ? Restez en ligne.

Elle entend pour seule réponse la voix de cet homme perdu qui murmure :

— Tiens bon, ma chérie, les secours arrivent dans cinq minutes.

Le brigadier-chef Christian Cabréra et le brigadier Lucien Belly sont arrivés sur place quatre minutes et trente-deux secondes plus tard.

Lorsqu'ils ont poussé la porte d'entrée, laissée entrebâillée, ils ont découvert un homme presque nu, le corps couvert de sang, assis sur le carrelage, qui les regardait sans comprendre. Il tenait dans ses bras le corps d'une femme habillée d'un simple tee-shirt blanc. Ils l'ont vu fermer ses yeux avec l'index de sa main droite avant de les dévisager et de dire :

— C'est Cécile.

Le brigadier Cabréra a hésité à intervenir. Puis il s'est approché, a posé sa main sur son épaule :

— Monsieur, nous sommes de la police. Les pompiers seront là d'un instant à l'autre.

Cabréra dira sur PV qu'il a vu un homme bouleversé, pris de tremblements et qui a murmuré, comme pour lui seul :

— Cécile est morte. Ma femme n'est plus de ce monde. Elle est tombée dans l'escalier.

25

Six minutes plus tard, les pompiers se garent devant la maison. Des voisins, réveillés par cette agitation, les gyrophares, les sirènes, se regroupent sur le trottoir.

Patrick est toujours prostré. Dans un état second, il tient des propos incohérents sans lâcher le corps de Cécile. Le brigadier-chef Christian Cabréra et son collègue Lucien Belly, debout derrière lui, sont soulagés de voir arriver les pompiers.

— La dame est décédée, leur dit Cabréra.

Ils ont averti le commissariat et le capitaine de permanence leur a demandé de ne pas quitter la maison, de sécuriser les lieux. « On arrive. »

Les pompiers doivent user de leur autorité pour éloigner Patrick, le dégager du corps de sa femme. Quand ils l'aident à se relever, il tient toujours la main de Cécile. Il finit par la lâcher et elle tombe sur le carrelage dans un bruit sec.

Il se lamente :

— Comment est-ce que je vais pouvoir annoncer ça aux petits ?

Il se penche sur le cadavre :

— Ma pauvre Cécile, qu'est-ce qui s'est passé ?

Il répète :

— Pourquoi ? Pourquoi ?

Il pleure beaucoup, tente de revenir auprès du corps en écartant les pompiers. Il prend Cabréra à témoin :

— Mes pauvres enfants, ils n'ont plus de maman.

Le décès de Cécile est formellement constaté à 3 h 26. Une demi-heure plus tard, le corps, glissé dans un sac gris, part à l'institut médico-légal.

Pendant tout ce temps, Patrick est resté assis dans la cuisine. Torse nu, couvert du sang de sa femme, il est indifférent aux policiers qui s'agitent dans la maison. Il ne veut appeler personne, il refuse d'aller se laver. Le médecin des pompiers l'ausculte, il relève un choc émotionnel aigu « bien compréhensible ». Patrick refuse de prendre un calmant.

Le capitaine Dalger lui demande si, en arrivant, il a trouvé la porte ouverte, s'il a remarqué quelque chose d'inhabituel, où il était ce soir. Patrick répond qu'il ne se souvient plus de rien. Le capitaine n'insiste pas. Dans son rapport, il écrira :

« Le mari de la victime est dans l'incapacité de répondre à nos questions et nous avons renoncé à l'interroger. »

Il indique par ailleurs que vu le léger désordre dans le salon et la salle à manger, où plusieurs tiroirs sont entrouverts, il semble – mais il n'est pas catégorique – que le rez-de-chaussée a été fouillé. Il émettra une première hypothèse « à vérifier » :

« Cécile Maisonnave se serait levée en entendant du bruit et serait tombée dans l'escalier. La chute aurait entraîné sa mort et la fuite des cambrioleurs. »

Patrick reprend ses esprits peu à peu. Il se lave, et finalement, à 5 heures du matin, alors que les policiers sont toujours présents, il réveille sa sœur.

— Cécile est morte, annonce-t-il d'une voix atone sans prendre davantage de précautions.

Ensuite, il est si brouillon dans son récit que Pascale décide de le rejoindre aussitôt.

Il sanglote :

— Et les enfants ?

— Pour l'instant, je les laisse dormir. Cela ne servirait à rien de les réveiller. Il sera bien temps demain matin de leur apprendre la mort de leur maman. Ce sera à toi de le faire, Patrick.

— Les pauvres…

— Je m'occupe d'appeler les parents et la mère de Cécile. Ensuite, j'arrive. Tiens bon, mon frère !

Dalger vient le prévenir que la police quitte les lieux et lui demande s'il veut qu'on le conduise quelque part. Il répond que sa sœur est en route et qu'il préfère l'attendre.

— Ça ira ?

— Il le faut, capitaine. Pour mes gosses.

Patrick demande s'il peut nettoyer les traces de sang.

— Je ne veux pas que mes enfants voient ça.

Dalger acquiesce et l'informe qu'il devra sans doute passer au commissariat dans la journée.

Patrick est habillé, il boit un café allongé. Même s'il est encore sous le choc, ce n'est plus l'homme détruit que Dalger a découvert en arrivant.

Quelques secondes plus tard, Cabréra passe devant lui et le salue d'une petite tape familière dans le dos qu'il regrette aussitôt. Confus, il dit :

— Prenez soin de vous… Toutes mes condoléances, monsieur.

Patrick le remercie, puis il a ces mots que le brigadier-chef répète au commandant Castaneda quand il reprend son service à 13 heures : « Ce n'est pas possible qu'elle ait fait ça. »

Castaneda s'agace :

— Et tu ne lui as pas demandé ce qu'il voulait dire ? De qui il parlait ? Putain, tu es bien un flic en tenue, toi !

Il demande au brigadier-chef de confirmer cela sur procès-verbal.

26

Il n'en faut pas davantage pour exciter la curiosité du commandant de police André Castaneda.

L'affaire prend un tour qui ne lui déplaît pas. Cette phrase énigmatique y met du piment, et il faudra que Maisonnave s'en explique, « mais plus tard, j'ai le temps »…

D'autant que ces tiroirs ouverts et en fouillis, « ça ressemble à une mauvaise mise en scène, pas à un cambriolage qui tourne mal », se dit-il en examinant les photos.

Castaneda a cinquante-six ans, dont trente-deux ans de maison.

Il dit qu'il a un défaut majeur, qui s'avère une qualité quand on est flic : il ne prend jamais rien pour argent comptant. Cela lui a joué quelques mauvais tours, mais a aussi conduit en taule quelques types qui pensaient s'en tirer facilement.

Physiquement, il est petit, grimpé sur des talonnettes. Tout en muscles, c'est une boule de nerfs. L'œil sombre est sans cesse en mouvement, à l'affût du moindre détail. Il s'applique, grâce à une teinture hebdomadaire, à ne laisser apparaître aucun cheveu blanc.

Sa chevelure d'un noir corbeau fait bien rire dans les couloirs du SRPJ, mais il s'en fout royalement.

Castaneda a une peur bleue du jour où viendra le moment de partir à la retraite. Teindre sa chevelure drue l'empêche d'y penser.

Il a débuté en tenue, à la circulation. « La rue, ça forge son policier », a-t-il coutume de dire. Castaneda n'attend plus que d'être nommé commissaire principal. Cela viendra, sans doute dans l'année. Il entend déjà le discours qui accompagnera sa promotion : « Commissaire Castaneda, votre carrière brillante est un modèle pour tous ceux qui choisissent notre métier. Vous avez débuté tout en bas et vous terminez tout en haut. » Il aimera, à ce moment-là, le regard de sa femme qui l'a toujours soutenu et s'est sacrifiée pour son « exceptionnel » parcours. Elle est si fière de son mari qu'elle a épousé à dix-huit ans. Il en avait deux de plus.

Castaneda a la réputation d'être un enquêteur direct, qui va à l'essentiel, sans s'embarrasser de précautions. Il affirme, content de lui, qu'il est teigneux comme un pitbull.

— Ce sont mes origines espagnoles qui remontent !

Il se vante d'être un descendant de combattants républicains :

— Je suis un taureau de combat et j'adore entrer dans l'arène pour me farcir le torero !

— Plutôt une vachette landaise, se moquent ses ennemis, vu sa petite taille.

Et des ennemis, il n'en manque pas chez les flics. Il le sait, les traite de connards et de jaloux.

— Ils pourront la ramener le jour où ils auront d'aussi bons résultats que moi.

Ce qui n'est pas faux.

Qu'on soit un samedi en fin d'après-midi ne le gêne pas du tout. Il compose le numéro du juge d'instruction Marc Rignault qui vient d'être désigné :

— Salut Marco, j'espère que je te dérange !

— C'est un plaisir, flic de mes deux.

Le policier et le juge s'apprécient au point de faire grincer quelques dents. À Bordeaux, ils font figure d'exception, car d'ordinaire, entre flics et magistrats, ce n'est pas le grand amour. Eux, c'est le contraire : ils aiment bosser ensemble.

— J'ai repéré un truc bizarre dans notre affaire, annonce Castaneda.

— Là, tu m'intéresses ! répond Rignault.

Castaneda lui raconte l'histoire.

— Si je te suis bien, reprend le juge quand il a fini, le mari n'est pas net.

— J'ai un mauvais feeling. Ce type est trop triste pour être honnête…

— Je résume : il n'y a pas eu de tentative de cambriolage et elle n'est peut-être pas tombée toute seule. On l'aurait aidée…

— Bingo, monsieur le juge. Finalement, tu piges vite.

— Nous ne sommes pas tous des imbéciles dans la magistrature, commandant !

— Tu peux accélérer les résultats de l'autopsie ?

— Compte sur moi, je m'en occupe dès lundi.

— Je vais repasser voir Maisonnave demain matin, chez lui.

— Ce ne serait pas mieux d'attendre le rapport du légiste ?

— Non, non. Je vais le cuisiner gentiment pour voir ce qu'il a dans le bide. Tu me connais, quand quelque chose me turlupine.

— Vas-y mollo, André. Je te rappelle que pour l'instant, tant que l'autopsie n'a pas été menée, on considère que la mort de sa bonne femme est consécutive à un accident, et qu'il n'est absolument pas question d'un crime.

— Fais-moi confiance, je veux juste sentir ce mec.

— Attends l'autopsie, André, avant de t'emballer.

— Non.

— Connard d'Espagnol de merde.

— Pour te servir, *mi amor* !

27

Le commandant de police Castaneda le reconnaît volontiers, il fait des fixations sur des détails qui paraissent anodins à la plupart des gens.

Par exemple, il y a deux sortes d'individus dont il se méfie par principe : ceux qui s'entraînent pour le marathon : « Ces malades qui avalent du kilomètre avec leur montre connectée au poignet. »

Mais aussi ceux dont les chaussures sont parfaitement cirées en toutes circonstances : « Ce sont des maniaques des cheveux aux orteils, affirme-t-il sans rire. Un maniaque, c'est le début d'un pervers. Et un pervers est un assassin en puissance ! »

Il est vrai que l'expérience lui a donné raison à deux ou trois reprises, notamment avec un violeur en série de Lacanau (cinq agressions à son actif) qui était ami avec tout le monde, le gars qui apportait toujours un cubi de rosé aux barbecues de son quartier. Ce type-là était connu pour avoir des souliers parfaitement entretenus, et il s'en vantait. Aussi, dans la tête de Castaneda, Maisonnave est-il déjà suspect… Comment peut-on se rendre au commissariat, quelques heures après avoir découvert sa femme morte, avec des chaussures aussi bien entretenues ?

Impression largement confirmée quand Patrick Maisonnave lui a confié qu'après ces événements tragiques, il n'aura plus la force, ni l'envie, de courir ses cinq kilomètres quotidiens. Il n'aurait pas dû non plus se vanter d'avoir participé au marathon de New York six ans plus tôt, une époque où il était « au top de sa forme ».

— Cécile m'a accompagné, mais j'avais tellement de courbatures et mal aux pieds que je suis resté dans la chambre d'hôtel ! Je n'ai rien vu de Big Apple…

Castaneda, histoire de le mettre en confiance, lui a demandé son temps.

— Trois heures, dix-huit minutes et des poussières, 3 236ᵉ, mais l'année précédente j'ai couru le marathon de Paris en huit minutes de moins.

Patrick a souri en racontant qu'il participait tous les ans au marathon de Vignes dans le Médoc « pour se marrer avec ma bande de copains ».

Patrick s'est vite repris, le regard défait :

— Cela me paraît si dérisoire désormais.

Depuis leur rencontre de la veille, Castaneda a donc un a priori défavorable… Patrick est « trop ». Trop malheureux, trop désireux de collaborer, trop familier, trop présent, trop sympathique. Trop pressé, aussi, que l'enquête soit bouclée et qu'on passe à autre chose, même si, bien sûr, il a admis qu'une autopsie soit menée, puisque son avocat l'a informé que c'est la procédure dans ce genre d'accident.

Castaneda a compris qu'il a fait passer le message « j'ai pris un avocat ».

Patrick a précisé ensuite :

— Mes enfants sont dévastés par le décès de leur maman et cette autopsie va considérablement retarder les funérailles. Il faut qu'ils fassent leur deuil.

Il est « trop » larmoyant quand il supplie presque :

— Pour eux, essayez de faire le plus rapidement possible. Ce serait vraiment bien…

— Cela ne dépend pas de moi, mais je vais passer la consigne.

— Vous êtes trop aimable, commandant, a répondu Patrick.

« Maintenant c'est moi qui suis trop ! » s'est amusé le policier.

« Ce n'est pas possible qu'elle ait fait ça. »

Ces mots obsèdent le commandant, au point de l'empêcher de trouver rapidement le sommeil, lui qui se vante de dormir comme un bébé.

Voilà, c'est pour toutes ces raisons qu'il est pressé d'arriver chez Maisonnave sans avoir annoncé sa venue. Il a juste envie de le surprendre, de voir si ce matin il a ciré ses godasses.

Il branche la sirène, pose le gyrophare et grille tous les feux.

28

À 11 heures, l'enquêteur sonne chez Maisonnave. Patrick ouvre en jogging, les yeux cernés, le visage défait.

Il est pieds nus…

Il ne montre aucun étonnement en découvrant le commandant chez lui un dimanche matin et il l'invite à boire un café.

Il est seul. Les enfants sont repartis chez sa sœur, car il n'a pas souhaité qu'ils passent la nuit dans la maison où leur maman est décédée.

— On sent sa présence partout.

Sur l'insistance de son père, Jérémie a emporté sa trottinette. « Promène-toi, lui a-t-il affectueusement conseillé, ça te videra la tête. »

Les traces de sang au pied de l'escalier ont disparu.

Patrick ajoute :

— J'allais me mettre en route pour les rejoindre pour le déjeuner. Ils ont besoin de leur père.

Castaneda comprend que le message lui est adressé : il ne faut pas qu'il s'éternise.

Il pense « ce mec en fait des tonnes », mais il répond :

— Pauvres gosses… Ils ont quel âge ?

— Dix-huit, seize et douze ans. C'est surtout la petite qui m'inquiète. On est tellement fragile à cet âge. J'espère que je serai à la hauteur. Vous savez… je m'en veux terriblement.

Castaneda s'y attendait à celle-là : la culpabilité.

— De quoi vous sentez-vous responsable, monsieur Maisonnave ?

— Si je n'étais pas allé à cette soirée ou si j'étais rentré plus tôt, il n'y aurait pas eu cette tentative de cambriolage et Cécile serait encore en vie.

— Vous avez pu constater s'ils vous ont pris quelque chose ? s'enquiert le policier.

— Non, je ne crois pas. La chute de Cécile a dû les faire fuir… Bon Dieu, si j'avais été là…

Alors seulement, Patrick s'étonne :

— À propos, que me vaut votre visite, commandant ?

Castaneda a trouvé un prétexte pour justifier sa venue :

— J'ai oublié de vous faire signer l'autorisation pour pratiquer l'autopsie de votre épouse.

— Que je continue à trouver inutile, commandant. C'est triste à dire, mais ça ne fera pas revenir ma chère épouse.

— C'est la règle en pareil cas. Et puis vous connaîtrez les raisons de son décès. C'est important pour faire son deuil, croyez-moi.

— Si vous le dites…

Patrick signe le formulaire sans le lire.

Puis Castaneda, sirotant tranquillement son café, pose quelques questions anodines sur l'amicale des anciens de Sup de Co, sur le déroulé de la soirée.

Il sent bien qu'en dépit de sa bonhomie apparente, Maisonnave s'impatiente et se retient de le foutre dehors. Il fait quelques tentatives, du genre « il ne va pas falloir que je tarde », mais Castaneda, conforté dans son idée qu'il n'est pas net, fait durer son plaisir.

Une question lui brûle les lèvres, qu'il se réserve précieusement pour plus tard : « Comment avez-vous fait pour zigouiller votre femme tout en étant à cette petite fête ? »

Alors, tandis qu'il accepte un deuxième café, il demande tout de go :

— Si vous me le permettez, et puisque nous sommes là, je voudrais revenir sur un petit détail. Oh, rien d'important.

— Oui, commandant ?

— Voilà, lorsque le brigadier Cabréra est venu vous saluer, vous avez indiqué, je cite le brigadier : « Ce n'est pas possible qu'elle ait fait ça. » À qui pensiez-vous, monsieur Maisonnave, en prononçant ces mots ?

Castaneda remarque aussitôt que sa question a pris Patrick de court. Mais l'homme se reprend :

— Je ne me souviens pas d'avoir dit ça. Votre policier doit se tromper. Je ne me souviens même pas qu'il soit venu me voir.

— Non, non, Cabréra vous a parfaitement entendu. Alors je me permets de vous reposer ma question : à qui pensiez-vous ?

— Je ne sais pas. Si j'ai dit cela, et je vous jure que je ne m'en souviens pas, j'ai sans doute voulu dire : « C'est incroyable qu'elle soit morte comme ça. »

Des larmes apparaissent dans ses yeux rougis :

— C'est terrible, je parle encore d'elle au présent. J'ai vraiment du mal à réaliser que ma Cécile n'est plus là. Mais, cette phrase, pourquoi me demandez-vous ?

— Ce n'est rien, monsieur Maisonnave. C'était seulement un petit point que je voulais éclaircir avec vous. Je vous laisse aller retrouver vos enfants.

Patrick plante ses yeux couleur lavande dans ceux du commandant.

— Pour moi, le plus important est de retrouver ceux qui sont entrés chez nous. Mon avocat, maître Grenier, m'a clairement indiqué qu'ils peuvent être poursuivis pour la mort accidentelle de ma femme. Il faut les mettre en prison !

— Les investigations sont en cours, monsieur Maisonnave, et nous faisons le maximum pour les identifier.

Castaneda se lève, serre longuement la main de Patrick :

— Courage.

— Vous me tiendrez au courant des résultats de l'autopsie et de l'avancée de l'enquête, commandant ?

— Bien sûr…

Ce type joue dangereusement avec le feu. « Il ne faut pas qu'il me cherche quand même. »

— Merci de m'avoir reçu et désolé de vous avoir retardé. Les enfants, c'est la priorité absolue.

— Ah, oui… Ce sont eux qui m'aideront à tenir le coup. Merci d'être passé, commandant, et pour tout ce que vous faites.

De sa voiture, Castaneda appelle immédiatement Rignault :

— J'avais raison, Marc, ce mec n'est pas net…

Il raconte à son ami le juge comment il l'a titillé avec cette histoire de phrase prononcée devant Cabréra :

— Il s'en est tiré par une pirouette. Mais il était comme un lapin pris dans les phares…

Puis il ajoute, en caressant son petit bouc :

— Quand je suis parti, il m'a remercié pour tout ce que je faisais. Il m'adore déjà !

— Qu'est-ce que tu voulais qu'il te dise ? Va te faire foutre, connard de flic ? Bon, si on suit ton impression, André, il faut que tu vérifies s'il n'y a pas une autre nana dans cette histoire.

— Bien vu, monsieur le juge. C'est vrai que Maisonnave a une gueule à avoir une maîtresse. Faut reconnaître qu'il est beau mec…

Quand Castaneda trouvera Raphaëlle, moins d'une semaine plus tard, la petite phrase prononcée par Patrick prendra toute son importance.

29

Le commandant Castaneda prend connaissance du rapport d'autopsie le jeudi, soit six jours après le décès et deux jours seulement avant les obsèques de Cécile Maisonnave, annoncées par voie de presse.

Le faire-part a été imprimé dans *Sud-Ouest* et dans *Le Figaro*.

Patrick Maisonnave, ses enfants Madeleine, Jérémie et Sacha, les familles de Saint-Seurin, Laporte et Maisonnave, ont la douleur de vous faire part de la disparition de Cécile, leur épouse, mère, fille et parente bien-aimée, décédée à l'âge de quarante-quatre ans. La cérémonie religieuse aura lieu en l'église Saint-Amand de Caudéran, le samedi 30 mai, à 11 heures.

L'annonce précise que la famille ne souhaite que des fleurs blanches.

En dépit de l'intervention du juge, le docteur Jean-Charles Tréhant n'a pas pu pratiquer l'autopsie aussi vite que le voulait Castaneda :

— Manque de crédits, manque de personnel, sans compter le manque de bistouris. Je ne peux pas me décupler, André. Surtout, a-t-il expliqué avec un zeste de perfidie, que le cas semble très, très intéressant. Bien plus que je ne le pensais au départ.

Tréhant adore mettre les flics au supplice et particulièrement Castaneda, ce petit nerveux. Malgré son insistance, le légiste a refusé d'en dire plus avant d'être sûr à cent pour cent. Ensuite, histoire de bien l'entendre fulminer, il lui a annoncé :

— Tu vas te régaler, mon commandant. Mais bon, tu n'es pas à un jour près ! Je peaufine !

Le médecin légiste, comme beaucoup de ses confrères, est un facétieux. « Si on ne s'amuse pas un peu dans ce métier à la con où on bouffe du macchabée du matin au soir, y a plus qu'à se flinguer ! » a-t-il coutume de dire.

Castaneda n'a pas patienté pour rien. Tréhant annonce d'entrée :

— Tu attendais du lourd, André, tu ne vas pas être déçu. Je ne peux pas l'indiquer aussi précisément dans mon rapport, car il reste une petite part d'incertitude, disons cinq à dix pour cent, mais je pense qu'on a affaire à un homicide. T'es content ?

— À ton avis ? Donc tu en es quasiment sûr.

— Ouais, pour moi, ça ne fait aucun doute, comme ton gros nez au milieu de ton visage disgracieux. Parce que tu es très laid, Dédé !

— Casse-toi, tu pues le formol, sale toubib de mes deux. Ces odeurs sont mauvaises pour mon gros pif.

Castaneda triomphe :

— Allez, envoie ta prose !

Dans son rapport, le légiste est prudent, mais ses conclusions plaisent à Castaneda :

« On ne peut exclure l'hypothèse d'une chute non accidentelle de Cécile Maisonnave dans l'escalier. »

Un élément important accrédite cette thèse :

« L'hématome relevé sur le corps de la victime à la base de la nuque ne peut être consécutif à une chute dans un escalier (voir en annexe 1). En effet, selon les relevés effectués sur place et à la suite de l'analyse des blessures sur le corps de la victime, celle-ci est tombée face avant. Elle a heurté la quatrième marche au niveau de la tempe gauche (voir photos).

Vu la taille de l'hématome (longueur : 2 cm, largeur : 1,3 cm), le coup pourrait avoir été porté par un objet rond et contondant, de type bûche en bois.

Dans ses caractéristiques, le coup semble suffisamment puissant pour lui faire perdre l'équilibre. Nous avons noté quelques hématomes qui, au vu de leur localisation, sont à notre sens consécutifs à la chute, ainsi qu'une rougeur sur la main gauche et une écharde de bois plantée dans la main (voir annexe 2). Ce second coup pourrait avoir été porté pour lui faire lâcher la rampe. Ces éléments, sans que nous soyons totalement formels, pourraient indiquer que Cécile Maisonnave a résisté à son agresseur, en dépit de l'hypnotique qui a limité ses capacités de résistance (voir analyse toxicologique sanguine, jointe au rapport). »

Il écrit plus loin :

« L'absorption d'un hypnotique de la classe des imidazopydirines de type zolpidem ne signifie pas, pour autant, que la défunte ne s'est pas sentie en danger et n'a pas eu conscience que quelqu'un attentait à sa vie. [...]

La mort n'est pas consécutive au coup relevé derrière la nuque. La victime est décédée de lésions intracrâniennes : contusions et œdème, dans un temps qui ne peut être défini (voir schéma en annexe 3). Cinq lésions ont été relevées.

Dans sa chute, Cécile Maisonnave s'est luxé l'épaule et fracturé quatre côtes. Vu l'importance des contusions, rien ne permet de dire si au terme de sa chute elle était ou non vivante et encore consciente. [...] Elle était décédée à 3 heures du matin quand le mari a découvert le corps. » (Extrait du rapport d'autopsie de Cécile Maisonnave)

Castaneda ne peut s'empêcher de rappeler le médecin légiste :

— Tu as fait un super boulot, Jean-Charles. J'imagine que cela n'a pas été facile.

— Non, tu peux le dire… Au début, je n'ai pas percuté sur les coups à la nuque et à la main. J'ai d'abord pensé qu'elle se les était faits dans la chute. Or, c'est impossible. Ce sont ces traces de coups incompatibles avec les événements qui me font dire qu'il s'agit d'un homicide.

Le commandant demande :

— Il faut être costaud pour faire ça ? C'est forcément un homme ?

— Non… Même un gamin de cinq ans, André… N'oublie pas que cette femme était abrutie par les médicaments. Elle a manqué de force pour lutter.

— Merci Jean-Charles, tu es le meilleur !

Il poursuit :

— Donc, pour résumer, elle devait se cramponner à la rampe, alors on l'a frappée dans le cou pour l'estourbir et sur la main pour qu'elle lâche prise. Et enfin un grand coup dans le dos pour qu'elle tombe dans l'escalier.

— Ça se tient… Amuse-toi bien !

Le nom « Marco » s'inscrit sur le portable de Castaneda. Il prend l'appel :

— Je t'avais dit que cette histoire sentait l'homicide… Écoute-moi bien. Cécile Maisonnave a été poussée dans l'escalier avec l'intention de la tuer. Cette histoire de cambriolage qui tourne mal est bidon.

— Il faut toujours que tu aies raison… Donc, il faut ouvrir une information pour meurtre.

— Ouais, mais laisse passer les obsèques.

— Pourquoi ? D'habitude avec toi, ça ne va jamais assez vite !

— J'ai envie que Maisonnave y aille tranquille pour voir comment il se comporte.

— Tu l'as dans le collimateur, celui-là.

— Je ne vais pas t'apprendre ton métier de juge. Il faut le laisser mijoter, qu'il croie qu'il ne risque rien. Et surtout s'il y a une gonzesse dans le potage, elle y sera.

— Je t'accompagne !

— Ok, mais essaie de ne pas chialer, sensible comme tu es !

— Apporte-moi des Kleenex !

30

À quatre-vingts ans, Michelle, la mère de Cécile, reste une femme autoritaire et influente dans la région. Ainsi, elle a fait intervenir ses relations à la préfecture pour que le corps soit rendu juste à temps pour tenir la date annoncée des obsèques. De l'avis de tous, malgré sa douleur d'avoir perdu sa fille unique cinq ans seulement après la disparition de son mari, elle a fait preuve « d'un courage admirable » pour organiser les funérailles. Elle a tout pris en main.

Car, dans les jours qui ont précédé la cérémonie, Patrick n'a été capable de rien. Il n'est pas sorti de chez lui, n'a pas répondu au téléphone, a passé ses journées en jogging, prostré devant la télévision.

Il répète qu'il doit s'occuper de ses enfants, qu'ils ont besoin de leur père. Mais, dans les faits, il n'y parvient pas.

Heureusement, Pascale, sa sœur, les accueille chez elle, le temps que leur père se reprenne. Elle a confié à sa mère qu'elle n'imaginait pas son frère aussi attaché à Cécile.

— Sans Michelle et Pascale, j'ignore comment nous aurions fait, dira Patrick en leur rendant un vibrant hommage, lorsqu'il reprendra enfin le dessus.

Toutes sortes de fleurs blanches recouvrent le cercueil de bois sombre. Dans l'église se massent plusieurs centaines de personnes venues manifester leur affection à Patrick et à ses trois enfants.

Les grandes familles de la bourgeoisie bordelaise, le maire, de nombreux élus sont présents.

Patrick, d'une dignité exemplaire, reste debout tout au long de la cérémonie, sans lâcher un seul instant la main de la petite Sacha. On plaint le père, bien sûr, mais on pense surtout à ses enfants. Comment vont-ils surmonter cette immense douleur ? On s'interroge : ce pauvre Patrick sera-t-il à la hauteur ?

Madeleine, l'aînée, du haut de ses dix-huit ans, réussit à lire le poème qu'elle a écrit sur sa maman chérie. Elle émeut tant l'assemblée que beaucoup pleurent quand l'adolescente s'effondre en larmes. Son père se précipite à son secours et, assis sur les marches, il la serre longuement tandis que Jérémie et Sacha les rejoignent.

L'image de ce père enlacé avec ses trois enfants restera longtemps dans les mémoires.

Comme prévu, le commandant Castaneda et le juge Rignault sont présents à la cérémonie, discrètement perdus dans l'assemblée.

Ils sont sans doute les seuls à penser que le père fait beaucoup trop de cinéma.

— Il y a tout le gratin bordelais, constate le juge. Tu vas les avoir sur le dos si tu t'en prends à lui, sans compter sa belle-mère, c'est une tigresse, cette femme-là. Il te faudra du lourd.

— Je l'aurai !

Castaneda a eu beau passer l'assemblée au crible, il n'a pas, comme il l'espérait, repéré une femme qui se serait trahie. Et puis « il y a trop de jolies gonzesses, va trouver la maîtresse ! », se désespère-t-il.

Avant de se décider à quitter les lieux, il regarde la foule qui attend son tour pour présenter ses condoléances à la famille, alignée aux côtés de Patrick.

Il remarque une jeune femme au comportement inhabituel : visage impassible, elle est la seule à ne pas bénir le cercueil.

Elle ne s'attarde pas, passe sans un mot devant la famille. En revanche, elle embrasse Patrick. Le commandant est certain qu'elle lui a glissé un mot rapide à l'oreille. Patrick a semblé marquer le coup et s'est rapidement détaché d'elle.

Castaneda dit à Rignault :

— C'est elle !

Tandis qu'elle sort, il entraîne le juge.

— Suivons-la à distance.

La femme reste seule un long moment à l'écart du parvis, puis une grande brune au visage grave s'approche d'elle. Il note l'intimité qui les lie. Celle qu'il soupçonne d'être la maîtresse de Maisonnave ne montre aucune émotion. Il a l'impression que la discussion est tendue entre les deux femmes. Elles interrompent leurs confidences quand elles sont rejointes par un groupe de personnes.

— Ce sont les collègues de travail de Maisonnave, dit le juge au commandant.

À la sortie du cercueil, la jeune femme se glisse au premier rang. De l'instant où Patrick apparaît en haut des marches jusqu'à celui où il s'engouffre dans une berline noire, elle ne le lâche pas des yeux.

— C'est bien elle, confirme Rignault.

— On a bien fait de rester !

Un homme corpulent désigne du doigt un autocar et entraîne tout le monde dans sa direction. L'inconnue est la seule à ne pas bouger et il faut que la grande brune la prenne par la main.

Cela ne lui prend que quelques heures. Dans l'après-midi, Castaneda met un nom sur la femme : Raphaëlle Constantino. Puis il appelle le juge :

— C'est l'assistante de Maisonnave. Souviens-toi que je t'ai dit que ce mec était un play-boy. Il la saute, c'est sûr !

— Putain, on va se régaler avec ces deux-là. À mon avis, la fille ne devait pas être loin de l'escalier.

— On lance la chasse ?

— La chasse est ouverte, camarade. Mais tu avances avec doigté. Ces gens-là sont puissants. Il nous faudra du costaud de chez costaud. Ok ?

— Tu sais bien que je t'obéis toujours, Marco.

— C'est l'avantage de la magistrature sur la flicaillerie, André. Nous ordonnons et vous obéissez… Faut que tu t'y fasses ! Tu es mon larbin…

31

Patrick retourne travailler le mardi qui suit les funérailles. Les enfants sont partis chez leurs grands-parents paternels en Dordogne.

— Ils ont besoin de prendre de la distance, a préconisé Martine, leur grand-mère. Laisse-les-moi une semaine, ensuite nous verrons s'ils peuvent retourner à l'école. On va les dorloter, et en attendant il faut que tu reprennes le dessus, Patrick. Tu as une tête de déterré.

Patrick a approuvé, il n'aurait pas su quoi faire de ses gosses. Madeleine a ajouté qu'elle était fermement décidée à passer son bac malgré tout.

— Tu l'auras avec mention très bien, lui a promis son père.

Il s'est mis en quête d'un nouveau logement :

— Il faudra bien que la vie reprenne, mais nous ne pourrons plus jamais vivre dans cette maison, a-t-il dit à sa mère.

Il va mettre la maison en vente. Une agence l'a estimée à un million et demi d'euros.

Deltil tient à l'accueillir à l'entrée de la boîte.

Il étreint longuement son chef des ventes. Patrick murmure :

— Je ne sais pas si je vais y arriver. Mais rester seul chez moi me rend dingue.

— Mais si… Et surtout prends ton temps… À côté de ce que tu as vécu, les ventes n'ont pas beaucoup d'importance.

— Je me réveille la nuit en nage et je ne retrouve pas le sommeil, poursuit Patrick. Alors je sors et je marche dans le quartier jusqu'à épuisement.

Il raconte à son patron que chaque fois qu'il passe devant l'escalier il plonge en enfer.

— Je revois cette scène atroce, le corps de Cécile, ensanglanté, les yeux grands ouverts.

Il confie qu'il ne parvient toujours pas à admettre qu'il a perdu sa femme.

— Il m'arrive encore de l'appeler dans la maison… Nous étions ensemble depuis vingt-quatre ans. Nous avions trois beaux gamins, et là, tout s'est effondré d'un coup. Comme pour tous les couples, il y a eu des hauts et des bas. Mais je peux dire que nous étions heureux. Qu'est-ce que je vais devenir sans elle ?

Deltil s'applique pour trouver les mots, en posant une main amicale sur son épaule :

— Tu es ici chez toi, mon Patrick. Tu peux compter sur nous pour t'aider à traverser cette rude épreuve. Je suis certain que tu t'en relèveras encore plus fort. Sache que tout Méneret et fils, moi en tête, est avec toi.

— Merci, Régis. Tes mots me vont droit au cœur. C'est vrai que cette maison, c'est aussi un peu ma famille.

Deltil ajoute :

— Je t'accompagne à ton bureau.

— Non, ça ira, patron ! Je suis un grand garçon et il faut que je me prenne en main.

Régis Deltil dira aux enquêteurs :

« Patrick était à ramasser à la petite cuillère. Je vous assure qu'il ne faisait pas semblant : il était brisé. Il avait une mine épouvantable. Nous avons longuement parlé le matin de son retour, et à cette occasion j'ai pu constater à quel point il était attaché à sa défunte épouse. Le mieux aurait été qu'il attende d'aller mieux avant de revenir. Mais il a insisté pour reprendre le travail le plus tôt possible. Les gens aiment beaucoup Patrick dans la boîte et tout le monde y a mis du sien pour l'aider. [...]

Patrick Maisonnave était également apprécié de notre clientèle. Il a été un formidable chef des ventes, travailleur et disponible. Il ne comptait pas ses heures et, grâce à lui, notre chiffre d'affaires a grimpé de six pour cent. [...]

Patrick, c'était un séducteur. Sûrement un homme à femmes, mais je reste convaincu que cette malheureuse Cécile était la seule qui comptait pour lui. Chaque couple a son mode de fonctionnement. Patrick et Cécile avaient le leur et leur couple fonctionnait très bien. [...] Je connais Cécile, dont le papa était un grand ami, depuis qu'elle est toute petite. J'affirme ici qu'elle aimait son mari. Et c'était réciproque. » (Extrait procès-verbal de Régis Deltil)

Dans les couloirs, Patrick salue tout le monde, serre quantité de mains, entend plein d'encouragements. À tous, il adresse un sourire amical.

On le trouve à la fois courageux, combatif et marqué par le drame.

— Qu'est-ce qu'il a maigri ! s'exclame Florence du service livraisons.

Prévenue par la rumeur, Raphaëlle sait qu'il approche. Elle tremble d'impatience, se demande si elle sera à la hauteur de leurs retrouvailles. Ils ne se sont pas vus depuis les obsèques de Cécile.

Elle a pu l'approcher, sentir son odeur, lui murmurer qu'elle l'aime.

À la sortie de l'église, devant son air satisfait, Juliette s'est fâchée :

— Cette femme est morte, Raphaëlle. Et trois gamins pleurent leur maman. Ton comportement est indécent.

À la porte, Patrick veut se séparer des trois collaborateurs qui l'accompagnent.

— Merci, merci beaucoup. Oui, oui, je tiendrai le coup. Ça ira…

Mais ils restent plantés, comme s'ils ne savaient pas comment partir.

Raphaëlle se lève.

— Allez-y, je m'occupe de M. Maisonnave… Bonjour, Patrick.

— Bonjour, Raphaëlle. Quel malheur, n'est-ce pas ?

— Oui monsieur, toutes mes condoléances.

Que peuvent-ils dire d'autre ? Ils doivent garder leurs distances tant que les trois emmerdeurs sont là.

Francis Dubreuil, des expéditions, donnera son sentiment aux enquêteurs :

« Raphaëlle Constantino lui a présenté ses condoléances, mais ça sonnait faux. J'ai eu le sentiment qu'elle était contente.

Lui, en revanche, il tirait une tête de déterré. C'était vraiment bizarre comme impression, car elle avait le sourire et lui, il était au bord des larmes. [...]

Pas un grand sourire, bien sûr. [...] J'ai cru que c'était parce qu'elle était contente de retrouver son patron. [...] Quand on sait la vérité, ça fait froid dans le dos... » (Extrait procès-verbal de Francis Dubreuil)

Devant ces trois témoins, Patrick tend la main à sa secrétaire. Une poignée de main qu'elle voudrait plus vigoureuse, plus longue, davantage appuyée. Plus complice.

Elle le suit dans le bureau dont elle a préalablement baissé le store.

Elle s'approche, espérant qu'il l'attire à lui. Elle veut sentir les mains de l'homme de sa vie caresser ses fesses. Mais non, la première chose qu'il fait est de relever le rideau. Avant d'ajouter à voix très basse :

— Il faudra être très prudents, mon amour. On m'observe…

Puis il lui demande de le laisser seul.

Qu'il dise « mon amour », suffit au bonheur de Raphaëlle.

32

Le lendemain, mercredi trois juin, Castaneda reçoit un appel de Patrick. Plus étonné que furieux, celui-ci demande des explications sur l'ouverture d'une information pour meurtre. Le commandant lui propose de passer au commissariat.

— J'arrive tout de suite, l'informe Patrick.

Dans son bureau, le commandant parle de « routine dans ce genre d'affaire », reste vague, met l'ouverture de l'enquête sur le dos du parquet.

— Ils sont tellement procéduriers dans la justice, se plaint-il.

Bien sûr, il ne lui dit pas qu'il l'a en ligne de mire. Il veut seulement le mettre sous pression. C'est ce qu'il appelle : introduire le ver dans le fruit.

Les choses ne se déroulent pas comme il l'a prévu, car l'enquêteur chevronné doit faire face à une attaque directe de son interlocuteur :

— Ne tournons pas autour du pot, commandant. Répondez clairement à ma question : est-ce que vous m'accusez d'avoir assassiné mon épouse ? Car si c'est le cas, je demande immédiatement à être assisté par mon avocat.

Castaneda n'est pas le genre de policier à être pris de court.

Puisque pour Maisonnave la meilleure défense semble l'attaque, il répond tout aussi brutalement :

— Vous savez, monsieur Maisonnave, dans ce genre d'affaire, le mari est rarement innocent… Il est même, pour nous les enquêteurs, le premier suspect !

Patrick le fusille de ses yeux bleu lavande.

— Commandant, je n'apprécie pas beaucoup vos propos. Ils sont macabres et déplacés. J'ai perdu ma femme, j'ai trois enfants qui sont au plus mal et dont je dois me préoccuper, et vous m'annoncez tout de go que vous me soupçonnez d'avoir assassiné celle que j'ai aimée le plus au monde. C'est abject. Dans ce cas, je vous prie d'appeler maître Grenier. Je suis placé en garde à vue ?

— Ne vous énervez pas, monsieur Maisonnave ! Je ne vous soupçonne pas et j'évoquais seulement des statistiques ! Force est de constater que dans quatre-vingt-dix-neuf pour cent des cas, c'est le mari le coupable.

— Je répète : suis-je en garde à vue ?

Castaneda ne se démonte pas. Il pense : « Puisqu'il veut jouer, jouons. » Il songe à Rignault : « Il ne va pas être content… »

— Puisque vous insistez… Oui, vous êtes en garde à vue et je vais vous notifier vos droits.

— Vous faites une terrible erreur, commandant. Vous en avez conscience, j'espère. Ma femme a perdu l'équilibre dans l'escalier à la suite d'une tentative de cambriolage. Faut-il que je jure sur mes trois gosses que je n'ai rien fait ?

— Garde à vue ne signifie pas mise en examen… C'est une formalité.

— Une formalité ? Ne me prenez pas pour un imbécile, commandant !

— Nous appelons maître Grenier ?

Castaneda ne comprend pas qu'il se fait manipuler par beaucoup plus malin que lui.

Cette garde à vue, non seulement Patrick l'attend, mais il la veut.

Elle fait partie de son plan, comme un passage obligé. Le petit flic teigneux n'a-t-il pas dit que le mari est le premier soupçonné ?

Il faut savoir plonger profond pour mieux remonter à la surface.

33

Maître Grenier, après s'être entretenu avec son client, demande à voir le commandant seul à seul. Il part dans une envolée verbale dont il espère que le policier se souviendra. Il est furieux contre « cette décision qui dépasse l'entendement ».

Comment le policier peut-il jeter l'opprobre, le discrédit sur un homme, un père qui vient de perdre sa femme dans des conditions dramatiques ?

Grenier joue sur l'apaisement, sans plus de succès.

— Oubliez cette garde à vue ridicule, commandant, et mon client ne vous tiendra pas rigueur de cette erreur de jugement. Ne vous acharnez pas sur un homme brisé.

— Ce qui est fait est fait, maître.

Grenier demande si la piste du cambriolage est écartée.

— Aucune piste n'est abandonnée, répond Castaneda.

— Celle-ci me semble pour le moins négligée… J'espère que vous avez des billes, parce que sinon vous aurez beaucoup d'ennuis. Vous pouvez me faire confiance. Ça va remonter très haut ! Vous ne mesurez pas la gravité de votre décision.

Le commandant ne se laisse pas impressionner par les menaces de l'avocat. Il encaisse sa colère, l'affronte sans faire la moindre concession. Cependant, au fond de lui-même, il sait qu'il s'est sans doute précipité. Mais Maisonnave l'a agacé. Il a eu envie de se le payer. De toute façon, il est trop tard pour faire machine arrière.

Comme Alain Grenier s'énerve de plus belle, c'est avec un petit sourire ironique aux lèvres qu'il dit :

— On y retourne, maître, plus tôt nous aurons commencé, plus tôt nous serons rentrés chez nous !

La mise en garde à vue a été notifiée à 14 h 37.

Le commandant Castaneda y met fin à 21 h 42, avec ce bref commentaire :

— Nous y voyons un peu plus clair désormais, merci beaucoup, messieurs.

À ce stade, il est inutile de poursuivre l'interrogatoire.

Le policier veut se garder du temps pour une prochaine garde à vue.

Car en dépit de l'assurance que Maisonnave a affichée tout au long de l'interrogatoire, de l'alibi apparemment irréfutable qu'il a présenté, Castaneda a la certitude qu'il n'en a pas terminé avec cet homme, toujours trop malheureux et trop sûr de lui.

Tout au long des sept heures, Maisonnave a répondu à tout, sans éluder la moindre question. Il est resté calme, précis, allant jusqu'à demander à son avocat, très agressif, de ne pas s'énerver car « ça ne fera pas avancer les choses ». Même lorsque le terrain est devenu mouvant et que son conseil lui a recommandé de ne rien dire, il a répondu, en précisant qu'il n'avait rien à cacher.

À deux reprises, cependant, il a fallu interrompre la garde à vue. Submergé par une émotion incontrôlable, il a éclaté en sanglots.

Grenier s'en est pris à l'enquêteur :

— Vous ne voyez pas que vous torturez cet homme ? Ce que vous lui faites subir est inhumain, commandant.

Castaneda n'a pas relevé, proposant une courte pause et un verre d'eau.

— Reprenons, disait Patrick, après l'avoir vidé d'un trait.

Les questions ont porté sur son emploi du temps de la soirée. Les réponses n'ont pas varié : Maisonnave n'a pas quitté la soirée de l'association des anciens de Sup de Co et avait trop bu.

Castaneda leur a caché qu'au même moment ses hommes interrogeaient le président de l'association et plusieurs participants à la soirée pour vérifier si Patrick avait pu s'absenter sans que les gens s'en aperçoivent.

Son alibi tenait, d'autant qu'il affirmait que sa voiture était coincée par d'autres véhicules et qu'il avait dû faire un appel au moment de partir parmi les convives encore présents pour dégager le parking et pouvoir rentrer chez lui.

Castaneda n'a pas pu masquer sa déception.

Grenier, revanchard et content de lui, a demandé que l'on note sur le PV que son client avait donné un déroulé très précis de la fête.

— Je crois que vous pouvez retirer M. Maisonnave de la liste de vos suspects, a soufflé ironiquement l'avocat. D'autant que, jusqu'à preuve du contraire, il s'agit d'un accident consécutif à une tentative de cambriolage. Nous vous demandons officiellement de poursuivre les investigations dans ce sens, commandant.

Castaneda n'a pas relevé. Il a déjà démonté des alibis en apparence tout aussi solides.

S'absenter vingt minutes d'une soirée sans se faire repérer, c'est tout à fait possible. Peut-être Maisonnave a-t-il emprunté un autre véhicule que le sien, après avoir fait exprès de bloquer sa voiture dans le parking. Quelqu'un, et il a une petite idée sur son identité, aurait pu aussi venir le récupérer à la fête et le ramener. Ni vu, ni connu.

Ils ont consacré ensuite plus de deux heures aux relations entre les époux. C'est là qu'il a fallu interrompre la garde à vue, parce qu'« évoquer la mémoire de Cécile était trop douloureux ».

Maisonnave a parlé de sa femme avec beaucoup d'affection, de regrets aussi. Il a reconnu qu'il n'était sans doute pas le mari parfait.

— Mais qui peut se vanter de l'être ? a fait remarquer l'avocat.

Patrick a avoué quelques aventures. « Plusieurs », a-t-il fini par admettre. Cependant, il a insisté pour dire qu'aucune, « je dis bien aucune », n'avait mis son couple en péril.

— L'homme a ses faiblesses, nous en avons tous, a regretté maître Grenier. Patrick Maisonnave est un séducteur, cela ne fait pas de lui un meurtrier.

Castaneda a gardé une dernière carte. Il l'a jouée à 20 h 12.

— Et Raphaëlle Benedetti, épouse Constantino. Vous la connaissez bien, je crois ?

Patrick, contrairement à ce qu'espérait l'enquêteur, n'a pas cillé. C'est tout naturellement qu'il a répondu :

— Vous le savez, commandant. Raphaëlle est mon assistante. Elle est aussi ma maîtresse depuis deux ans.

— Notez bien, commandant, est intervenu aussitôt l'avocat, que mon client n'élude aucune question.

Le commandant Castaneda s'est dit que les deux hommes s'attendaient à cette garde à vue, qu'ils savaient qu'il allait évoquer sa maîtresse et qu'ils s'y étaient parfaitement préparés.

À 21 h 42, il a annoncé :

— Nous en resterons là pour aujourd'hui. La garde à vue de M. Maisonnave est levée. Vous pouvez partir, et merci encore d'avoir répondu aussi franchement à mes questions.

Castaneda ne peut éviter la main tendue et amicale que lui présente l'homme en lui disant :

— Je ne suis pas parfait, commandant. Mais jamais je ne m'en serais pris à la mère de mes enfants.

Étrangement, à cet instant, Castaneda l'a senti sincère. Et cela l'a perturbé.

34

Tard ce soir-là, dès qu'il revient chez lui, Patrick appelle ses enfants. Il sait que sa liaison avec Raphaëlle ne restera pas longtemps secrète. Il doit donc les préparer à cette nouvelle qui les bouleversera.

Pour y parvenir, il compte sur Madeleine. Aussi, après avoir pris des nouvelles des deux plus jeunes, il demande à sa fille, âgée de dix-huit ans, de le rappeler discrètement sur son portable.

À elle, il confie, comme un secret entre eux, qu'elle va apprendre des choses pas agréables sur son papa.

— Rien d'important, Madeleine, alors surtout n'écoute pas ce que diront les gens. La seule chose qui compte est que je vous aime tous les trois, que maman me manque autant qu'à vous. Il faut que tu gardes bien ancré dans ta mémoire que tous les cinq, nous formions une famille soudée, aimante. Nous sortirons encore plus forts de l'épreuve que nous allons affronter ensemble. Les gens sont méchants, haineux, et certains vont se déchaîner. Nous devons rester unis, et nous le serons pour maman. Crois-moi, elle sera fière de toi, de nous. Ensemble, nous irons de l'avant. Je te demande de faire confiance à ton papa.

Madeleine insiste pour savoir, mais il se borne à répondre que ce n'est rien d'important, que ça ne compte pas.

— Le plus important, c'est ton frère, ta sœur, toi et moi. Je t'aime ma fille…

Elle finit par promettre qu'elle ne fera pas attention aux méchancetés qu'elle entendra. Il lui demande de bien protéger Jérémie et surtout la petite Sacha.

Ensuite, il s'inquiète pour son bac. Elle dit qu'elle est prête et qu'il sera fier d'elle.

C'est dans les larmes, en se disant qu'ils s'aiment beaucoup, que tous deux raccrochent.

Patrick a bien manœuvré. Son aînée ne l'abandonnera jamais et les deux autres l'écouteront.

Car il est capital que ses enfants le soutiennent.

Comme il est capital qu'il ne fasse aucune erreur. Le moindre détail peut être fatal.

Alors, comme il en a l'habitude, il s'assoit à son bureau, prend une feuille de papier blanc et fait un point le plus précis possible :

Fait :

- *Garde à vue, ok. Sans pb*
- *Alibi, ok. À surveiller*
- *Veste R*
- *Paroles ambiguës, ok*
- *Enfants, ok mais fragile. À surveiller. PRIORITÉ*
- *Alcoolémie, ok. 1 gr*

En attente :

- *Thèse cambriolage (abandonnée par les flics ?)*

- *Portable R (bornages ?)*
- *Résultat autopsie*
- *ADN, empreintes digitales*
- *Parents, Michelle. Positif*

À faire :
- *Confiance de J + enquêteurs*
- *Renforcer alibi*
- *Se porter partie civile*

Il réfléchit quelques secondes puis il inscrit en haut d'une écriture nerveuse :

Note : 8,5 sur 10

Il songe à son alibi. C'est le point crucial.

S'il parvient à convaincre les flics qu'il n'a pas quitté la fête, une autoroute s'ouvrira à lui. Celle de l'innocence totale.

Les flics n'ont pas pensé à la trottinette électrique de Jérémie… Sans en parler à Cécile, il l'a fait débrider pour faire plaisir à son fils. Elle monte à quarante-cinq kilomètres à l'heure ! À cette vitesse, ni vu ni connu, il a vite parcouru la distance entre le restaurant et la maison.

Il est minuit, Patrick n'a pas sommeil. Il est très content de lui. Les pieds sur la table basse, il se verse un verre de son meilleur whisky. Il s'emballe : tout se déroule comme il l'a prévu.

Sa mise en examen, les soupçons, l'enquête menée contre lui, les rumeurs qui vont éclore, tout cela n'est qu'un mauvais moment à passer.

Cependant, il sait – et c'est sa force – qu'il doit faire attention à tout. Tout ce qu'il a bâti depuis des mois peut s'effondrer d'un coup.

Alors, un sourire aux lèvres, il se dit : « Oh, le veuf, tu triompheras après, quand tout sera terminé. Reste calme ! » Il se traite à haute voix d'ordure et éclate de rire.

Il se prépare à ce qu'on le maudisse, le traîne dans la boue. Mais ensuite, même les plus acharnés lui pardonneront : ils diront que ce pauvre Patrick est tombé sur une cinglée.

Pour lui, tout finira par s'arranger. Il rêve à sa vie d'après, avec tout l'argent, les biens dont il aura l'usufruit. Il se voit monter sa boîte.

Ce soir-là, seul dans la maison où il a tué sa femme en la projetant dans l'escalier de marbre, Patrick Maisonnave s'autorise un troisième verre tandis que brûle dans le cendrier la feuille de papier où il a noté le bilan de la journée.

« Manquerait plus que les flics la trouvent ! »

Partie 5

RAPHAËLLE

35

Le lendemain matin, Castaneda décide de prendre Raphaëlle de court. La veille, il a averti Rignault :

— Je vais donner un grand coup de pied dans la fourmilière… On verra bien.

— C'est quoi, ton hypothèse, André ?

— Pas une hypothèse, une conviction. D'une façon ou d'une autre, le mari est dans le coup. Il a trouvé un moyen de quitter la fiesta, il a liquidé sa femme, maquillé sommairement les lieux en cambriolage et il est revenu. Ça lui a pris pas plus d'une demi-heure. Grand max. Alors soit il a utilisé un autre véhicule, soit sa gonzesse l'attendait et ils sont complices. Je te rappelle que c'est son épouse qui a tout le pognon. Lui, c'est un traîne-misère.

— Ça se tient. Cependant, tout ça reste à démontrer.

— C'est le scénario classique, le cas d'école, Marc !

Rignault a fini par approuver :

— Je me fie à ton flair de premier flic de France, commandant.

— Ah, quand même. Tu es moins con que je ne le pensais…

— Bon, on ne perd pas de temps. Dès ce soir, je les fais mettre tous les deux sur écoute.

— Je n'y crois pas trop. Maisonnave est trop malin pour se trahir au téléphone. Demain, je fais pression sur la fille.

— Mais cette fois, tu ne fais pas la connerie de la mettre en garde à vue.

À 8 h 30, Castaneda sonne au domicile de Juliette Portelli.

Castaneda est accueilli par une grande brune d'une quarantaine d'années. Il reconnaît celle qui accompagnait Raphaëlle aux obsèques.

— Raphaëlle, c'est la police ! crie-t-elle avant de s'éclipser, le plantant sur le seuil.

Castaneda note qu'elle a fui son regard pendant l'échange. Il la trouve tendue, inquiète, et il se dit qu'il va la convoquer très vite. « Elle doit savoir plein de choses. Elle est aux premières loges. »

Quelques secondes plus tard, une jolie jeune femme blonde se présente. Souriante, avenante, elle s'exclame, avec un brin d'ironie dans la voix :

— Vous n'avez pas perdu de temps, monsieur…

— Commandant. Je suis le commandant Castaneda.

— Vous voulez un café, commandant Castaneda ? propose Raphaëlle, toujours aussi souriante.

— Non merci.

— Moi, je vais m'en faire un, si la police nationale m'y autorise ! Que me vaut votre venue, monsieur Castaneda ? Rien de grave, j'espère.

« Elle m'agace déjà », pense Castaneda. Cependant, lui qui monte vite dans les tours s'applique à rester calme. Il explique qu'il a besoin de recueillir son témoignage dans le cadre de l'instruction sur le décès de Cécile Maisonnave, l'épouse de son patron. Il promet que ce ne sera pas long :

— Une heure tout au plus.

— Dans ce cas, je dois avertir mon chef, M. Maisonnave, de mon retard. Sans moi, il est perdu… Vous devez savoir, commandant, que je suis son assistante depuis un peu plus de deux ans. Ça crée des liens.

Dès cet instant, le commandant en est convaincu : elle se fout de sa gueule.

Il racontera plus tard à Rignault :

— Le plus incroyable est qu'elle restait imperturbable, comme si ma présence allait de soi.

Tout a priori favorable qu'il aurait pu avoir sur elle disparaît. Il change ses plans :

— Cela vous ennuie si nous poursuivons notre discussion à mon bureau ?

— Elle n'a pas commencé, monsieur Castaneda, mais ce sera avec plaisir. Et puis, j'ai toujours rêvé de visiter un commissariat !

36

D'autorité, Raphaëlle s'assoit à l'avant. Silencieuse, elle se contente de regarder Bordeaux filer sous une pluie fine.

Cette femme intrigue Castaneda. « Soit elle est chtarbée, soit elle joue à la conne. »

Il accélère, se faufile entre les voitures, et cinq minutes plus tard il se gare sur le parking du commissariat central, rue de Sourdis, dans le quartier de Mériadec.

— C'est grand ! s'exclame la jeune femme. Votre bureau est à quel étage ?

« Attends d'y être, ma cocotte, se dit Castaneda, tu feras moins ta maligne… »

Tandis qu'ils prennent l'ascenseur, le commandant n'en est plus aussi sûr. Elle affiche un tel détachement que son attitude est forcément calculée. Il n'aime pas ça : « Elle est encore plus tordue que Maisonnave. » Il le pressent, cette jolie femme toute menue, dont il devine la belle poitrine sous sa chemise de soie blanche, sera une adversaire redoutable.

Elle esquisse un léger sourire et ne paraît nullement impressionnée quand il la prie de s'asseoir dans son bureau. Elle examine ses chaussures : des bottines à talonnette. Mal entretenues, en plus. Cela confirme son impression première, ce type ne lui plaît pas.

Il hésite : doit-il lui expliquer avec précision les raisons de sa présence ?

Non.

Comme la veille avec Maisonnave, il choisit de la brusquer d'entrée. Il pense que c'est le seul moyen de fendre son armure. Il se convainc : « En réalité elle tremble de trouille. »

Il attaque :

— Madame Constantino, nous souhaiterions connaître l'état précis de vos relations avec M. Patrick Maisonnave.

Le fin visage de Raphaëlle s'illumine d'un coup.

— Nous nous aimons, commissaire.

Il songe : « Commissaire, bientôt… Croisons les doigts ! » Le grade est erroné, mais il ne la reprend pas. Il se borne à demander :

— Vous vous aimez, c'est-à-dire ?

— Nous nous aimons depuis le premier jour où nous nous sommes rencontrés. Nous avons été incapables de résister. Cet amour est plus fort que tout. Je ne vis que pour Patrick et lui que pour moi.

— C'est pour cet homme que vous avez sacrifié votre famille, vos enfants, votre mari.

Castaneda cherche à la surprendre, mais il ne décèle aucune surprise sur le visage de Raphaëlle. Il vient pourtant de dévoiler qu'il en sait beaucoup sur elle. Elle répond, les yeux illuminés :

— Ce n'est pas un sacrifice, monsieur. C'est une nécessité.

Il insiste :

— Vous avez abandonné vos garçons !

— C'est vrai, et je ne dirai jamais que mes enfants ne me manquent pas. Bien au contraire, j'aimerais les avoir avec moi. Mais c'est ainsi, notre amour passe avant tout.

Elle ajoute, comme si elle le défiait :

— Évidemment, les gens qui n'ont pas vécu ce miracle ne peuvent pas nous comprendre. Rien ni personne ne peut empêcher que notre amour prospère.

— Votre amant a perdu sa femme…

— Et alors, commissaire ?

Au tour de Castaneda d'être pris de court. Il bredouille :

— M. Maisonnave est veuf…

— Il ne l'aimait plus, et depuis si longtemps. C'est moi qu'il aime.

Le commandant se reprend :

— Vous voulez dire que la mort de sa femme l'a délivré ?

— En quelque sorte, oui. Cela ne veut pas dire que nous nous réjouissons de son départ. Mais sa disparition va enfin nous permettre de vivre notre amour au grand jour.

Lorsqu'il la raccompagne, vers midi, Raphaëlle remercie le commandant d'un large sourire :

— Je pense vous avoir renseigné de mon mieux, commissaire. Je demeure à votre entière disposition, si vous l'estimez utile.

Alors qu'elle s'éloigne, il l'interpelle :

— Madame Constantino !

— Oui…

— Pour votre information, je suis commandant de police, pas commissaire !

— Oh, excusez-moi. Commandant, c'est mieux que commissaire ?

Castaneda s'abstient de répondre. « Ça lui ferait trop plaisir… » Il la voit saisir son portable, à peine la porte de l'hôtel de police franchie.

Lorsqu'il remonte, il fonce au service des écoutes téléphoniques. Déception : Raphaëlle a seulement averti la standardiste de Méneret et fils qu'elle arrive. Depuis, son portable est resté muet.

Cela conforte les convictions du commandant, que le défi emballe : « Elle ne commet aucune erreur de débutante. »

37

À peine a-t-il regagné son bureau que l'enquêteur en chef veut partager ses impressions avec Rignault.

— Tu ne l'as pas coffrée, j'espère ! s'exclame le juge.

— Marc, je peux te poser une question ?

— Vas-y, mon chou !

— Est-ce que de temps en temps il t'arrive d'être sérieux ?

— Avec toi, jamais !

Castaneda résume au plus juste sa matinée avec la jeune femme.

— Je suis perplexe. Cette femme sait se montrer touchante et convaincante quand elle parle de son amour pour Maisonnave. Elle semble si fragile, si douce. Et, d'un autre côté, on ne peut s'empêcher de se dire que tout, dans son attitude, est calculé, qu'elle maîtrise et évalue parfaitement la situation. Je ne te le cache pas, Marc, j'ai eu du mal à me faire une opinion définitive à son sujet. Mais je pense qu'elle est très, très maligne. Plus que lui.

— Donc, il y a une contradiction fondamentale dans leurs dépositions. Elle parle du grand amour, et hier Maisonnave a résumé leur liaison à une affaire de cul.

— Entre adultes consentants…, glisse le commandant.

— Qui dit vrai, à ton avis ?

Castaneda prend quelques secondes avant de répondre :

— Je dirais que c'est lui. Elle, elle a tout de la midinette. Elle est en plein fantasme, en adoration totale. Je te rappelle que pour lui, elle a quitté enfants et mari.

— Il faut que tu l'interroges, celui-là.

— Évidemment… Il est en tête de liste avec la nana chez qui elle habite, une certaine Juliette Portelli. Elles sont collègues chez Méneret. À mon avis, elle est au courant de beaucoup de choses.

Puis le juge et le policier discutent longuement de Maisonnave.

Hier, face à Castaneda, Patrick a reconnu être un homme à femmes.

— Raphaëlle était la nana la plus bandante de la boîte.

Il a admis qu'il l'aimait beaucoup, qu'il la trouvait sympa, pas compliquée.

— Les choses étaient parfaitement claires entre nous. On baisait une ou deux fois maximum par semaine. On se voyait discrètement parce que son mari était jaloux comme une teigne, et ça s'arrêtait là.

Quand Castaneda lui a demandé sa réaction lorsqu'elle a quitté mari et enfants, Patrick a répondu qu'il était tombé des nues.

— Il n'a jamais été question que nous vivions ensemble. Et quand je dis jamais, c'est jamais ! a-t-il insisté. Il n'y avait aucune ambiguïté entre nous sur ce point, jusqu'au moment où elle est partie de chez elle.

Il a fait un constat terrible : de ce jour, sa maîtresse n'a plus été la même.

— C'est bien simple, je ne la reconnaissais plus. Comme si du jour au lendemain elle était devenue bonne pour l'asile. Elle disait qu'elle avait tout quitté pour moi et elle exigeait que je fasse pareil. Je vais être trivial, commandant, mais elle était à l'ouest. Elle s'est inventé une histoire d'amour qui n'a jamais existé. Ça devenait inquiétant, d'autant qu'il était impossible de lui faire entendre raison. Je ne compte plus le nombre de fois où je l'ai suppliée de renouer avec son mari et ses enfants. Elle les adorait, ses gosses, et du jour au lendemain ils n'existaient plus… Mais non, pour elle la page était tournée et elle affirmait qu'il ne lui restait que moi. Avouez qu'il y a de quoi flipper.

— Mais pourquoi ne l'avez-vous pas quittée, monsieur Maisonnave ? Cela vous aurait évité bien des tracas…

— Pourquoi ? Parce qu'elle était incontrôlable. En continuant à la voir, j'ai réussi à garder un œil sur elle, à l'empêcher de commettre une énorme bêtise. Car je la sentais capable de faire n'importe quoi. En toute franchise, la situation est devenue infernale, d'autant que je n'avais pas la solution pour m'en sortir.

Patrick a alors versé une larme qui n'a pas ému le policier. Maître Grenier est intervenu :

— Vous avez compris que mon client regrette profondément d'avoir entamé une liaison avec une femme qui se révèle instable. Elle est perturbée, c'est le moins qu'on puisse dire.

— Et depuis la mort de votre épouse, a poursuivi le commandant, ignorant l'intervention de l'avocat, quelle a été l'attitude de Mme Constantino ?

— Vous pensez bien que c'est pire qu'avant. À peine mon épouse enterrée, elle a exigé de s'installer chez moi.

— Et alors ?

— Jamais cela n'arrivera… Je l'ai rayée de ma vie, pour toujours. Et je le lui ai dit. Maintenant, je veux me consacrer entièrement à mes enfants. Il n'y a plus aucune place pour elle. Mais puis-je vous suggérer quelque chose ?

— Pourquoi pas…

— Vous devriez parler de tout cela avec Juliette Portelli, chez qui elle loge. Vous la trouverez chez Méneret, elle y travaille comme comptable. Juliette, qui était au courant de notre liaison, est la seule amie de Mme Constantino. C'est une femme admirable avec un cœur gros comme ça… Car il n'est pas facile d'accueillir chez soi pendant des mois quelqu'un d'aussi perturbé. Je vous le dis en toute confidence, Juliette est venue me voir pour se plaindre d'elle à plusieurs reprises. Raphaëlle était invivable. Cette pauvre femme, qui a cru bien faire en l'hébergeant, était totalement perdue. Bien sûr, je ne suis pas là pour vous dicter votre travail, mais je pense que son témoignage pourrait être éclairant si vous souhaitez en savoir davantage sur Mme Constantino, sur son état d'esprit ces dernières semaines et surtout sur la réalité de notre relation, qui aujourd'hui est terminée.

— Vraiment ?

— Vraiment. Je ne veux plus jamais la voir.

— Elle travaille avec vous.

— Plus pour longtemps, commandant.

— Qui commande, le mec ou la fille ? souffle le juge.

— Maisonnave est un gros bourrin qui se la pète, tranche Castaneda. Elle est beaucoup plus fine et futée. Mais sur l'histoire d'amour, je crois le mec. Constantino a voulu le mettre devant le fait accompli. Elle l'a piégé.

— Je suis d'accord avec toi.

— Enfin ! Il fallait bien que ça arrive un jour !

— Sérieusement, qu'est-ce que tu préconises, commandant ?

— Je vais continuer à creuser, monsieur le juge. Et si tu veux mon avis…

— Je t'écoute.

— C'est elle qui tient les commandes. Lui, c'est un pantin. Voilà comment je vois les choses, Marco. Reste à trouver qui a tué l'épouse. Maisonnave, elle, tous les deux…

— Bon… Il est temps de rendre publics les résultats de l'autopsie, ça peut faire bouger les lignes.

— Je le pense aussi.

38

Dès l'instant où il a su à qui il aurait affaire, Patrick s'est renseigné : Castaneda est une pointure, un enquêteur à ne surtout pas négliger. Derrière son allure de rouleur de mécaniques tout en nerfs, de grande gueule aux costumes noirs étriqués, il y a un enquêteur qui sera difficile à berner.

Patrick, un mètre quatre-vingt-deux pour soixante-dix-huit kilos, a une théorie : les petits sont comme les gros. Dès l'école, on se fout de leur gueule, ils se sentent persécutés, et cela ne s'arrange pas avec les années. Au final, cela donne des mecs qui se la pètent, la ramènent, en font des tonnes. Il dit qu'ils ont besoin de prouver qu'ils sont à la hauteur. Ce sont des revanchards et des jaloux.

En vieillissant, ils ne s'arrangent pas... Ils deviennent vicieux, retors, mauvais. Et il n'y a pas de raison que le mètre soixante-deux de Castaneda déroge à la règle.

Voilà pourquoi, depuis qu'il a appris que ce petit homme allait s'occuper de son affaire, il est sur ses gardes.

Aussitôt, il a senti que ce policier ne l'aimerait pas, qu'il le soupçonnerait, qu'il aurait envie de se faire le play-boy aux multiples conquêtes. Normal, il était trop beau, trop parfait, trop élégant et il plaisait aux femmes. L'inverse de ce que ce flic a toujours été : un nabot.

Patrick sait en revanche comment se mettre les petits dans la poche : facile, il suffit de les flatter. Ils ne résistent pas aux compliments. Tôt ou tard, Castaneda lui bouffera dans la main.

Dans l'immédiat, il doit s'occuper de Raphaëlle. Elle aussi est à manipuler avec soin.

Dès qu'elle revient, il lui fait signe de le rejoindre dans son bureau dont il a baissé les stores. Ce qu'il va faire est risqué mais nécessaire.

Il ne lui demande pas comment son interrogatoire s'est déroulé. Il le fera après.

D'abord, il l'attire à lui, l'embrasse, glisse sa main entre ses cuisses et murmure :

— J'ai tellement envie de te faire l'amour. Je n'en peux plus d'être privé de ton corps, de toi.

Puis il propose :

— Voyons-nous ce soir. S'il te plaît, mon amour !

Raphaëlle n'en attendait pas tant. Pourtant, comme pour jouer avec son impatience, elle murmure, collée à lui :

— Je ne sais pas si c'est très prudent, avec tout ce qui se passe.

— Je m'en moque. Je t'aime et c'est le plus important.

— Moi aussi, je t'aime tellement. Voyons-nous puisque tu insistes !

— Merci, ma chérie, tu sais que je ne suis heureux qu'avec toi…

Toujours blottie contre Patrick, elle dit :

— Les flics m'ont interrogée pendant trois heures ce matin.

— Ma pauvre chérie ! Qu'est-ce qu'ils voulaient ?

— Que je leur parle de toi. Ils savent pour nous…

— Je suis au courant, mon amour. C'est même moi qui leur ai dit. Il n'y a plus de raison qu'on le leur cache.

— C'est exactement ce que je leur ai dit, qu'on s'aime pour toujours. Si tu avais vu leur tête !

— Tu as eu affaire à ce petit flic.

— Tu aurais été content, tout s'est bien passé et je n'ai dit que du bien de toi…

— Normal, je suis l'homme de ta vie, mon amour…

Patrick prend le visage de Raphaëlle. Il s'apprête à l'embrasser, quand soudain il la repousse. Il a juste eu le temps de reculer d'un bon mètre.

Quelqu'un vient de frapper à la porte et va l'ouvrir sans attendre la réponse. Patrick élève la voix :

— Vous me prenez rendez-vous avec Desobeau, Raphaëlle, et n'oubliez pas de me taper le courrier pour Soubervy, il faut que ça parte sans faute en recommandé avant ce soir, dit-il tandis que Deltil entre dans la pièce.

— Bonjour, boss ! s'exclame-t-il avec un grand sourire. Ça tombe bien, j'avais l'intention de venir te voir.

— Les grands esprits se rencontrent… Je suis là, Patrick !

— Un café ?

— Avec plaisir.

— Raphaëlle, vous pouvez nous en préparer deux, s'il vous plaît ?

Patrick referme la porte derrière la jeune femme et invite son patron à s'asseoir :

— J'ai quelque chose d'important à te confier, Régis. Crois bien que ça me coûte… Mais il m'est impossible de garder le secret plus longtemps.

39

— Que se passe-t-il, Patrick ? Tu sais que tu peux tout me dire, surtout dans les circonstances actuelles…

Patrick hoche la tête, regarde Deltil. Il va parler quand la porte s'ouvre.

— Voilà les cafés… Vous trouverez des carrés de chocolat noir dans la coupelle.

— Merci, Raphaëlle, je vois que vous connaissez mon péché mignon, dit le patron en piochant un chocolat.

Les deux hommes restent silencieux le temps que l'assistante s'éclipse.

— Alors, Patrick ?

Il serre les mâchoires. Son regard est suppliant.

— J'ai bien réfléchi depuis lundi, Régis. Je vais quitter l'entreprise. Il est impossible pour moi de rester.

— Quoi ? Tu plaisantes, j'espère ! s'offusque aussitôt Deltil.

— Non, malheureusement, non. Il n'y a pas d'autre solution.

— C'est à cause de cette convocation chez les flics, hier ?

— En partie, mais pas seulement.

— Sache que j'ai apprécié que tu sois venu m'en parler ce matin. Évidemment, j'y ai réfléchi, et c'est pour cela que je suis descendu te dire que tu n'as pas à t'inquiéter. Les flics voient toujours le mal là où il n'est pas.

— Sentir qu'on vous soupçonne, c'est tellement dur…

— Ça leur passera… Les flics adorent foutre la merde !

Deltil reprend un chocolat avant de poursuivre :

— Écoute-moi bien, Patrick ! J'ai parfaitement conscience de ce que tu vis. Aussi, je veux que tu saches que tu as mon entière confiance. Et celle de tout le monde dans cette boîte. Les gens t'apprécient beaucoup, et moi le premier.

Il sourit :

— En tout état de cause, je refuse toute démission à compter de ce jour. Tu es obligé de rester. Ta dém', elle va directement à la poubelle. C'est bon, je peux remonter ?

— Ta confiance et ton amitié me vont droit au cœur, Régis. Mais il n'y a pas que cela, malheureusement.

Maisonnave regarde Deltil avec des yeux de noyé, puis il lâche, comme une délivrance :

— Je peux te parler, non pas en patron, mais en ami ?

— Bien sûr, bien sûr… Qu'y a-t-il ?

Maisonnave murmure :

— J'ai tellement honte, surtout dans ces circonstances…

— À mon âge, je suis prêt à tout entendre.

Alors, sans s'arrêter, Patrick confesse qu'il a une liaison avec Raphaëlle.

— Depuis longtemps ?

— Deux ans… Mais ça ne comptait pas, nous nous voyions de temps en temps… Rien d'important.

— Et c'est à cause de cela que tu veux nous quitter ? C'est une blague !

Deltil croit bon plaisanter :

— Tu as réussi là où plus d'un se sont cassé les dents ! Pour tous les mecs de l'entreprise, Raphaëlle était une citadelle imprenable. Dans d'autres circonstances, je t'aurais dit bravo ! Tu ne vas pas te barrer pour ça !

Patrick sourit quelques secondes. Puis, d'un coup, son visage s'assombrit et il répète quasiment mot pour mot ce qu'il a dit la veille à Castaneda.

— Raphaëlle a changé il y a trois mois quand elle est partie de chez elle, en abandonnant son mari et ses deux enfants.

— Quoi ? s'exclame Deltil, ahuri. Raphaëlle a quitté ses gosses ?

— Oui, et elle refuse de les revoir.

— Ce n'est pas possible. Elle est dingue !

— Je le crains… Je n'ai toujours pas compris ce qui lui est passé par la tête. Elle n'est plus la même. Elle exige que je fasse comme elle. Elle est agressive et me menace du pire.

— Incroyable ! Elle qui a l'air si douce, si gentille. Je n'en reviens pas. Elle parlait de ses enfants comme de la prunelle de ses yeux.

— Moi non plus, je n'ai pas compris.

— Je vais la virer ! se fâche Deltil.

— Ne fais pas ça. Je vais m'éclipser. Je te remercie, Régis, mais rester est au-dessus de mes forces. Il faut que je mette de la distance entre cette femme et moi. Je dois protéger mes enfants. À toi, je peux le dire : Raphaëlle me fait peur depuis des semaines. Elle est tellement imprévisible. J'ai suffisamment souffert avec la perte de Cécile. Je vais partir d'ici avec beaucoup de regrets, mais je n'ai pas d'autre solution. Je veux retrouver de la sérénité, du calme, et avec cette folle dans les pattes, c'est impossible.

— Allons, Patrick, il ne faut pas baisser les bras.

— Je vis un enfer que tu n'imagines pas…

— Reste chez nous, et je la change de service, propose Deltil.

— Je crains que cela soit beaucoup plus compliqué que cela, malheureusement.

Deltil se lève et dit amicalement :

— Nous allons trouver une solution. Je ne te laisserai pas tomber, surtout après ce que tu as vécu.

— Merci, merci… Ce que tu dis me touche énormément.

— Prends quelques jours de réflexion. Et pourquoi pas des congés ? Nous en reparlerons à ton retour. D'ici là, j'aurai réglé le cas de Mme Constantino.

— Faisons comme cela, Régis. Je règle deux ou trois trucs et je me mets en retrait quelques jours… Merci de m'avoir écouté, et merci, surtout, pour ta confiance. J'en ai tellement besoin…

Une fois seul, Maisonnave se félicite de la réussite de sa manœuvre. Deltil sera un allié de poids.

« Pour moi, cette histoire avec Raphaëlle Constantino n'était pas sérieuse. Une passade ! Vous savez, commandant, j'ai suffisamment d'expérience pour vous dire que les larmes d'un homme ne trompent pas. Maisonnave était touché de plein fouet par le drame. Bien sûr je n'approuve pas qu'il ait trompé Cécile, d'autant que je l'appréciais énormément. Mais l'homme est une proie facile face à la tentatrice. Et ça date d'Adam et Ève ! [...] Quant à Raphaëlle, dès que j'ai appris cette liaison, j'ai décidé de me séparer d'elle. Méneret est une famille et il n'y a pas de place chez nous pour une briseuse de ménages, une femme capable d'abandonner ses gosses. Je n'ai pas eu besoin de la virer, vous l'avez fait pour moi ! [...]

En toute franchise, tout le monde est tombé des nues quand on a su ce qu'elle avait fait. Elle est devenue folle, je ne vois pas d'autre explication à son geste. Comment peut-on en arriver là ? C'est invraisemblable. Pauvre Patrick, comment a-t-il pu tomber dans les griffes de cette femme ? Quelle manipulatrice ! » (Extrait procès-verbal de Régis Deltil)

Le soir, dans l'intimité de la chambre 405 de l'hôtel Pey Berland, Raphaëlle et Patrick font l'amour. Ils se quittent un peu après minuit.

Leur séparation est déchirante. Ils se promettent un amour éternel, de vivre le plus tôt possible ensemble. Avant, Patrick a exigé de Raphaëlle qu'elle soit la plus discrète possible.

— Le temps que passe l'orage. Ensuite, nous avons toute la vie devant nous.

Il a insisté :

— Tu ne parles à personne de nos rendez-vous, et surtout pas à cette fouine de Juliette.

Elle a tenté de défendre son amie, mais Patrick a été catégorique :

— Je n'ai pas confiance en elle. Si tu lui parles, je préfère que nous ne nous voyions plus.

Patrick s'éloigne, se ravise, revient, l'enlace. Il demande de réserver pour le samedi suivant.

— Je serai là à 17 heures…

Il est satisfait.

Depuis le début, tout se passe comme il l'a prévu… Il n'y a pas de raison que ça ne continue pas.

40

Tendues depuis des semaines, les relations entre Raphaëlle et Juliette deviennent exécrables.

Il est bel et bien fini le temps où, confidentes, elles se racontaient tout. Leurs tourmentes, leurs espoirs.

Raphaëlle trouve Juliette bizarre, tellement négative. Elle voit bien qu'elle l'évite. Elle ne l'appelle plus pour la rejoindre à la machine à café, et lorsqu'elles déjeunent encore ensemble, elles n'ont rien à se dire. Et puis Raphaëlle ne se l'avoue pas, mais elle s'agace de voir Juliette si proche de Patrick. Elle se demande pourquoi, maintenant, elle est régulièrement dans son bureau. Elle se retient de lui dire qu'elle se fourre le doigt dans l'œil si elle s'imagine lui piquer son homme.

Les choses s'enveniment encore ce soir, quand Juliette la culpabilise en lui demandant si elle se souvient qu'elle a deux garçons.

— Tu réalises ce qu'ils endurent de ne pas avoir vu leur maman depuis presque trois mois ?

Raphaëlle a envie de lui balancer « de quoi je me mêle, occupe-toi plutôt de ton adolescente qui ne te supporte plus », mais elle se contente de répondre :

— Bien sûr que je pense à eux, tous les jours même, à chaque seconde. Comment peux-tu penser que je les ai oubliés ?

Elle répète qu'elle ne les a pas abandonnés et qu'elle les retrouvera quand elle vivra avec Patrick. Ensuite, pour le seul plaisir d'énerver Juliette à nouveau, elle raconte combien elle a hâte de connaître cette vie « merveilleuse » avec lui, maintenant qu'ils sont débarrassés de la sorcière. Juliette explose :

— Tu te rends compte que tu parles d'une morte ?

— Ce n'est pas ma faute si elle est tombée dans l'escalier !

— Oui, mais ça t'arrange bien !

Raphaëlle la nargue :

— Dis tout de suite que c'est moi qui l'ai poussée !

— N'importe quoi !

— Hop, un petit coup dans le dos et direct sur les marches !

— Tu me débectes.

Cette fois, Raphaëlle est vraiment fâchée :

— En fait, je viens de comprendre que tu es jalouse, Juliette.

— Jalouse, moi ?

— Ben oui. Tu ne supportes pas que nous nous aimions à ce point. Parce que toi, le grand amour, tu ne l'as jamais connu et tu ne le connaîtras jamais. Je ne peux pas t'en vouloir de m'envier, j'ai même de la peine pour toi. Ce que je vis est unique, et tu ne le supportes pas. En attendant, je vais dormir, si tu permets.

Silencieuse, stupéfaite par la violence de cette sortie, Juliette la regarde déplier le clic-clac dans le coin du salon où elle dort depuis plus de trois mois maintenant.

Elle est tellement abasourdie qu'elle préfère renoncer à exiger qu'elle dégage tout de suite. Et puis, surtout, elle a peur de sa réaction. Elle en a parlé avec Patrick. Lui aussi a peur et la croit capable du pire.

Le lendemain, elle lui raconte leur discussion houleuse. Il demande :

— Raphaëlle a fait quoi, chez vous, le soir de l'accident qui a coûté la vie à ma Cécile ?

Quand elle entend « accident », Juliette ressent comme un brin de doute dans la voix de Patrick. Elle répond qu'elle n'en a pas un souvenir précis, mais qu'elle pense que Raphaëlle est sortie prendre l'air, comme cela lui arrive souvent, dans la soirée.

Patrick insiste.

Juliette en est même certaine maintenant.

— Nous avons eu des mots, explique-t-elle. Elle est partie.

— Combien de temps ? demande Patrick.

— Une heure peut-être… Mais je suis allée me coucher.

— C'est certainement sans importance, un drôle de hasard, mais peut-être devriez-vous en informer la police, lui conseille Patrick.

Juliette préfère ne pas énoncer à voix haute ce à quoi tous les deux pensent à ce moment-là. Ce serait trop horrible. Mais elle comprend pourquoi Patrick lui a confié l'autre jour qu'il avait peur de Raphaëlle.

Dans l'après-midi, elle se rend au commissariat et relate sur PV ce qu'elle a confié à Patrick.

Castaneda a ces mots qu'elle lui répétera :

— Votre témoignage est très précieux, madame Portelli.

Elle ajoutera :

— J'ai eu l'impression qu'ils savaient que Raphaëlle s'était absentée ce soir-là.

Juliette n'a pas du tout le sentiment d'avoir trahi son ancienne amie. Raphaëlle s'est montrée si odieuse la veille qu'elle n'a que ce qu'elle mérite. Et après tout, elle n'a dit que la vérité.

Patrick triomphe intérieurement. Il ajoute un élément à charge contre Raphaëlle. Un élément que ne fera que confirmer le bornage du téléphone de sa maîtresse dont, pense-t-il, les policiers doivent disposer à présent.

Il se félicite tandis qu'il adresse un souffle d'amour à Raphaëlle derrière la vitre : « Je suis vraiment très fort ! »

Il ne lui reste plus qu'à convaincre les flics de son innocence.

Pour ça aussi, il a son plan.

41

À la demande de Patrick, maître Grenier s'occupe de solliciter ce vendredi à 19 heures une rencontre avec Castaneda.

— Mon client souhaite vous parler, commandant. Il a une déclaration à faire et je suis persuadé qu'elle vous intéressera, donne-t-il pour seule explication, avant d'ajouter : M. Maisonnave en a assez d'être regardé comme un coupable. Je vous rappelle qu'il est une victime dans cette affaire.

Ensuite, il pose une condition : qu'il ne soit pas mis en garde à vue à l'issue de sa déposition. En revanche, l'avocat s'engage à ce que son client signe le procès-verbal.

— Cela ne lui posera aucun problème. Il veut avancer en toute transparence.

Appâté, Castaneda prévient sa femme qu'il ne rentrera pas de bonne heure :

— Commencez sans moi.

C'est une tradition familiale : tous les vendredis, Christina cuisine une paella aux fruits de mer pour lui, leurs fils, leurs belles-filles et leurs trois petits-enfants.

Il avait déjà le goût de son plat favori à la bouche et « ce n'est pas de gaieté de cœur que j'y renonce », a-t-il dit à Rignault en l'informant de ce rendez-vous inattendu.

Christina ne se formalise pas. En parfaite épouse de flic, elle s'est fait une raison depuis longtemps. Ce sont les aléas de la profession de son André. Sinon, comme elle dit à ceux qui s'étonnent de son indulgence : « Je n'avais qu'à pas tomber amoureuse d'un policier. Je l'ai choisi en toute connaissance de cause. » Aujourd'hui, elle est fière que son mari soit un policier reconnu et respecté. En revanche, elle s'interdit de lui parler de son métier et de ses enquêtes. « La maison, c'est sacré ! » Les époux Castaneda ont placé le travail et la famille au-dessus de tout. Ce sont des valeurs essentielles qu'ils s'appliquent à transmettre à leurs enfants.

Ils en ont eu cinq en sept ans. Ensuite, ils ont arrêté de s'entêter à avoir une fille.

Deux de leurs garçons sont entrés dans la police, ce dont ils sont très fiers.

Comme annoncé, c'est à 19 heures précises que Patrick arrive au commissariat en compagnie de maître Grenier.

Castaneda leur épargne la salle d'interrogatoire et les reçoit dans son bureau.

— Ce sera moins conventionnel.

Grenier apprécie.

— Je vous remercie de nous recevoir, commandant, alors que vous alliez profiter d'un week-end en famille, ou du moins d'une soirée entouré des vôtres.

Comme à son habitude, le commandant ne perd pas de temps en politesses inutiles :

— Vous avez sollicité ce rendez-vous, monsieur Maisonnave. Qu'avez-vous de si important à me dire un vendredi soir alors que, comme vient de l'indiquer votre conseil, j'allais partir en week-end ? C'est bien connu, les flics ne travaillent jamais le samedi et le dimanche !

Grenier a un petit rire forcé, tandis que Patrick reste de marbre. En dépit de son visage sévère, Castaneda le sent tendu et inquiet.

— En effet, mon client voudrait apporter…

— Maître, pardonnez-moi, mais c'est à M. Maisonnave que s'adresse ma question.

Patrick se décompose soudain. Il pose un regard effrayé sur le policier, comme si d'un coup il regrettait d'être venu. Voyant son hésitation, son avocat lui prend le bras et l'encourage :

— Mon cher Patrick, je sais ce que votre démarche vous coûte. Cependant il est important que le commandant entende ce que vous êtes venu me confier cet après-midi.

Grenier se tourne vers le commandant :

— C'est moi qui ai poussé mon client à venir vous parler. Croyez-moi, commandant, il lui faut beaucoup de courage pour se tenir ici. Ce qu'il a à dire n'est pas facile. Allez, Patrick, parlez, et ensuite vous vous sentirez mieux.

Face à eux, Castaneda, marquant son indifférence envers la diatribe théâtrale de l'avocat, commence à taper sur son ordinateur. Il lit à haute voix :

— Nous, André Castaneda, commandant de police judiciaire, en fonction à la brigade criminelle de

Bordeaux, 33 000, constatons que se présente devant nous Patrick Maisonnave, le cinq juin 2020, à 19 heures et 10 minutes.

Il lève les yeux vers l'homme nerveux face à lui :

— Je vous écoute, monsieur Maisonnave…

Patrick souffle un grand coup, passe la main sur son œil gauche comme s'il voulait écraser une larme et se lance :

— Je suis venu vous parler de Mme Raphaëlle Constantino, de la réalité sur nos relations.

— Nous en avons déjà largement parlé, monsieur Maisonnave. À moins que vous ne souhaitiez modifier votre précédent procès-verbal ! assène Castaneda qui commence à se demander si ces deux-là ne le baladent pas avec leur cinéma à deux balles.

C'est connu, le commandant n'aime pas qu'on se foute de lui.

Ça le prend comme ça… D'un coup de coude, il pousse volontairement vers le sol le stylo posé sur son bureau et se penche pour le ramasser. Il veut vérifier quelque chose qu'il a oublié de faire quand ils sont entrés : les chaussures de Patrick.

À sa grande surprise, elles ne brillent pas. Elles sont même couvertes d'un peu de terre à cause de la pluie de la journée. « Il progresse ! » se dit-il.

Ce petit détail lui rend Maisonnave presque sympathique. Humain.

Quand Patrick achève son récit près d'une heure plus tard, il signe sa déposition de quatre pages sans y jeter un œil. Silencieux, il semble épuisé, à bout de nerfs et de forces. Son avocat, en revanche, passe de longues minutes à la relire.

Grenier, satisfait, rend les feuilles au commandant :

— C'est très bien… Patrick, il était nécessaire de vider votre sac. Pour le bien de l'enquête, bien sûr, mais surtout pour la mémoire de Cécile et pour préserver vos enfants. Vous avez fait preuve d'un grand courage.

Puis il s'adresse à Castaneda :

— Je pense, commandant, que vous mesurez l'importance de la déclaration douloureuse de mon client. Vous pouvez maintenant repartir sur de nouvelles bases.

Castaneda ne commente pas, tant cet avocat l'agace. En revanche, tout au long de l'heure passée ensemble, son avis sur Patrick a changé. Il l'a trouvé moins arrogant, il a été touché par sa franchise candide, ses doutes, ses regrets.

Le commandant se lève, donnant le signal du départ.

— Tout cela me semble parfait. Nous pouvons y aller. Merci, messieurs.

Il est 20 h 32… Encore temps, se réjouit-il, de profiter de la paella de « maman ». Même réchauffée, elle reste excellente.

Il se dépêche de partir. Une fois dans la voiture, il appelle d'abord sa femme, « j'arrive », puis Rignault.

— Il est bon ton couscous ? lance le juge en décrochant.

C'est une vieille blague entre eux. Pour une fois, Castaneda ne renchérit pas et annonce :

— Constantino est dans la merde ! Le mec y est allé fort.

— À ce point ?

— Il a chargé sa maîtresse comme une bête.

Puis il lui résume sa déposition.

— Effectivement, il y est allé fort… Tu en penses quoi ?

Castaneda lui explique sa théorie, la seule qui tienne la route à ses yeux :

— Le b.a.-ba du crime passionnel. L'amant et la maîtresse ont éliminé l'épouse encombrante. En plus, c'est elle qui avait le pognon, elle tenait son mari par les couilles. Ils devaient la liquider. Maintenant, il faut s'attendre à ce qu'ils se tirent dans les pattes. Ce sera chacun pour soi !

Le juge approuve :

— Ton histoire est d'une triste banalité.

— Cette femme est le maillon faible. Une gonzesse, ça finit toujours par craquer… Je vais la faire avouer et ensuite elle balancera son amant. C'est comme si c'était fait.

Il conclut :

— Je la serre demain.

42

Le samedi, à 8 heures, trois policiers viennent chercher Raphaëlle. Trois, c'est beaucoup, mais le commandant veut mettre la pression sur la jeune femme.

— On lui passe les bracelets ? a demandé l'un d'eux.

— Non, sauf si elle refuse de vous suivre.

Elle les accueille avec le sourire. Elle le cache, mais au fond d'elle-même elle est un peu inquiète : non pas à cause de leur venue, mais parce qu'elle craint qu'ils lui fassent rater son rendez-vous de la fin d'après-midi avec l'homme de sa vie.

Juliette, accourue en robe de chambre, s'étonne :

— Qu'est-ce qu'ils te veulent ?

— Aucune idée…

— Ce n'est pas normal…

Juliette s'adresse aux policiers :

— Pourquoi venez-vous la chercher ? Qu'est-ce qu'elle a fait ?

À cet instant, elle a la certitude que ce qu'elle a raconté sur PV n'est pas étranger à leur venue.

— On nous a seulement demandé de conduire Mme Constantino au commissariat.

Avant de les suivre, Raphaëlle avertit Juliette :

— À propos, tu seras contente : je ne serai pas là pour dîner… Ne m'attends pas.
— Tu as rendez-vous avec lui ? s'exclame Juliette.
— Ça ne te regarde pas.

En la regardant monter à l'arrière du véhicule, Juliette se dit que c'est bien fait pour sa gueule. « Gardez-la le plus longtemps possible. Bon débarras ! »
Elle envoie aussitôt un texto :

Très cher Patrick, trois flics sont venus chercher R pour la conduire au commissariat. J'ai l'impression que ça va chauffer pour elle. Quant à moi j'espère être tranquille aujourd'hui (je le mérite bien !). N'hésitez pas à me rappeler. Bonne journée ! J

Maeva apparaît.
— C'est quoi ce bruit ? Ça m'a réveillée.
— La police est venue arrêter Raphaëlle.
— Quoi ? Qu'est-ce qu'elle a fait ?
— Aucune idée. Mais ça a l'air grave.

La circulation est fluide et, moins d'un quart d'heure plus tard, Raphaëlle entre dans le bureau de Castaneda.
— Je pensais vous avoir tout dit, commissaire.
— Commandant, rectifie Castaneda d'un ton sec. Je veux seulement vérifier quelques points. Ça ne sera pas long…
Elle dit dans un sourire :
— Que je sache, coucher avec son patron n'est pas un délit. Qu'il soit marié, non plus.

« Si elle me cherche, elle va me trouver. » Castaneda a du mal à garder son sang-froid. Il n'aime pas qu'on se foute de sa gueule et encore moins qu'une « bonne femme » le nargue ouvertement.

Le commandant se trompe. Raphaëlle ne le nargue pas comme il le croit, ne se moque pas de lui, ne cherche pas l'affrontement. Le policier ne peut imaginer que la femme qui lui fait face n'a en tête que Patrick, « son » Patrick. Elle est impatiente de le retrouver ce soir. Encore habitée du bonheur partagé deux jours plus tôt.

Il l'adore, il a envie d'elle, de l'embrasser, de l'aimer.

Raphaëlle est si éperdument heureuse qu'elle ne sent pas venir le danger de cette seconde convocation. Pour elle, ce n'est qu'une simple péripétie.

Qu'a-t-elle à craindre ? Rien, et si elle doit proclamer de nouveau son amour à la face de ce petit flic, elle le fera avec toute son énergie.

Elle se persuade qu'elle sera vite sortie d'ici et aura tout le temps de se faire belle. Tout à l'heure, elle s'est trouvée effrayante dans la glace de l'ascenseur. Pas maquillée, les cheveux en pétard, négligée.

Pour lui, elle sera magnifique. Cette fois, peut-être passeront-ils toute la nuit ensemble ?

Elle rêve de partager un petit déjeuner avec lui, de faire l'amour dans les lumières du petit matin. Qu'il lui répète qu'il ne peut pas vivre sans elle. Alors, cette convocation avec ce nabot, comme l'a appelé Patrick (ils se sont bien moqués de ses cheveux teints et de ses talonnettes ridicules), ne l'inquiète pas beaucoup.

Calmement, avec même un soupçon de délicatesse (ce qui est exceptionnel chez lui), le commandant lui demande si elle veut boire quelque chose.

— Un café, je n'ai pas eu le temps ce matin. Et sans mon café, je ne suis bonne à rien.

« Vas-y, fais ta maligne… Tu rigoleras moins avec ce que je vais te balancer », pense-t-il très fort.

43

C'est dans cet état d'esprit conquérant que Castaneda conduit Raphaëlle jusqu'à la salle d'interrogatoire du deuxième.

— Nous y serons mieux que dans mon bureau.

Sans préambule, il lui annonce qu'elle est placée en garde à vue, ce qui n'a toujours pas l'air de l'émouvoir.

— Qu'est-ce que cela veut dire ?

— Plusieurs choses, madame Constantino. D'abord, vous avez le droit d'appeler une personne de votre choix, un médecin peut vous examiner, et vous pouvez bénéficier de l'assistance d'un avocat. Enfin, et pour être tout à fait complet, la durée maximale de la garde à vue est de quarante-huit heures.

Elle frémit : quarante-huit heures… Ce flic met en péril son rendez-vous de ce soir.

Elle murmure :

— Je n'ai rien fait de mal, pourquoi voulez-vous me garder aussi longtemps ?

— Si tout se passe bien, les choses iront vite, madame Constantino. À l'issue de la garde à vue, vous serez libre ou présentée au juge d'instruction.

Alors, que décidez-vous ? Vous souhaitez prévenir quelqu'un ?

Castaneda note que la jeune femme est ébranlée. « Ça commence bien », se dit-il, conservant son visage dur et sévère.

Raphaëlle hésite à appeler Patrick, la seule personne qu'elle ait envie d'entendre. Elle renonce, de peur de le mettre dans l'embarras.

Elle refuse l'assistance d'un avocat.

— Je n'en connais pas ! Et puis, je ne veux pas dépenser mon argent inutilement. J'ai de petits revenus, commissaire.

— Nous pouvons en commettre un d'office, si vous le souhaitez. Ça ne coûte rien.

Elle réplique sèchement :

— Quand on n'a rien à se reprocher, on n'a pas besoin d'un avocat… Ce qui est mon cas.

« Continue à te foutre de ma gueule, j'adore », se réjouit Castaneda.

— Et pour le médecin ?

— Je suis en parfaite santé !

Quand il l'informe que l'interrogatoire est filmé, elle arrange ses cheveux et demande :

— C'est obligatoire ?

— C'est la procédure, madame Constantino.

— Je n'aime pas me voir à l'image.

« Elle est vraiment déroutante. Je me demande si elle réalise dans quel merdier elle est ou alors si elle est une comédienne hors pair. » Il penche déjà pour la seconde solution.

Le commandant ne laisse aucun répit à Raphaëlle. Il attaque d'emblée en lui demandant où elle était le soir du vendredi vingt-deux mai.

— Le soir de l'accident de Mme Maisonnave ?

— En effet. Je vois que vous avez retenu la date.

— Cette date a bouleversé ma vie et celle de l'homme que j'aime. On ne peut pas oublier, commissaire.

— Commandant, je suis commandant, pas commissaire, réplique, agacé, Castaneda.

— Pardon… commandant. Mais je m'y perds avec tous ces grades !

Elle fait mine de réfléchir, répond dans un sourire éclatant :

— J'étais chez mon amie Juliette Portelli. Comme je vous l'ai déjà indiqué, elle a la gentillesse de m'héberger depuis que j'ai quitté le domicile familial. Et elle a du mérite, car ce n'est pas facile de me supporter tous les jours… Le soir, du moins ceux où je ne vois pas Patrick, nous ne faisons rien d'extraordinaire. Nous dînons, nous discutons un moment. Il arrive que nous regardions un programme à la télévision et nous nous couchons. Jamais très tard… Mais cette situation ne va pas durer, je vais bientôt m'installer avec Patrick.

— Cécile Maisonnave est à peine enterrée que vous envisagez déjà de prendre sa place ? Vous ne perdez pas de temps, madame Constantino. Son mari partage votre impatience ?

— Bien sûr… Nous partageons le même rêve, celui de vivre ensemble. Sachez que je respecte la mémoire de la défunte, commissaire. Mais force est de reconnaître qu'elle n'est plus là… Autre chose ?

Castaneda ne le montre pas, mais il jubile. Il demeure appliqué, le nez dans ses dossiers.

Elle est tombée toute seule dans son piège. Cela va être une formalité de la coincer :

— Donc vous n'êtes pas sortie ce vendredi soir ?

— Non, commandant. Juliette a bonne mémoire et elle vous le confirmera.

Elle fixe le policier, avec un petit sourire. Castaneda se dit qu'elle continue à le défier. En réalité, elle est seulement contente de répondre comme Patrick le lui a dit. « Nier tout ! »

Ils en plaisantent souvent ensemble : une femme doit obéir à son homme !

Ne lui a-t-elle pas obéi également en sortant ce soir-là ? Il lui a demandé de passer vers 22 heures à proximité de la fête des anciens. Il se débrouillerait pour la rejoindre. Malheureusement, pour une raison qu'elle ignore, il n'est pas venu. Elle a attendu une demi-heure avant de rentrer chez Juliette, déçue et triste. Elle a voulu l'appeler, l'avertir qu'elle l'attendait. Elle s'est traitée de « cruche » quand elle s'est aperçue que son téléphone n'était pas dans son sac. Comment a-t-elle fait pour l'oublier, elle qui ne s'en sépare jamais ?

Elle n'a pas osé le joindre du week-end, tant il avait été fâché la fois précédente, et ce n'est que le lundi, en arrivant au bureau, qu'elle a appris la mort de la sorcière.

L'avant-veille, à l'hôtel, Patrick est brièvement revenu sur la soirée. Il s'est désolé de ne pas avoir pu s'échapper de la fête.

— J'étais coincé, il a fallu que je fasse un discours et que j'écoute ceux des autres. Quand, enfin, je me suis précipité dehors, tu étais partie. Je t'ai appelée mais ton téléphone a sonné dans le vide.

Ensuite, comme si de rien n'était, il lui a fait jurer sur leur « amour éternel » qu'elle nierait être sortie ce soir-là.

— Les flics, ces fouille-merde, n'ont pas besoin de savoir que nous devions nous retrouver, lui avait-il donné pour seule explication.

Si elle a ce sourire face au commandant Castaneda, c'est parce qu'elle a menti pour contenter l'amour de sa vie.

Le policier relève la tête et la regarde droit dans les yeux.

— C'est faux, madame Constantino, vous avez quitté le domicile de Juliette Portelli ce soir-là, sur le coup de 21 h 30.

— Non, vous faites erreur…

— Votre amie l'a clairement indiqué dans sa déposition.

— Toute amie qu'elle est, elle se trompe de jour.

— Ça arrive, c'est vrai, même à ceux qui ont une mémoire d'éléphant.

— Vous voyez, inspecteur ! Nous avons passé une soirée entre vieilles filles célibataires.

Patrick sera content d'elle : elle a claqué le beignet à ce flic que son amant n'aime pas.

Castaneda garde son sang-froid.

— Donc, vous n'êtes pas sortie ?

— Non, je m'en souviendrais, quand même !

— Et ça, qu'en pensez-vous ?

C'est le moment que Castaneda adore, celui où il présente une preuve irréfutable qui fait voler en éclats la défense branlante d'un suspect. Il tend un papier à Raphaëlle.

— Ce sont les bornages de votre téléphone portable, madame Constantino.

— Les bornages ?

— Ce sont des relevés téléphoniques. Ils indiquent clairement que votre portable a borné le vingt-deux mai à 22 h 08, à proximité du domicile de M. et Mme Maisonnave. Plus précisément, devant leur domicile… Ce qui veut dire que vous êtes sortie pour vous rendre chez eux, ou plutôt chez elle. Le bornage indique aussi que vous étiez encore sur place à 22 heures, 17 minutes et 32 secondes précisément.

Raphaëlle ouvre de grands yeux, répète qu'elle n'est pas sortie, suggère qu'il se trompe de téléphone :

— Je ne suis pas allée devant la maison de Patrick.

— Vous l'avez pourtant appelé sur son portable à une fête à laquelle il participait à quelques kilomètres de là. Pourquoi ?

— Je ne l'ai pas appelé, pas davantage que je n'étais devant chez lui. Je vous le jure sur mes enfants.

— Vos enfants, a ironisé le commandant. Ceux que vous avez abandonnés ?

Elle crie :

— Vous n'avez pas le droit de dire ça !

— Je dis ce que je veux, madame. Surtout quand c'est la vérité.

Raphaëlle se reprend :

— Cette histoire de repérage est impossible, commandant !

— Impossible, et pourquoi donc ?

— Je n'avais pas mon portable. Pendant le week-end, je l'ai cherché partout. Il n'était pas dans mon sac… Nulle part.

— Tiens donc. Ce n'est vraiment pas de chance… Et vous avez déposé plainte pour vol ? Fait une déclaration à l'assurance ?

— Non, je croyais l'avoir perdu et je l'ai retrouvé au bureau le lundi matin, sous ma table.

— Vous êtes tête en l'air…

— Ça ne vous arrive jamais d'égarer quelque chose ?

— Mon portable, jamais.

44

Raphaëlle ne comprend pas que le commandant Castaneda l'a piégée. Peut-être ne devrait-elle pas nier l'évidence, s'obstiner à soutenir qu'elle n'a jamais quitté l'appartement de Juliette ce soir-là ? Car plus elle s'entête, plus elle s'enfonce.

Et plus le commandant Castaneda savoure.

Derrière la vitre sans tain, des flics ont rejoint Rignault. Personne ne s'est étonné de sa présence, car ce n'est pas la première fois que le juge assiste à un interrogatoire. Tout le monde connaît ses liens avec Castaneda.

Il est et restera le seul juge à être admis dans le saint des saints. Il est de la famille…

L'info que le commandant cuisine la maîtresse de Maisonnave a vite fait le tour du commissariat, et les plus curieux ont accouru.

Une mise à mort est un moment à ne pas rater, surtout quand c'est un policier de la trempe de Castaneda qui tient la muleta.

— Elle va en chier, la gonzesse, lance un gardien de la paix en se faufilant au milieu de ses collègues pour être aux premières loges.

Une lieutenante plaisante :

— C'est pas drôle, elle est nulle ! Il va la bouffer tout cru.

— Hé, Constantino, méfie-toi des tout petits, ce sont des teigneux de première ! surenchérit un troisième.

— Putain, j'en ai vu des connes, mais comme elle, rarement ! s'amuse un quatrième.

— *Campeón !* s'écrie le policier en tenue qui a réussi à se glisser jusqu'au premier rang.

Bref, l'interrogatoire de Raphaëlle a commencé depuis quelques minutes et une bonne dizaine de flics sont au spectacle de l'autre côté de la vitre.

Dans ce bazar, Rignault demeure silencieux, mais il profite.

Il se dit que dès qu'André en aura fini avec elle, il se fera une joie de mettre cette femme en examen. Il la dévisage. Pour l'instant, elle ne montre aucun trouble, ne semble pas ébranlée. Mais il connaît Castaneda, ça ne va pas tarder. Impossible qu'elle fasse le poids face à un flic pareil. Pour l'avoir vu à l'œuvre à plusieurs reprises, il sait que le commandant n'est jamais aussi fort que lorsqu'il a toutes les cartes en main. Castaneda abat ses atouts, les uns après les autres.

Après le bornage du portable, Castaneda extrait d'une chemise verte un rapport de police.

— Bon, admettons que vous n'êtes pas sortie et que le bornage s'est trompé. Ce n'est jamais arrivé, mais admettons… En revanche, pouvez-vous m'expliquer pourquoi on a relevé vos empreintes sur la poignée de la chambre de Mme Maisonnave et également sur la rampe de l'escalier ?

Castaneda pose le rapport sur la table :

— Regardez, ce sont bien les vôtres.

C'est l'excitation de l'autre côté de la vitre sans tain.

— Elle est mal, commente la lieutenante.

— Je dirais plutôt qu'elle est coincée, affirme le capitaine Frédéric Chenard, l'adjoint de Castaneda.

Ils voient Raphaëlle examiner consciencieusement le papier et s'exclamer :

— C'est impossible !

— Ce sont vos empreintes, madame. Comment sont-elles arrivées dans la maison ?

Raphaëlle se tait. Puis, après quelques secondes, elle lâche :

— Oui, je suis bien allée chez Patrick. Mais pas ce soir-là.

— Ça, c'est une info… Et quand, alors ?

— Quatre jours plus tôt. Le mardi. Je peux même vous dire que nous avons fait l'amour comme des fous sous la douche et dans leur lit.

Maintenant elle a envie de le défier :

— Pour votre gouverne, COMMANDANT, je n'ai jamais autant joui !

— Je n'en doute pas, amoureuse comme vous êtes, cela a dû être torride !

— Du cul ! clame une voix dans la pièce voisine.

— Chut !

— Nous nous aimons, se reprend Raphaëlle. Évidemment, vous ne pouvez pas comprendre.

— Évidemment… Cependant, l'homme que vous adorez et… qui vous adore, n'a pas les mêmes souvenirs que vous. Il dit que jamais il ne vous aurait amenée chez lui. M. Maisonnave a des principes. Pas de maîtresse à la maison.

— C'est pourtant vrai. Je peux même vous décrire la chambre.

— Je n'en doute pas, madame Constantino…

— Elle est niquée ! s'exclame le flic en tenue.

Derrière la vitre sans tain, ils sont tous d'accord, Rignault le premier : le commandant a marqué un point important.

— Si vous le voulez bien, nous allons passer à autre chose.

Castaneda a ouvert une chemise grise sur laquelle est inscrit au feutre noir : « Juliette Portelli ».

45

— Vous connaissez Juliette Portelli, madame Constantino ?

— Comme je l'ai déjà dit, Juliette est ma meilleure amie et actuellement elle me fait l'amitié de m'héberger…

— Vous êtes certaine que Juliette Portelli est votre meilleure amie ?

— Je l'adore ! réplique Raphaëlle.

Inutile de lui dire que leurs relations se sont détériorées depuis des semaines. Ce flic en ferait tout un plat. Elle se demande où il veut en venir. Qu'est-ce que Juliette a à voir là-dedans ?

Elle jette un œil sur sa montre, celle que Patrick lui a offerte. Il n'est que 11 h 15. Elle sera dans les temps.

Castaneda demande, le visage sévère :

— Vous voulez écouter ce que dit de vous votre grande amie ? Celle qui nous affirme, sur procès-verbal, que vous êtes sortie pendant environ une heure dans la soirée du vingt-deux mai ?

Sans attendre sa réponse, il lit les principaux passages de ses deux PV. Ceux où Juliette dit qu'elle ne reconnaît plus Raphaëlle qui « a complètement vrillé, elle est devenue dingue, incontrôlable, dangereuse ». Ceux où elle confie qu'elle l'effraie et qu'elle n'ose pas lui demander de quitter son domicile. Ceux où elle la croit capable de toutes les folies, où elle affirme que Raphaëlle s'est réjouie de la mort de Cécile Maisonnave, lui a dit qu'elle réglerait le problème puisque Patrick était incapable de le faire.

Raphaëlle ne parvient plus à dissimuler ses émotions lorsque Castaneda lit d'un ton dur, implacable :

« Raphaëlle Constantino prend ses rêves pour des réalités. Elle s'imagine vivre le grand amour avec Patrick Maisonnave. Elle est dans le déni total quand elle affirme qu'il va tout quitter pour elle. Raphaëlle Constantino s'est inventé un amour, une vie qui n'existe pas. J'affirme ici, pour en avoir parlé avec M. Maisonnave, qu'il n'a jamais eu l'intention de quitter sa femme et ses enfants pour elle. »

Castaneda savoure. La jeune femme est ébranlée, retient ses larmes. Il s'attend comme tout le monde derrière la vitre à ce qu'elle s'effondre. Il demande :

— Alors, qu'en pensez-vous ? Juliette Portelli est toujours votre meilleure amie ?

Un seul mot vient alors à l'esprit de Raphaëlle : « non ». Puis elle ajoute :

— Elle ment. Elle est jalouse.

Elle relève la tête et fixe le commandant. Son regard exprime seulement de la haine.

— Elle est coriace, dit la lieutenante dans la pièce voisine.

Rignault sait que Castaneda a une autre carte en main, encore plus redoutable : le PV de garde à vue de Patrick Maisonnave.

— Elle va craquer, confie-t-il à voix basse à son voisin de droite, ce gardien de la paix qu'il ne connaît que de vue.

46

— Hé, les gars, regardez : il bande, le patron ! se marre un capitaine.

— Et sans Viagra ! lance le flic en tenue, qui prend ses aises et n'en revient toujours pas que les gars le laissent au premier rang.

Heureusement que le double vitrage est épais, sinon Castaneda entendrait les éclats de rire d'une quinzaine de policiers qui ne veulent rien rater et qui se laissent aller à une surenchère de blagues graveleuses.

Ça le ferait marrer et ne le dérangerait pas du tout. Il fait le spectacle et il aime ça.

C'est le moment qu'il a toujours adoré dans son « métier à la con », comme il le répète souvent : celui où le mec ou la nana pense qu'il va s'en sortir à peu près, où il reconnaît que le flic a joué de bonnes cartes, qu'il a marqué des points mais pas suffisamment pour gagner la partie. Le moment où il est convaincu qu'il lui suffit de tenir encore une petite heure, deux max, pour s'en tirer.

Sauf qu'il ignore que le flic a encore des biscuits. Et que le prochain va lui rester lourdement sur l'estomac.

— Allez, baisez-la, patron !

Soudain, Rignault hausse la voix :

— Ça suffit ! Nous ne sommes pas au cirque !

D'un coup les rires cessent, le silence s'impose.

Castaneda continue à prendre son temps. Il la laisse mijoter, ressasser sa haine contre Juliette. Il la sent touchée, mais pas encore coulée. Il propose un verre d'eau, qu'elle accepte :

— Volontiers, remercie-t-elle avant de poursuivre : vous devriez en prendre un vous aussi, commandant, ça donne soif de parler aussi longtemps !

Il pense : « Elle est incroyable, cette femme… »

Il va attaquer quand elle demande :

— Nous en avons pour jusqu'à quelle heure ?

— Cela dépend de vous, mais ça ne devrait plus être très long, maintenant, élude Castaneda. Vous êtes pressée de nous quitter, madame Constantino ?

— Bien sûr que non, inspecteur, mais j'ai un rendez-vous important ce soir.

— Je peux vous demander avec qui ?

— Avec l'homme qui m'aime !

— Je ne vois pas…

— Allons commissaire, ne jouez pas au naïf. Avec Patrick Maisonnave.

— Ah, c'est pour cela que je ne voyais pas…

Elle tique un tout petit peu, mais il le perçoit.

— Vous dites que M. Maisonnave vous aime, c'est bien cela ?

Son « oui » est puissant.

— Malheureusement, je vais à nouveau devoir vous décevoir.

— Me décevoir, et comment ?

Le commandant adopte le ton le plus solennel possible :

— Parce que je dois vous lire le dernier PV de Patrick Maisonnave, en date d'hier. Vous allez être déçue, mais l'amour de votre vie n'a pas exactement la même vision de votre liaison que vous.

Derrière la vitre, un brigadier ne peut se retenir et s'exclame :

— À mort !

L'instant est crucial. « Elle va morfler », pense Rignault.

Castaneda sort ses lunettes d'un étui en toile :

« Raphaëlle a été une maîtresse parmi d'autres. Je parle au passé, car pour moi notre relation est terminée. Je reconnais trois autres liaisons adultérines durant ces deux dernières années. Je préférerais ne pas citer leurs noms, car toutes sont des femmes mariées et je ne veux pas mettre leurs couples et leur réputation en danger. Cependant, s'il le faut, je le ferai. »

Castaneda change de feuillet :

« J'étais terrifié quand j'ai su qu'elle avait quitté son foyer et ses enfants, soi-disant pour moi. Cette décision n'a fait qu'accélérer ma volonté de rompre avec elle. Je n'ai pas été un époux fidèle, je le reconnais volontiers. J'ai eu de nombreuses aventures durant mon mariage avec Cécile. Cependant, aucune (et encore moins ma liaison avec Mme Constantino) n'a mis en péril le couple et la famille que nous formions. »

Castaneda ôte ses lunettes, la regarde.

— Alors, une réaction, madame Constantino ? Votre amant a, pour le moins, une vision différente de la vôtre.

— Continuez, si cela vous amuse… Tout cela m'est égal.

Raphaëlle a droit à toutes les humiliations, jusqu'à entendre le commandant dire, citant Patrick :

> « Cela peut paraître étrange, singulier ou difficile à croire, vu le nombre de fois où je l'ai trompée, mais Cécile est la seule femme que j'ai vraiment aimée dans ma vie. Aujourd'hui, je l'ai perdue pour toujours et je la pleure. Raphaëlle Constantino ne compte pas. Ni elle ni aucune de mes maîtresses ne tient la comparaison avec celle que j'ai épousée il y a dix-neuf ans et qui m'a donné trois beaux enfants. Avec Cécile, en dépit de tout ce que je viens de dire, nous étions heureux. Jamais je ne retrouverai ce bonheur. »

Castaneda s'interrompt, le temps de ranger la déclaration de Maisonnave dans la chemise rouge d'où il l'a sortie.

— Alors, madame Constantino, que pensez-vous des déclarations sur l'honneur de celui pour lequel vous avez tout quitté, celui pour lequel vous étiez prête à tout ?

Le regard de Raphaëlle est resté sec, dénué de toute larme.

— Rien, monsieur, je ne pense rien, sinon que ce sont des mensonges. Patrick m'aime et je l'aime. Point final.

— Putain, cette nana, elle a des couilles ! s'exclame le flic en tenue, dans la pièce surchauffée, de l'autre côté de la vitre.

Pour la première fois de la matinée, la voix de Castaneda trahit un certain agacement :

— Dans ce cas, je ne vois qu'une chose à faire : organiser une confrontation avec Patrick Maisonnave. Et le plus tôt possible.

— Patrick rétablira la vérité.

— Nous verrons bien, répond Castaneda qui conserve pour plus tard la seconde partie du PV que Maisonnave a signé la veille au soir.

Derrière la vitre, un lieutenant résume le sentiment général :

— Le spectacle continue ! Le deuxième acte va faire des étincelles !

— Pour l'instant c'est l'entracte, les gars, glisse le capitaine Frédéric Chenard en entraînant les hommes hors de la pièce étouffante. Allez, on retourne au boulot, bande de voyeurs !

Dans la cohue du couloir, il s'adresse en aparté à Rignault :

— Alors, monsieur le juge, qu'est-ce que vous en pensez ? Elle est coriace, cette femme.

— Coriace, je ne dirais pas ça. Je la trouve plutôt pathétique, capitaine Chenard. Mais je n'étais pas là… Je n'ai rien vu !

47

Il est presque midi.

Castaneda annonce qu'ils en restent là jusqu'à la confrontation avec Patrick Maisonnave. L'œil de Raphaëlle brille :

— Je le verrai quand ?

Il répond :

— Dans l'immédiat, on va vous conduire dans une pièce où vous pourrez vous reposer et déjeuner. À plus tard.

Et il disparaît.

Quelques minutes plus tard, une policière en tenue vient la chercher. Elle lui saisit le bras.

— Suivez-moi, s'il vous plaît, madame.

Ensemble, elles traversent des bureaux, prennent les escaliers jusqu'au quatrième. Tête droite, Raphaëlle affronte tous ces regards qui se posent sur elle. Elle se sent misérable, méprisée. Jugée.

— Nous y sommes, dit la jeune policière.

Entrée dans une petite pièce qui sent la peinture fraîche, elle reste debout, un peu perdue, ne sachant trop quoi faire.

La policière désigne un banc de bois sombre et la guide jusque-là.

— Vous devriez vous asseoir. Il faut vous reposer.

Sa voix est douce, rassurante. Raphaëlle obéit et se laisse tomber sur le banc.

— On va vous apporter à déjeuner.

— Je n'ai pas faim.

— Vous y avez droit. Et puis… il faut prendre des forces. La journée va être longue.

— Non, merci. Vraiment, je ne veux rien.

Raphaëlle garde la tête baissée. La policière pense qu'elle veut cacher ses larmes.

Tout à l'heure, celle qui se nomme Estelle Dupontet a assisté aux dernières minutes de l'interrogatoire en se mêlant aux hommes. Elle n'a pas aimé les plaisanteries de ses collègues et Raphaëlle l'a touchée. Quoi qu'elle ait pu faire, elle l'a trouvée à la fois fragile et courageuse. Elle l'a plainte de tout son cœur.

Raphaëlle entend :

— Vous voulez un verre d'eau ? Un café, peut-être ?

Elle murmure :

— C'est gentil, mais ça va aller. Je n'ai envie de rien.

— Bon… Alors je vous laisse, mais je reste à proximité. N'hésitez pas si vous avez besoin de quelque chose.

Puis des bruits de pas, celui de la porte qui se referme sans claquer. En douceur.

Raphaëlle se retrouve enfin seule. Après tant de tension, elle goûte ce moment de quiétude. Loin de l'agitation des dernières minutes, de cette lecture horrible que lui a imposée le petit policier.

Un méchant, un vicieux et un menteur. Jamais l'homme qu'elle aime n'a pu dire cela.

Heureusement qu'elle a confiance en Patrick, sinon elle craquerait. Mais elle ne donnera pas ce plaisir à ce sale flic.

Elle ne comprend pas. Que veut-il, que cherche-t-il ? Que devrait-elle avouer ? Elle n'a rien de plus à lui dire.

Raphaëlle lève les yeux vers la lumière venue de la petite fenêtre trop haute pour qu'elle puisse voir dehors. Mais pourquoi aurait-elle besoin de regarder à l'extérieur ? Pour découvrir un monde qu'elle n'aime que lorsque Patrick est là ?

Le soleil s'infiltre par le vasistas dans la petite pièce. Il suffirait qu'elle tende un peu le cou, se déplace de quelques centimètres sur sa droite, pour profiter de sa chaleur de cette fin de printemps. Mais elle préfère demeurer dans la pénombre.

Soudain, sans l'avoir senti monter, Raphaëlle éclate en sanglots. Elle pleure sur son sort. Elle pleure aussi parce qu'elle a peur. Et si Patrick avait vraiment dit ces horreurs ?

S'il l'a fait, c'est forcément sous la contrainte… Non, c'est impossible. Ils s'aiment. Il lui a tant de fois promis qu'ils vivraient ensemble…

Pourvu que personne n'entende ses sanglots… Alors, elle essuie ses larmes du revers de sa manche. Elle ne leur fera pas ce cadeau.

Elle se redresse.

Une fois calmée, les yeux secs, elle entrebâille la porte et interpelle la jeune policière assise dans le couloir :

— Finalement je mangerais bien quelque chose, mademoiselle, si c'est possible.

— Bien sûr… Je vous apporte un sandwich. Au fromage, cela vous convient ?

— Parfait. Et un café. Sans sucre !

Elle regagne son banc, respire profondément et reprend petit à petit possession d'elle-même.

La matinée a été harassante. Elle a traversé cette épreuve et elle a tenu bon sans flancher. Patrick sera fier d'elle.

Bientôt, elle va le revoir. Cette seule pensée suffit à la rasséréner.

48

— Alors, ton avis, Marc ?

Assis dans le canapé hors d'âge du bureau de Castaneda, le juge Rignault souffle :

— Cette femme est déconcertante. À certains moments, je me suis dit qu'elle était totalement siphonnée, et à d'autres, je l'ai trouvée futée, très intelligente.

— Je ne sais pas si ça t'a frappé, Marco, mais elle a réponse à tout. Rien ne la perturbe. À aucun moment, elle ne montre le moindre signe d'inquiétude. Elle est d'une sérénité… Elle m'épate.

— Franchement, moi aussi. Elle t'a tenu tête et j'ai parfois eu le sentiment qu'elle te baladait. Elle a une façon étonnante de nier la vérité. En plus, elle n'a pas voulu d'avocat.

— Pour moi, elle n'est pas folle, pas du tout !

— Tu as raison : elle sait où elle va. Elle maîtrise avec ses airs de ne pas y toucher.

— Quelle comédienne ! Pour un peu, je me faisais avoir…

— Je commence à me dire…

— Et si c'était elle… hein ? approuve le commandant.

— Ouais, nous disposons de beaucoup d'éléments contre elle.

— Beaucoup ? Des tonnes !

— Ses explications ne tiennent pas. Elle a perdu son portable, elle est venue dans la maison quatre jours plus tôt. Tu veux que je te dise : elle te prend pour un con, mon pauvre André ! Et tout ce cirque qu'elle fait avec son histoire d'« amour de sa vie ».

Le commandant hoche la tête.

— Le pire, c'est qu'à certains moments, elle semblait sincère. Quand je pense que je croyais qu'il suffisait que je hausse un peu le ton pour qu'elle s'allonge… C'est une vraie savonnette, cette femme. Tu as vu, à chaque fois que j'étais sûr de la choper, elle m'échappait des mains.

— Oui, pour ça, elle m'a impressionné. Elle est forte… De là à affirmer qu'elle a fait le coup toute seule, je ne sais pas. Tout est possible. Et toi, qu'est-ce que tu en penses ? Le mari est dans le coup ou pas ?

— Comme toi, je n'en sais rien. Au début j'étais certain que ça ne pouvait être que Maisonnave. À la limite, la fille était complice, ou au courant. Elle me paraissait une si petite chose toute fragile, toute gentille, que je ne la voyais pas dans le rôle de la meurtrière. Lui, en revanche, il est tellement bourrin qu'il était le coupable tout désigné. Maintenant, j'en arrive à me demander si ce n'est pas l'inverse. Si elle n'a pas agi de son propre chef et mis le type devant le fait accompli.

— C'est pour ça qu'il est venu te voir, hier soir ? Parce qu'il a de gros soupçons au sujet de Constantino ?

— Ouais… C'est ce qu'il a laissé entendre. Il ne parle même plus d'accident. Dans sa tête, il se dit que c'est un crime et que c'est sa gonzesse qui l'a commis.

— Et il ne veut pas tomber à cause d'elle… Je suis sûr qu'il a la trouille, surenchérit Rignault.

— Je me demande s'il joue la comédie, quand il dit qu'il est au fond du trou. Il pleure sa femme comme un bébé après l'avoir cocufiée pendant des années.

— C'est peut-être vrai. Il a l'air tellement malheureux.

— Même sur les écoutes, je n'ai jamais entendu un mec aussi triste. Il chiale quasiment à chaque fois. Et ma Cécile par-ci, mes gosses par-là, qu'est-ce que je vais devenir sans elle… La pleureuse en chef ! Une vraie gonzesse !

— Je voudrais bien voir ta gueule le jour où tu perdras Mme Castaneda.

— Une fontaine… mais tu me consoleras !

— En plus, son alibi est solide. Tout le monde jure qu'il n'a pas quitté la soirée.

— Ils étaient tous bourrés, tu parles d'un alibi.

— Lui aussi avait pas mal picolé…

— Un gramme dans le sang…

— Je peux me tromper, mais je vois mal un mec bourré commettre un crime pareil, avance le juge. Il faut avoir les idées bien en place.

— On va se régaler quand ils seront face à face. Putain, j'ai hâte…

— Amants diaboliques ou pas, c'est toute la question ! lance Rignault par jeu.

Ils en sont là de leurs réflexions quand le téléphone retentit. L'avocat de Patrick Maisonnave vient d'arriver. La confrontation ne va pas tarder.

— Je ne veux pas rater ça, dit le juge Rignault.

49

Alain Grenier précède Patrick au commissariat. En réalité, ce dernier attend dans sa voiture que son avocat ait fini de préparer le terrain.

Car avant toute chose, Grenier veut s'entretenir avec Castaneda.

Le policier, au lieu de le faire monter, descend l'accueillir dans le hall. L'avocat l'attire à l'écart pour que personne ne les surprenne.

— Je viens d'avoir mon client au téléphone, il est en route. Mais pourrions-nous nous parler quelques instants, commandant ?

— Pourquoi pas.

— J'ai appris que Raphaëlle Constantino était placée en garde à vue. C'est exact ?

— Vous êtes bien informé, cher maître.

— Donc vous la soupçonnez d'avoir assassiné l'épouse de mon client ?

— Oh, n'allez pas trop vite en besogne… Nous enquêtons.

— Pourquoi tenez-vous à cette confrontation, commandant ?

— Afin d'éclaircir certains points.

— Je ne vais pas vous demander lesquels…, ironise Grenier.

— En effet, car je ne vous répondrai pas, cher maître. La seule chose que je peux vous dire, c'est que cette confrontation est nécessaire.

— Vous savez que mon client n'y tient vraiment pas, commandant. Je vous rappelle que c'est à sa demande qu'il a fait cette déclaration hier soir, et le soupçonner me semble particulièrement déplacé.

— Qu'est-ce qui vous fait croire que nous le soupçonnons ?

Grenier est pris de court.

— Rien, mais le convoquer aussi brutalement…

— Je ne vois aucune brutalité. Nous enquêtons du mieux que nous pouvons.

L'avocat retrouve sa superbe et s'exclame :

— Cela ne pouvait pas attendre ? Il y a quelques jours à peine, ce malheureux perdait sa femme. Remettons cette confrontation à plus tard, commandant, je vous le demande comme un service.

— Un service ? Parce que je vous dois un service, moi ?

— Pas à moi, mais à Patrick Maisonnave. En parlant aussi franchement qu'il l'a fait dans votre bureau, j'ai l'impression qu'il a fait progresser les choses, non ? Ce moment risque d'être très difficile pour lui. Il est encore fragile et, en toute confidence, il ne tient le choc que grâce à des médicaments.

— Vous connaissez le dicton, maître. Il faut battre le fer tant qu'il est chaud. Et c'est bien ce que j'ai l'intention de faire.

— C'est vous qui dirigez cette enquête…

— Je n'y peux rien, il faut bien que quelqu'un commande, et c'est moi ! répond sèchement Castaneda.

— Hier soir, dans votre bureau, mon client a parlé sous le coup de l'émotion, et aussi parce que le comportement de Raphaëlle Constantino lui semblait étrange depuis plusieurs jours, voire plusieurs semaines. Il ne regrette pas ce qu'il vous a dit. Pour autant, et c'est très important que vous en ayez conscience, il n'écarte absolument pas l'hypothèse qu'il s'agisse d'un terrible accident. Il ne veut pas donner le sentiment qu'il désigne Mme Constantino et qu'il cherche à l'enfoncer. Cependant, lui et moi, nous comprenons que vous vouliez mener vos investigations jusqu'au bout afin de dissiper tout malentendu.

— C'est en effet le but de cette enquête, maître. Que tout soit parfaitement clair.

— Tiens, voilà mon client !

« Un timing parfait », relève intérieurement le policier.

Le petit signe de la main qu'adresse Grenier à Patrick et qui signifie « tout est ok » échappe au policier, tandis qu'il serre la main ferme de Maisonnave, le visage grave.

— Décidément nous ne nous quittons pas, commandant. Mais je suis à votre entière disposition et à celle de la justice.

Avant de les inviter à le suivre, Castaneda baisse les yeux. Aujourd'hui encore, Maisonnave n'a pas ciré ses chaussures. Pire, il est en baskets.

Pour la première fois aussi, il n'est pas rasé de frais, les cheveux trop longs.

« Il n'est vraiment pas en forme. Ce type se laisse aller », se dit le commandant.

50

En montant l'escalier, Castaneda avertit Grenier :

— Mme Constantino ne souhaite toujours pas être assistée d'un avocat.

— Elle en aurait pourtant bien besoin, lance l'avocat hors d'haleine quand ils atteignent le deuxième étage.

— Nous y sommes, dit Castenada. Mme Constantino va nous rejoindre.

— Cette salle est sinistre. Nous n'allons pas dans votre bureau ? s'étonne l'avocat.

— Il est occupé par mon adjoint, ment le commandant en désignant une chaise sur la droite : asseyez-vous, ici, monsieur Maisonnave. Mme Constantino sera là, face à vous.

Il guette la réaction de Patrick, mais celui-ci se contente de balayer du regard les murs vides de la pièce.

De l'autre côté de la vitre, les hommes sont en place. Prêts pour le spectacle. Le policier en tenue, qui comme le matin a réussi à se glisser au premier rang en grillant la politesse à une quinzaine de flics, commente à haute voix :

— Il n'a pas l'air bien dans ses pompes, ce mec. Regardez, capitaine, comme son pied tremble.

— T'as l'œil, Francis…, répond Chenard.

En effet, le pied droit de Maisonnave est pris d'un tremblement à peine visible.

Après quelques minutes d'attente dans un silence total, où Castaneda fait mine de consulter ses notes tandis que Grenier ouvre un dossier et que Patrick demeure l'œil vague, perdu dans ses pensées, la porte de la salle d'interrogatoire s'ouvre enfin.

Dans le même mouvement, les trois hommes tournent la tête en direction de Raphaëlle.

Elle, elle ne fixe que Patrick, dans un regard où se mêlent de l'incompréhension et beaucoup d'amour. Elle ne semble attendre qu'une chose : qu'il se lève et la prenne dans ses bras, qu'il proclame que les policiers sont des ordures et qu'ils ont tout inventé pour abîmer leur amour.

Derrière la vitre, les hommes s'excitent :

— Vous avez vu comment elle le dévore des yeux !

— Putain, elle va lui tailler une pipe devant tout le monde, rigole le brigadier-chef Cabréra.

— C'est beau l'amour !

— Allons, messieurs, les admoneste fermement Rignault. Un peu de silence, s'il vous plaît.

Il ne le dit pas, mais lui aussi est fasciné par l'entrée de Raphaëlle.

Comme elle reste tétanisée dans l'encadrement de la porte, Castaneda l'invite à s'asseoir, ajoutant à haute voix après avoir enclenché la caméra qui va enregistrer la confrontation :

— À 15 h 17, la garde à vue de Mme Raphaëlle Constantino dans le cadre de l'instruction sur les circonstances de la mort de Mme Cécile Maisonnave, née de Saint-Seurin, reprend en présence de Patrick Maisonnave et de son conseil, maître Grenier. Mme Constantino renonce toujours à l'assistance d'un avocat. C'est bien cela, madame ?

Raphaëlle ne répond pas à la question, donnant l'impression de ne pas s'y intéresser. Elle s'installe sur sa chaise face à Patrick qu'elle n'a pas quitté des yeux. Puis soudain, à la surprise de tous, ses mains essaient de saisir celles de son amant, posées à l'autre extrémité de la table.

Il n'a pas le temps de les retirer, ou peut-être ne le veut-il pas. Elle les attrape et les serre si puissamment qu'il ne peut lui échapper. Patrick baisse les yeux sur ses mains prisonnières. Tandis que les lèvres de Raphaëlle murmurent « je t'aime », « mon amour », il demeure silencieux.

— Madame, je vous prie de lâcher M. Maisonnave, intervient le commandant.

Raphaëlle fait non de la tête, sans quitter Patrick des yeux. Elle répète, maintenant à haute voix :

— Je t'aime, mon amour, je t'aime. Regarde-moi, s'il te plaît.

Patrick n'exprime toujours rien. Elle l'interpelle, il ne bronche pas. Maître Grenier est outré :

— Commandant, faites quelque chose !

Il faut que Castaneda se lève et oblige, par la force, Raphaëlle à se détacher de Patrick.

Son avocat s'indigne :

— À l'avenir, je vous prie, madame, de garder vos distances avec mon client.

Raphaëlle le toise avec mépris.

Castaneda intervient fermement :

— Nous pouvons commencer ?

Derrière la vitre sans tain, le brigadier-chef Cabréra lance à la cantonade :

— C'est pas de l'amour, c'est de la rage !

— Brigadier, le tance Rignault, silence maintenant !

Castaneda n'a pas besoin de se savoir observé pour se faire menaçant :

— Je serai très clair avec vous, madame Constantino : la prochaine fois que vous aurez un geste ou des mots inappropriés, je me verrai dans l'obligation d'interrompre cette rencontre. C'est bien compris.

Il omet volontairement d'employer le mot « confrontation ».

Il continue sur un ton plus officiel :

— Nous sommes là pour comprendre les relations qui unissent Raphaëlle Constantino et Patrick Maisonnave. Car, selon vos déclarations respectives, vous n'avez pas une vision identique de votre liaison. Selon vous, madame, avant le décès de son épouse, Patrick Maisonnave avait l'intention de tout quitter, comme vous l'avez fait de votre côté, pour vivre avec vous. Sur procès-verbal, Patrick Maisonnave indique au contraire qu'à aucun moment il n'a eu l'intention de s'installer avec vous. Vous ne seriez, madame, qu'une liaison parmi d'autres. C'est bien cela, monsieur Maisonnave ?

— Oui, articule faiblement Patrick.

Il s'adresse enfin à Raphaëlle :

— Tu sais que j'ai beaucoup d'affection pour toi et que je t'ai toujours respectée, mais il me semble que les choses étaient claires entre nous. Je te demande de me pardonner si nous ne nous sommes pas compris.

Alors tout bascule d'un coup. Raphaëlle pousse un grand cri, « celui d'une bête blessée », dira Rignault, et elle s'effondre au pied de la table, en proie à des soubresauts terrifiants.

Castaneda se précipite pour lui porter secours, crie à Chenard qui surgit :

— Appelle le Samu !

Les convulsions se calment assez vite, seuls des tremblements la secouent maintenant, mais elle semble inconsciente. Soudain, Patrick se lève.

— Laissez-moi faire.

Le flic s'écarte. Patrick se penche sur la jeune femme, cale ses pieds en hauteur sur un barreau de chaise, lui relève la tête, dégrafe les boutons de son chemisier, tapote ses joues.

Par la porte ouverte, Castaneda crie vers le couloir :

— Ça vient, ce Samu ?

La confrontation dont il attendait tant s'achève dans le chaos. Derrière eux, Grenier tonne :

— Elle est dingue ! C'est n'importe quoi !

Patrick tourne le dos à la caméra. Personne ne voit ni n'entend ce qu'il murmure à l'oreille de Raphaëlle :

— À quoi tu joues ?

Allongée sur le carrelage, elle reconnaît la voix de son amant. Elle ouvre les yeux.

— Je ne joue pas, mon amour, parvient-elle à articuler.

Le rictus de Patrick est effrayant quand il se penche de nouveau tout près d'elle.

— Bonne chance alors, parce que c'est le début de la fin.

Il sent la main ferme de Castaneda sur son épaule.

— Écartez-vous, maintenant, monsieur Maisonnave, vous l'empêchez de respirer.

Patrick se lève à contrecœur. Il n'avait pas prévu de profiter aussi tôt de sa victoire, mais ça a été plus fort que lui… Il triomphe : « Qu'elle est sotte ! Ce sera encore plus facile que je ne le pensais. »

Partie 6

PATRICK

51

Un peu plus tard, la médecin du Samu, une femme d'une quarantaine d'années au visage sévère, s'adresse à Patrick Maisonnave :

— Vous êtes son compagnon ?

— Oui, répond Raphaëlle à sa place.

La femme le rassure :

— Je ne pense pas que ce soit très grave.

Elle diagnostique une crise d'angoisse.

— Sa tension est faible.

La moue dubitative de Castaneda n'est pas de son goût et elle s'agace quand ce petit flic nerveux demande si sa patiente est en état de reprendre l'interrogatoire.

Le commandant est à peu près certain de la réponse de cette médecin qui, d'entrée, l'a regardé d'un œil mauvais. Les questions qu'elle pose à Raphaëlle sont sans ambiguïté. Elle aimerait bien que celle-ci accuse les flics de mauvais traitements.

Recouvrant peu à peu ses esprits, Raphaëlle se plaint juste d'un fort mal de tête et de légers vertiges. Elle se dit prête à reprendre.

— Vous voyez, sourit Castaneda. Tout va bien.

C'est tout juste s'il n'ajoute pas : « Bien joué, madame Constantino. »

— Il n'en est pas question, le corrige la médecin, qui ordonne une hospitalisation immédiate.

Castaneda note que Raphaëlle ne cesse de chercher le regard de Patrick.

Mais son amant regarde ailleurs.

Tous doivent quitter la pièce exiguë pour laisser entrer le brancard.

Les infirmiers ont du mal à manœuvrer pour l'évacuer. Dans le couloir, Raphaëlle frôle Patrick, bloqué par son passage.

À nouveau, elle tente d'attraper sa main. En vain : il la garde dans sa poche.

Elle réussit à accrocher son regard.

Tous l'entendent murmurer :

— Ne m'abandonne pas, mon amour. Moi, je ne te laisserai jamais. Nous sommes libres maintenant.

Puis le chariot s'éloigne.

Les derniers mots de Raphaëlle ne sont pas tombés dans l'oreille d'un sourd, et dès que le calme revient, Castaneda invite Patrick et son avocat à poursuivre la discussion dans son bureau.

— C'est vrai que cette salle est sinistre !

Il leur propose un café. Castaneda attend que Patrick l'ait bu avant de demander abruptement :

— À votre avis, monsieur Maisonnave, qu'est-ce que Raphaëlle Constantino a voulu vous dire dans le couloir ?

— Je l'ignore, se borne à répondre Patrick.

— Peut-être que la voie est libre maintenant que votre femme est morte ? Que sa disparition vous arrange bien tous les deux ? suggère le commandant.

Comme il l'a prévu, maître Grenier s'indigne :

— Vos sous-entendus sont inacceptables, et je vous prie de les retirer. Nous venons de vivre un moment particulièrement éprouvant et vous nous demandez d'interpréter les propos d'une femme qui visiblement n'a pas toute sa tête.

Castaneda ne supporte pas quand un avocat emploie le « nous » pour parler au nom de son client. Il désigne Patrick :

— NOUS avons quelque chose à dire après ce qui s'est passé ?

— Commandant Castaneda, est-ce une simple question, ou est-ce que l'interrogatoire reprend ?

— Une simple question, maître.

— Dans ce cas, nous ne répondrons pas.

— Dans ce cas, NOUS en resterons là pour aujourd'hui.

Il se lève, donnant le signal de la dispersion.

Grenier referme son cartable, se redresse à son tour en soufflant, comme s'il condamnait « ces méthodes choquantes d'une police expéditive et sans empathie ».

— Allons-y, Patrick !

Maisonnave, à leur grande surprise, reste assis et enchaîne d'une voix calme, un peu lasse :

— Je voudrais donner mon avis.

Castaneda se rassoit aussitôt.

— Je peux prendre des notes ?

— Bien sûr.

— Vous êtes sûr de vous, Patrick ? tente l'avocat.

— Sûr et certain, car j'en ai assez de tout ce cirque. Notez bien, commandant. Voilà ce que je pense : Raphaëlle ne voulait pas de cette confrontation et nous a joué la comédie.

— Qu'est-ce qui vous fait dire cela, monsieur Maisonnave ?

— J'ai compris tout de suite qu'elle n'avait rien du tout lorsque je lui ai porté secours.

Il poursuit après quelques secondes de silence :

— Je sais maintenant avec certitude que Raphaëlle était convaincue que la disparition de ma femme allait permettre que nous vivions ensemble. Elle savait parfaitement que je ne le voulais pas. Je ne l'ai jamais voulu. Alors, elle m'a piégé… Je me sens tellement coupable de m'être embarqué dans cette histoire avec elle. J'ai bien peur que ça ne l'ait rendue folle. Résultat, j'ai tout perdu aujourd'hui… Ma femme… Elle me l'a prise, cette sorcière. Comment ai-je pu être aussi bête ?

Patrick Maisonnave craque, sanglote.

— Je n'ai plus rien, plus rien. Elle a volé ma vie…

Il se tourne vers son avocat :

— Qu'est-ce que je vais devenir, Alain ? Je suis foutu sans Cécile.

Alain Grenier pose une main ferme et amicale sur son épaule :

— Vous surmonterez cette épreuve, j'en suis certain.

Patrick répète :

— Je suis foutu.

Puis, quand il fixe Castaneda, il a déjà repris le contrôle.

— Elle m'a piégé. Tout est de sa faute.

Le commandant enchaîne, car Maisonnave n'accuse pas encore directement sa maîtresse d'avoir tué sa femme :

— Monsieur Maisonnave, la nuit où votre femme est décédée, vous avez dit au brigadier-chef Cabréra : « Ce n'est pas possible qu'elle ait fait ça. » Vous vous souvenez d'avoir prononcé des mots ?

— Oui, commandant…

— Pensiez-vous alors à Mme Constantino ?

Patrick hésite. Il lâche dans un soupir :

— Oui… Oui.

— Monsieur Maisonnave, cherchez-vous à me dire formellement, après l'avoir laissé entendre hier soir dans mon bureau, que vous pensez que Raphaëlle Constantino a tué votre femme ?

— Malheureusement, oui, commandant. C'est ce que je crois.

— Je répète : formellement ?

— Formellement, commandant… Je suis sûr qu'elle a assassiné Cécile.

Grenier intervient :

— Mon client a besoin de reprendre ses esprits et le fil de ces événements tragiques. Je propose que vous me laissiez un moment avec M. Maisonnave et qu'ensuite, s'il le désire, nous reprenions cette conversation.

Castaneda acquiesce :

— Je vous laisse le temps nécessaire.

Il leur abandonne son bureau. Lui aussi a besoin de faire le point. Il doit parler à Rignault.

Une fois la porte refermée, maître Grenier s'assure qu'il n'y a personne derrière et dit à son client :

— Bien joué, Patrick. Vous avez marqué un point capital avec Castaneda. J'ai le sentiment qu'il croit non seulement à votre innocence totale, mais aussi à la culpabilité de votre ancienne maîtresse.

— Comment a-t-elle pu me faire ça ?

— Parce qu'elle est dérangée. Il n'y a pas à chercher plus loin. Elle est folle. Mais pas suffisamment pour être considérée comme irresponsable.

— Je suis dévasté.

— Je connais bien Castaneda. Croyez-moi, il l'a dans le viseur. Et son copain le juge l'enverra aux assises !

52

— Tu en veux un ?

— Avec plaisir, ça ne fera que le centième de la journée… Comme si je n'étais pas assez énervé ! Allez, fais tourner la machine !

— Verte, violette ou dorée ?

— Je m'en fous… Elles ont toutes le même goût !

— Ce sera un Volluto, monsieur le juge. Doux et léger… C'est tout toi !

Le commandant est incollable en capsules Nespresso.

— Quelle comédienne ! s'exclame-t-il dans la foulée. Même cette connasse de médecin est tombée dans le panneau. Je suis sûr que Constantino a fait ce cinéma pour échapper à la confrontation.

— Repasse les images au ralenti. Celles quand elle entre. Regarde, c'est très rapide, mais elle pose sa main sur son épaule.

— Putain, ça m'avait échappé.

Castaneda relance l'ordinateur. Image par image.

— Zoome.

— L'image est nette.

— Ça ne serait pas un code entre eux ?

— Honnêtement, ce n'est pas flagrant.

— Reviens au plan large, s'il te plaît, demande le juge.

Soudain, Castaneda s'enflamme, pointe son index sur l'écran :

— Là, là ! Le pied de Maisonnave tremble et tapote le pied de la table. Putain, le voilà, le code !

Le juge fait la moue et le contredit :

— Sa jambe tremblait déjà avant. Un de tes mecs l'a fait remarquer.

— Ok… Je laisse filer. Elle le bouffe des yeux, elle s'assoit sans rechigner. Et maintenant elle attrape ses mains.

— Va plus lentement, si tu peux.

— Qu'est-ce que tu cherches à voir ?

— Si elle tente de communiquer avec lui par la pression de ses doigts.

— Je ne vois rien.

— Moi non plus… Non, non, il n'y a rien.

— Lui, il n'a pas l'air dans son assiette. Regarde, son pied tremble de plus en plus.

Le juge s'excite :

— Stop ! Reviens une demi-seconde en arrière…

Castaneda s'exécute.

— T'as vu comment elle le regarde, à cet instant précis. Tu vois le petit instant de triomphe dans ses yeux. Comme si elle lui disait qu'elle est la plus forte !

— Là, Marco, c'est un peu tiré par les cheveux… Ton truc dure une demi-seconde…

— Une demi-seconde de trop. N'avance pas, reste sur l'image. Je n'ai pas raison ? Pour moi, c'est comme si elle lui disait qu'elle le tient par les couilles.

Mais, putain, regarde-le, lui. Il est dans ses petits souliers.

— C'est pas faux… C'est dingue de constater que cette femme toute mignonne devient effrayante quand tu l'examines image par image. Elle a des regards qui glacent le sang.

— Continue… Elle ne moufte pas quand tu l'engueules, pas plus quand tu présentes la version de chacun. Tu lui en mets plein la gueule, et madame ne réagit pas.

— Là, regarde ! Elle fixe la caméra, relève Castaneda.

— On a l'impression qu'elle attend juste le bon moment pour se mettre en vrille et faire capoter la confrontation.

Sur l'image, Raphaëlle pousse un grand cri et s'effondre au sol.

— Et c'est parti !

— J'étais juste à côté d'elle et je n'ai pas senti monter sa crise de nerfs. C'est venu d'un coup. À l'image, c'est encore plus impressionnant que dans la salle d'interrogatoire.

— Tout ça, c'est bidon. Stop, stop, stop !

— Qu'est-ce que tu as vu ?

— Remonte un peu… Là, j'ai l'impression qu'elle dit quelque chose à Maisonnave juste avant de disjoncter. Ses lèvres bougent et tu vois son petit recul à lui.

— Là, tu forces un peu. Le mec est dépassé.

— Je suis certain qu'elle lui a parlé.

Castaneda repasse la séquence image par image.

— C'est impossible à voir, finit par admettre le juge. Et même si elle a dit un mot, cela peut être tout simplement « je t'aime ». Laisse tomber, je me suis gouré.

— Regarde la gueule que fait Maisonnave. C'est comme s'il avait pris un coup de trique sur la tête.

— Essayons de voir maintenant s'ils ont communiqué quand il s'est porté à son secours.

— Maisonnave fait écran, il la cache.

— Et le son ?

— On n'entendra rien avec tout le bordel. Même si on passe l'enregistrement au labo.

Après avoir visionné la scène à plusieurs reprises, le juge et le policier en arrivent à la même conclusion : elle a simulé cette crise de nerfs.

Bien qu'ils aient visionné le moment à plusieurs reprises, ils n'ont pas vu l'instant où Patrick parle à Raphaëlle. On n'aperçoit que sa nuque.

— Elle est super forte… Avoue que ce n'était pas facile à jouer ! Même sur le brancard, elle est au top ! ricane Castaneda.

— J'en ai rarement croisé des comme elle. Douce, fragile et redoutable. Je la trouve effrayante.

— Franchement, André, tu la crois capable d'avoir tué seule la femme de son mec ? Qu'ils ne sont pas complices ?

— Franchement… je le pense de plus en plus.

53

Durant le trajet dans l'ambulance, Raphaëlle, silencieuse et les yeux clos, s'abandonne aux soins de la médecin du Samu. Elle retient son prénom, Laura.

— Ils vous ont bien secouée, dit-elle après avoir repris sa tension, sous le regard des deux uniformes chargés de l'accompagner.

Castaneda leur a ordonné de ne pas quitter la jeune femme des yeux.

En lui imposant la présence de deux policiers, le commandant sait ce qu'il fait : il la maintient sous pression. Il veut qu'elle comprenne qu'il n'est pas dupe de son cinéma. « Je vais lui montrer qu'il ne faut pas me prendre pour un con. »

Raphaëlle ne pense qu'à ce que lui a murmuré Patrick. Ses mots autant que le regard méprisant qu'il lui a adressé l'obsèdent pendant tout le trajet.

Quand la jeune femme sort de l'ambulance, les deux policiers exigent de suivre le brancard.

Mais urgentistes et flics ne font pas toujours bon ménage. La médecin leur interdit l'accès à la salle des soins.

— Cette patiente a besoin de repos, dit-elle pour seule explication.

Elle les renvoie dans le hall, leur interdisant toute intrusion tant qu'ils n'auront pas un papier officiel. Ce que, dans la précipitation, ils ont oublié. Ils ont beau protester, dire qu'ils « ont des ordres », que « cette femme représente un danger », rien n'y fait. La médecin reste inflexible.

— Laissez-nous travailler en paix. Je vous prie d'attendre à l'extérieur.

La médecin explique à Raphaëlle :

— Ils n'ont rien à faire là. Que je sache, vous n'êtes suspectée de rien. Car vous n'êtes pas inculpée, n'est-ce pas ?

Elle la dévisage, avec une lueur d'espoir dans le regard.

— Non, docteur. Je n'ai rien fait de mal. Mon seul tort est d'aimer un homme à la folie.

Laura plaisante :

— Quelle erreur… Normal que vous soyez surveillée par deux flics !

La docteure Laura Pelletier, urgentiste de quarante-cinq ans, se prend aussitôt d'affection pour cette femme fragile, au regard si doux.

Laura a fait toute sa carrière à l'hôpital public, repoussant les offres alléchantes du privé. Elle est ainsi : dévouée, courageuse, entière. Après des années en cardiologie, elle a bifurqué vers les urgences. Au cœur de ce service, elle aime être confrontée au quotidien à la « vraie vie dans ce qu'elle offre de plus rude ». Elle dit qu'ainsi elle se sent utile, au plus près des autres. « Les autres, il n'y a que les autres qui comptent à tes yeux », lui a souvent reproché son mari sans se fâcher, comme un simple constat de l'état de leur couple sans enfant. Le métier de sa femme passait avant tout. Avant lui.

Il a fini par s'éloigner d'elle le jour où il a admis que tous deux seraient mieux ainsi, séparés. Alors, en parfait accord et en bons termes, ils se sont quittés. Il a refait sa vie, elle pas vraiment, tant elle reste dévouée à sa mission : aider les autres.

Elle dira plus tard qu'elle a immédiatement trouvé Raphaëlle traumatisée et attendrissante :

— Mon service était terminé. Au lieu de rentrer chez moi, je suis restée. Je sentais que je ne pouvais pas l'abandonner.

Laura lui sourit, tandis qu'une infirmière prend sa tension :

— Être amoureuse, c'est beau, chère madame !

Elle murmure :

— Je m'appelle Raphaëlle, docteur.

— Je vais m'occuper personnellement de vous. Vous êtes entre de bonnes mains ! Racontez-moi ce qui s'est passé.

Alors Raphaëlle commence à raconter ce qui lui est arrivé depuis le matin, la crise d'angoisse qui l'a saisie quand ils l'ont confrontée à Patrick.

— C'est arrivé d'un coup. Tout s'est brouillé et j'ai perdu connaissance.

La médecin l'interrompt :

— Vous continuerez plus tard. Vous avez subi un choc émotionnel très puissant et, dans l'immédiat, il faut vous reposer. Mais soyez rassurée, votre tension est correcte désormais.

Raphaëlle la dévisage.

— Je ne comprends pas pourquoi ils s'en prennent à moi, Laura. J'ai l'impression qu'ils me soupçonnent, mais de quoi ? Ils s'acharnent comme si j'étais une criminelle.

— Ne vous énervez pas. Oubliez tout cela pour l'instant.

— Je me sens si faible. Je vais pouvoir sortir bientôt ?

— Bientôt, mais pas tout de suite… Nous allons pratiquer des examens complémentaires afin d'être totalement rassurés sur votre état.

Le scanner et l'IRM ne décèlent rien.

Cependant, Pelletier vient lui annoncer :

— Je sais que vous souhaitez sortir, mais nous allons vous garder pour la nuit en observation. Après le choc que vous avez subi, c'est plus prudent.

Raphaëlle proteste pour la forme. Ici, elle se sent apaisée. Et où irait-elle ?

Quand Laura lui demande si elle veut qu'on prévienne quelqu'un, elle répond :

— Je n'ai personne dans ma vie.

Elle se reprend et donne le numéro de Patrick.

Elle a pu se méprendre, tout à l'heure, sur le sens de ses paroles. Elle s'en veut. Elle va l'avoir en ligne, il dissipera le malentendu.

Quand Pelletier revient en disant qu'elle a laissé un message sur sa boîte vocale, Raphaëlle fond en larmes.

— J'ai besoin de l'entendre… Il va venir ici, n'est-ce pas ?

— Je ne sais pas. Il vous aime autant que vous l'aimez, n'est-ce pas ?

— Ah, oui !

— Alors il viendra !

Un peu plus tard, elle réclame que Laura rappelle.

À son retour, la médecin préfère dire qu'elle est à nouveau tombée sur sa messagerie. En réalité, elle a parlé avec Patrick, qui a répondu que la police lui interdisait d'entrer en contact avec Mme Constantino.

— Pour quelle raison ? a demandé Pelletier.

— Je l'ignore.

Laura Pelletier ne dit pas à Raphaëlle que Patrick ne s'est pas enquis de sa santé. Il s'est contenté de dire :

— Dans l'état où elle est, il est préférable qu'elle reste à l'hosto.

Il n'a eu aucun mot d'affection envers sa maîtresse. Pis, il a insisté pour qu'on ne le dérange plus. Tout cela, Laura le tait.

Dans la soirée, elle revient au chevet de Raphaëlle qui refuse de s'alimenter.

— Il faut manger…

— Je n'ai pas faim.

Elle accepte pourtant la pomme et le yaourt qu'elle lui présente.

Elle se sent en confiance avec cette médecin attentive qui l'incite à lui livrer toute son histoire. Alors, elle se lance dans un long monologue, de plus en plus brouillon. Elle parle de son amour insensé. Elle avoue qu'elle a tout quitté pour lui.

Puis elle raconte que la femme de Patrick est tombée dans l'escalier et qu'elle est morte, et qu'un policier l'a mise en garde à vue et a organisé une rencontre entre eux. Elle parle de ses deux fils, qu'elle aime plus que tout. Elle dit que tout explose dans sa tête, qu'elle ne sait plus où elle en est, qu'elle se sent perdue, abandonnée.

À plusieurs reprises, elle répète qu'elle n'a rien fait, qu'elle ne comprend pas ce qu'on lui veut. Puis elle s'effondre dans un long et émouvant sanglot.

— Qu'est-ce que je vais devenir s'il ne m'aime plus ?

La docteure Pelletier lui administre un calmant, reste à ses côtés jusqu'à ce qu'elle s'assoupisse.

Le sort de la jeune femme l'émeut et, dans la nuit, elle rédige un rapport où elle met en cause les conditions d'interrogatoire qui, selon elle, ont plongé Raphaëlle Constantino dans un état très préoccupant.

Elle adresse une copie à l'administration de l'hôpital, une autre au commissariat central et une troisième au procureur de la République avec cette recommandation :

> « L'état psychique et physique de Mme Raphaëlle Constantino n'est pas compatible avec un interrogatoire, ni avec un placement en garde à vue et encore moins une mise en détention. Je recommande une hospitalisation dans un service spécialisé. »

54

Le juge Marc Rignault fait clairement comprendre qu'il n'en a rien à faire quand, à 8 heures le dimanche matin, il se présente au service des urgences de l'hôpital Pellegrin.

Raphaëlle est réveillée depuis plus d'une heure. Le juge la trouve habillée, prête à partir. Assise sur un fauteuil de Skaï bleu, elle attend son autorisation de sortie.

Le juge apostrophe le chef du service des urgences :

— Pour une patiente qui n'est pas en état, je trouve Mme Constantino plutôt d'attaque. Vous vous portez mieux depuis hier ? poursuit-il en s'adressant à Raphaëlle.

— Beaucoup mieux, je m'apprête à sortir.

— Non, malheureusement, madame Constantino. Dans votre état, il est beaucoup plus prudent que vous restiez un jour de plus en observation, intervient le chef du service des urgences, le docteur Milhaud, qui a été briefé par Laura Pelletier.

Puis il s'adresse à Rignault :

— Mme Constantino a subi un traumatisme sérieux hier. Aussi, avant de la libérer, nous souhaitons effectuer une série d'examens complémentaires.

— C'est vraiment nécessaire, docteur ? Elle semble au contraire avoir bien récupéré.

Rignault insiste :

— Madame Constantino, vous sentez-vous en état de quitter l'hôpital ?

— Non, monsieur le juge, répond Milhaud à la place de la jeune femme. Nous nous y opposons.

— Bon, puisqu'il en est ainsi…

Le juge informe Raphaëlle de ses droits, puis, sans transition, lui demande si elle a un avocat.

— Non, répond-elle, et je n'en vois pas l'utilité. Je n'en veux pas.

— Dans ce cas, je fais venir l'avocat de permanence. C'est la loi pour ce que je suis venu faire.

— La loi ? Venu faire ? Je ne comprends pas…

Deux heures plus tard, en présence d'une jeune avocate mutique, le juge lui annonce qu'elle est mise en examen pour assassinat sur la personne de Cécile Maisonnave. Il indique qu'ensuite, elle sera placée en détention dès que son état le permettra.

Pour cela, elle sera examinée dans la journée par un médecin assermenté.

Il se tourne en direction de l'urgentiste :

— Le docteur Puydebois se présentera à 14 heures.

Il avertit, le regard mauvais :

— Lui seul est habilité à décider si Mme Raphaëlle Constantino est en état physique d'être entendue et incarcérée. Je vous prie de l'accueillir sans faire d'histoires.

Avant de quitter la chambre, sans se préoccuper de l'avocate commise d'office, il conseille à Raphaëlle de se rapprocher le plus rapidement possible d'un avocat pénaliste, car « votre affaire est sérieuse, madame ».

Raphaëlle lève des yeux perdus :

— Je ne comprends pas… Je suis accusée d'avoir tué cette femme, c'est ça ?

— Oui, vous avez parfaitement compris, madame.

— Mais, je n'ai rien fait…

— C'est ce que déterminera l'instruction. La justice est là pour démêler le vrai du faux. C'est pour cela que j'insiste et que je vous conseille sérieusement de vous faire assister d'un avocat.

Raphaëlle est prise d'un léger tremblement.

— Je vous demande de sortir, monsieur le juge, intervient le médecin. Nous avons besoin de nous occuper de la santé de Mme Constantino.

— Ça tombe bien, j'allais le faire. Et n'oubliez pas : 14 heures, le docteur Puydebois.

Il épelle :

— P-U-Y-D-E-B-O-I-S.

En s'éloignant, le juge remarque la présence des policiers en tenue. Faute de consignes, ils ont passé la nuit à l'hôpital sur des chaises en plastique. Il les salue :

— La nuit n'a pas été trop dure ? Bonne journée !

— Nous attendons la relève, répond l'un d'eux.

55

Maître Alain Grenier informe Patrick Maisonnave de l'inculpation de Raphaëlle un peu avant midi. Il est seul chez lui et s'apprête à rejoindre ses enfants qui sont maintenant sous la garde de sa belle-mère, dans sa maison de Caudéran.

— Non ! s'exclame-t-il. Je ne m'attendais pas à ce que les choses aillent aussi vite, Alain. Sur quel motif ?

— Le juge m'a indiqué qu'ils possédaient des éléments à charge très sérieux contre elle.

— Lesquels ?

— Impossible à savoir dans l'immédiat. Il a été d'une discrétion absolue. Cependant, je pense que le comportement insensé de Raphaëlle Constantino hier a été pour beaucoup dans l'accélération des choses. Comme vous et moi, mon cher Patrick, ils n'ont pas cru une seconde à sa comédie. Pour ça, nous pouvons faire confiance à Castaneda. Il a le pif…

— Ils vont la mettre en prison ?

— Bien sûr… Elle est accusée d'avoir tué Cécile, Patrick !

— Et moi dans tout ça, qu'est-ce que je deviens ? s'inquiète Maisonnave.

— Vous… Il faudra rester vigilant, mais j'ai le sentiment qu'ils ont abandonné leurs soupçons ridicules à votre égard.

— Je suis donc sorti d'affaire ?

— Je ne crois pas qu'ils en avaient vraiment après vous. Je connais les flics, il faut toujours qu'ils fassent les malins. Je pense qu'ils ne vous embêteront plus. Mais ne nous emballons pas.

— De quoi avez-vous peur, maître ?

— De la fille, elle est tellement givrée. Elle est capable de raconter n'importe quoi. Mais bon, je suis confiant.

Ensuite, maître Grenier doit beaucoup insister pour que son client accepte de se porter partie civile, l'« unique moyen pour avoir accès au dossier ».

Patrick exprime des scrupules à poursuivre son ancienne maîtresse.

— Je me sens tellement responsable, tente-t-il d'expliquer à son avocat. Si je n'avais pas fait la bêtise d'avoir une liaison avec cette femme, Cécile serait toujours vivante.

Il s'écrie :

— Comment ne me suis-je pas aperçu qu'elle était folle au point de commettre l'impensable ?

— C'est exactement la question que m'a posée le juge ce matin.

— Et qu'avez-vous répondu ?

— Deux choses. Un, que votre relation était épisodique. Deux, que Constantino semble tout à fait normale au premier abord. On lui donnerait le bon Dieu sans confession. Elle vous a piégé, Patrick.

— Comme un débutant… Et c'est bien pour cela que je m'en veux tant.

Avant de raccrocher, Grenier obtient l'accord qu'ils se porteront partie civile le lendemain à la première heure.

— C'est important, et si vous ne le faites pas pour vous, faites-le pour vos enfants et pour la mémoire de Cécile.

56

— Ouais ! hurle Patrick, serrant les poings en signe de victoire.

Cette excellente nouvelle vaut bien une double dose du whisky de trente ans d'âge que Cécile lui a offert à Noël.

Confortablement installé dans son fauteuil Steiner, ses souliers cirés sur le repose-pieds, avec vue directe sur l'escalier en marbre, il sirote ce nectar, revivant les quinze derniers jours, calculant combien lui rapportera la vente de la maison.

— Putain, j'ai été super bon ! J'ai assuré comme une bête !

Il est tellement content de lui qu'il lance à haute voix :

— Hein, ma chère Cécile, tu aurais été fière de ton mari ! Dommage tu ne sois plus là !

Il se donne une petite tape sur la main :

— Tu es immonde, Maisonnave.

Bref, il est très content, de plus en plus même, en repensant à chaque étape depuis qu'il a frappé sa femme derrière la tête pour la pousser dans l'escalier. « Le marbre, c'est radical, plus dur que de la pierre ! » Il a encore en mémoire le son du craquement sec lorsque le crâne de Cécile a frappé l'arête de la quatrième marche.

Ensuite il l'a enjambée, et s'est appliqué à mettre un léger désordre dans le salon. Il fallait que la scène de crime apparaisse comme un grossier maquillage. Là, il a très bien manœuvré.

Car, ainsi qu'il l'espérait, les flics ont abandonné la piste de l'accident pour retenir celle de l'assassinat.

Ensuite, l'autopsie a conclu de façon quasi formelle à l'homicide.

Ce soir-là, quoique grisé par ce qu'il venait de faire, il est revenu à la fête plus prudemment qu'à l'aller. Même s'il maîtrisait bien la trottinette, il ne fallait surtout pas tomber. Une fois arrivé, après avoir caché l'engin dans un fossé à proximité du restaurant, il s'est mêlé aux convives avec en bouche un cigare à moitié fumé. Puis il est parti au vu et au su de tous, s'arrêtant juste quelques secondes au bord de la route pour remettre la trottinette dans son coffre. C'était la seule partie risquée, mais personne n'est passé.

Les jours suivants, il a parfaitement joué le rôle du mari et du père le plus malheureux du monde. Il s'est attiré beaucoup de sympathie. Patrick s'est trouvé très bon lors des funérailles. Rester debout pendant la cérémonie en tenant la main de Sacha a été un coup de maître. Ces quelques jours lui ont surtout permis de distiller savamment les premières interrogations sur sa maîtresse. Comme un poison, lent mais efficace.

Il s'est servi de cette gourde de Juliette, il s'est confié à Deltil, dont il a abusé de la crédulité. Lui aussi, comme prévu, est allé baver chez les poulets et Raphaëlle en a pris pour son grade.

Ensuite, ce fut le moment le plus délicat. Mais il s'y était préparé. Les flics allaient le soupçonner et, avec un peu de chance, le placer en garde à vue.

Il conserve des premiers jours de l'enquête un souvenir contrasté. C'était éprouvant, indécis, ce flic était malin. Cependant, lui n'a fait aucune erreur et il n'a jamais douté du résultat.

Car il avait tout prévu, que l'enquêteur en chef ne l'aime pas, qu'il fouille pour trouver l'indice, même le plus infime, qui le ferait tomber. Mais, là-dessus, il a été parfait, son alibi en béton. Il était impossible qu'il ait quitté la fête puisque personne ne l'avait vu partir et parce que sa voiture était coincée par celles des autres.

Les flics comme le juge ont émis l'hypothèse que Raphaëlle était venue le récupérer. Mais ils n'ont pas pensé qu'il était assez malin pour utiliser un autre moyen de locomotion.

Il a eu l'idée « de génie » de laisser son portable à la fête et de faire borner celui de Raphaëlle qui « l'a appelé » depuis chez lui.

— Il y avait tellement de bruit que je n'ai pas entendu. Ce n'est qu'après que j'ai vu qu'elle avait voulu me joindre, a-t-il expliqué au juge.

Il lui avait subtilisé son portable au bureau et l'avait caché sous sa table le dimanche. Ni vu ni connu. « Les flics sont tombés dans le panneau, comme des débutants. »

Peu à peu, il a réussi à retourner ce petit flic. Les petits, il faut les flatter, leur faire croire qu'ils sont les meilleurs. Jusqu'à sourire à leurs blagues à deux balles. Les petits, il faut s'intéresser à eux, et c'est ce qu'il a fait…

Et puis, SURTOUT, il y avait Raphaëlle.

Elle a tout gobé : ses ritournelles d'amour éternel, d'amour de sa vie, qu'il quitterait tout pour elle. Elle l'a cru ! Il l'a fait pleurer quand il s'est plaint de la cruauté de sa femme, la sorcière. « Sorcière », « monstre », « l'autre », « salope », ah, ils en ont trouvé des mots pour parler de Cécile !

Son exploit, dont il n'est pas peu fier tandis qu'il savoure sa victoire : en guise d'ultime preuve de son amour, elle a quitté ses enfants et son mari.

Les semaines suivantes, il a tout orchestré pour la déstabiliser et la rendre vulnérable. Il a raréfié leurs rencontres, expliquant que c'était la faute de sa femme.

Depuis des semaines, aux yeux de tous ceux que les policiers ont interrogés, Raphaëlle n'était plus la même, elle avait disjoncté. « Tarée », « folle », « dingue », « givrée »… Les adjectifs remplissent les PV.

Dernier coup de maître : quatre jours avant qu'il tue Cécile, Raphaëlle l'a suivi chez lui comme un petit chien bien docile. Il l'a baisée dans le lit conjugal et elle a laissé partout les traces de sa venue. Il a suffi qu'il nie ensuite cette visite pour qu'on le croie.

— Encore une fois, bien joué, Patrick, se réjouit-il. Je suis le veuf joyeux !

Hier, quand cette idiote a eu sa crise débile, il a vu dans les yeux du petit flic la certitude qu'elle était coupable. Alors il l'a enfoncée.

Il ne leur reste plus qu'à trouver les traces de sang de Cécile sur un vêtement de Raphaëlle. Il lui a suffi d'humidifier les fragments de sang coagulé qu'il avait récupérés sur le carrelage de l'entrée et d'en déposer une ou deux traînées sur la veste que Raphaëlle laisse sur son portemanteau quand il est passé au bureau le dimanche.

Maintenant qu'ils vont se porter partie civile, Grenier pourra leur suggérer de perquisitionner non seulement chez Juliette, mais également au bureau. Sinon, il se servira de Juliette pour qu'elle apporte la veste aux enquêteurs. Avec cette ultime preuve, Raphaëlle est cuite !

L'inculpation de cette idiote est le résultat d'un plan élaboré pas à pas pendant plusieurs mois. Raphaëlle a été l'arme de son crime.

Partie 7

RAPHAËLLE

57

Venue directement en fourgon de l'hôpital Pellegrin, Raphaëlle arrive menottée au palais de justice le mardi matin.

Menottée, alors que rien ne l'impose. Le juge Rignault a décidé de ne lui épargner aucune humiliation.

Le rapport médical du docteur Puydebois, diligenté par le juge, a conclu, comme prévu, à l'absence de pathologie lourde. Il a clairement indiqué dans sa conclusion :

« L'état physique et mental de Mme Raphaëlle Constantino est compatible avec une éventuelle incarcération. Cependant un suivi médical approprié est recommandé. »

Sa crise spectaculaire au commissariat est expliquée par un simple malaise vagal. Entre les lignes de son rapport sévère, Puydebois laisse planer le doute sur la réalité de sa crise nerveuse. Elle a sinon joué la comédie, du moins largement exagéré son malaise.

Dans une note annexe, le docteur Puydebois se plaint d'avoir dû faire intervenir les policiers en faction pour sortir Laura Pelletier de la chambre de la prévenue. Il réclame une sanction administrative pour entrave à l'exercice de son métier.

Car Pelletier n'a cessé deux jours durant de s'acharner contre ses décisions et de s'opposer à la sortie de sa patiente. Elle a œuvré pour que Raphaëlle reste en observation à l'hôpital, en dépit du rapport de son confrère qu'elle n'a pas hésité à traiter de « honte de la profession ».

Le juge a laissé faire.

— Autant ne pas lui donner l'occasion de créer un nouvel incident, explique-t-il à Castaneda qui s'impatiente. Nous ne sommes pas à deux jours près.

Laura a cru Raphaëlle et a partagé sa tristesse quand elle lui a raconté son histoire, son fol amour, son sentiment d'abandon, son innocence. Elle l'a consolée, lorsque, en larmes, elle a répété qu'elle ne comprenait pas ce qu'on lui voulait. Elle n'a jamais fait de mal à personne.

Il y a des choses qui ne s'expliquent pas, mais Laura Pelletier s'est prise de compassion pour la jeune femme abandonnée de tous. Mieux, d'affection.

Quand Raphaëlle s'est étonnée de sa gentillesse alors qu'elles se connaissent à peine, elle a répondu dans un sourire éclatant :

— Parce que je sais que tu dis la vérité, Raphaëlle, et, en plus, je déteste l'injustice !

Raphaëlle a fondu en larmes, avouant :

— Je me sens si seule… J'ai l'impression que même Patrick m'a abandonnée.

Laura, face à un tel désarroi, a menti :

— Je l'ai eu en ligne mais le juge lui interdit de te parler.

Comment avouer à Raphaëlle qu'elle a tout de suite compris que Patrick l'avait laissée tomber ? Ça la détruirait…

Quand les policiers sont venus la chercher à l'hôpital, l'urgentiste a promis qu'elle resterait à ses côtés, quoi qu'il advienne. Elle a posé une veste sur les mains de Raphaëlle pour cacher les menottes le temps qu'elle quitte l'hôpital. Elle a ajouté :

— Courage, Raphaëlle. N'oublie pas que tu n'as rien fait.

Ils ont traversé la ville sirènes hurlantes, dans un temps record.

Histoire de la déstabiliser davantage, les flics la font descendre au milieu de la cour du palais de justice. Suivant les consignes de Castaneda, ils retirent la veste.

Car le juge, de son côté, a autorisé la présence de journalistes dans la cour du palais.

En descendant du fourgon, Raphaëlle entend les photographes aboyer son prénom.

Elle se retourne par réflexe. Demain, la photo de la « maîtresse criminelle » menottée fera la une du journal *Sud-Ouest* et se retrouvera dans les pages intérieures de plusieurs quotidiens.

Sa mise en examen sonne déjà comme une sentence.

Castaneda a lâché quelques précieuses informations. Ainsi, les premiers papiers, parus dès le lundi, ont insisté sur le parcours chaotique d'une femme perdue qui a laissé ses deux fils par amour pour son amant.

Aux yeux de l'opinion, et Castaneda le sait bien, abandonner ses enfants est un geste impardonnable.

Sud-Ouest a aussi écrit que Patrick Maisonnave s'est porté partie civile pour, selon son avocat, « avoir accès au dossier ». Alain Grenier a brièvement évoqué « un homme détruit, dépassé par les événements, et un père dévasté, désireux, avant toute chose, de préserver ses enfants et de les éloigner de ce drame épouvantable ».

Dans son interview à France Bleu Gironde, Grenier a indiqué que « Patrick Maisonnave saura faire face avec dignité à ses responsabilités ».

Raphaëlle se laisse entraîner sans difficulté dans les couloirs du palais.

En dépit de l'insistance de Laura Pelletier, elle a encore refusé l'assistance d'un avocat.

— J'en connais des très bons !

— Je suis innocente, je n'en ai pas besoin.

— Il t'en faudra un pour éviter la prison.

Elle a clos le débat en affirmant qu'elle n'avait pas peur d'y aller.

La greffière de Rignault l'attend à la porte et la fait entrer. Cette fois encore, l'avocate de permanence l'accompagne. Elle ne lui a pas adressé la parole.

Le juge l'invite à s'asseoir. Avant même qu'il fixe le cadre de cet interrogatoire, Raphaëlle prend la parole :

— Je n'ai pas assassiné Cécile Maisonnave. Patrick et moi, nous nous aimons d'un amour éternel. Je n'ai rien d'autre à ajouter, monsieur le juge.

— Il faudra bien répondre à mes questions, madame Constantino.

Raphaëlle défie Rignault :

— Vous feriez mieux de chercher le vrai coupable plutôt que de vous acharner sur une innocente. Si je peux me permettre : vous êtes nul !

Derrière son écran, la greffière, estomaquée, fixe son juge. Elle guette sa réaction, espérant qu'il va remettre à sa place cette arrogante.

Rignault reste de marbre.

— Madame, votre attitude n'est pas très raisonnable. Mais puisque vous êtes innocente, peut-être connaissez-vous l'identité du meurtrier… ou de la meurtrière. Comme nous sommes nuls, cela nous aiderait beaucoup…

Raphaëlle fixe Rignault et annonce d'une voix ferme :

— J'invoque mon droit au silence, monsieur le juge.

58

Patrick est en train de cirer ses chaussures quand son téléphone sonne.

Il a aligné six paires qu'il traite l'une après l'autre avec un soin maniaque : une première couche de crème pour adoucir le cuir puis un cirage de la meilleure qualité. Il les a négligées ces dernières semaines et il se remet à la tâche avec plaisir. D'autant qu'il doit s'occuper des mocassins qu'il portait le soir où il a assassiné sa femme. Certes, il les a nettoyés, effaçant les taches de sang. Mais, désormais briqués, ils sont comme neufs. Il décide de les porter pour la journée.

S'occuper de ses bottines, de ses mocassins et de ses souliers à lacets jusqu'à faire briller la semelle, Patrick ne connaît pas mieux pour se vider la tête.

Il voit que l'appel vient de son avocat. Mais il laisse sonner.

Il repense à la journée de dimanche, où sa belle-mère a réuni toute la famille autour des enfants.

Dès l'instant où son avocat l'a prévenu de la mise en examen de Raphaëlle et une fois passé les instants d'euphorie, il y avait urgence à ce qu'il informe les siens : Cécile n'est pas tombée accidentellement dans l'escalier. C'est un crime maquillé en tentative de cambriolage. Elle a été assassinée par la maîtresse de leur père, de leur fils, de son gendre.

Avant d'en parler à ses enfants, une explication qu'il a voulu « la plus franche possible » s'est imposée avec ses parents et la mère de Cécile. Il a dit, presque suppliant, qu'il comptait sur leur compréhension pour l'aider avec ses enfants.

— J'ai tellement peur de leur réaction quand ils sauront que leur maman a été tuée par l'amie de leur père. Ils doivent être notre priorité. Moi, je ne compte plus. Ma faute, je la paye tous les jours que Dieu fait. Cette femme m'a piégé mais ce n'est pas une excuse.

Tous les adultes étaient déjà au courant de sa relation coupable, de sa trahison. Patrick avait tenu à leur dévoiler cette liaison dès les premiers jours qui avaient suivi la mort de sa femme. Avec cette conviction : « Ne surtout pas en faire des ennemis. »

D'une voix morne, il avait avoué sa honte, leur expliquant qu'il avait cédé bêtement aux avances de cette allumeuse. Il leur avait parlé d'une liaison sans réelle importance.

— Cette femme ne comptait pas.

Il n'avait couché avec elle qu'en de rares occasions.

— Mais encore trop, malheureusement pour moi et notre Cécile.

Alors tous l'avaient excusé, car on connaissait ses travers d'homme à femmes. Pierre, son père, avait été très sévère :

— Ça t'apprendra à réfléchir avec ta tête et pas avec ta queue à l'avenir.

Patrick s'était laissé malmener. Il savait pourtant que son père n'avait pas été un modèle de fidélité…

Mais de là à imaginer que la maîtresse assassinerait Cécile… Patrick a encore pleuré d'avoir précipité les siens dans le malheur. Il les a suppliés de lui pardonner. Il a été si convaincant que Michelle, sa belle-mère, l'a pris dans ses bras.

Patrick a su que c'était gagné.

Martine, sa mère, a murmuré :

— Mon fils, quel malheur…

Elle s'est jointe à leur étreinte et tous trois ont sangloté tandis que Pierre, d'un tempérament moins démonstratif, lui a tapoté le haut du dos en répétant :

— C'est horrible, Patrick, mais nous allons faire front ensemble.

Patrick a été pris de tremblements. Michelle a reculé et l'a saisi par les épaules :

— Regarde-moi, Patrick ! Notre peine est immense. Oui, c'est de ta faute. Sans cette liaison idiote, notre Cécile serait toujours en vie et nous ne serions pas en train de pleurer sa disparition.

Comme il baissait les yeux, elle a haussé le ton :

— Je te dis de me regarder ! Nous ne referons pas l'histoire. Nous avons perdu Cécile, et tu porteras toute ta vie le poids de sa mort, c'est vrai et c'est mérité.

Elle l'a secoué :

— Mais, je te le dis les yeux dans les yeux, tu es pardonné, Patrick. Tu dois faire face avec dignité. Tu dois te relever ! Maintenant, tous ensemble, nous devons penser à l'avenir, et d'abord aux petits qui n'ont plus de maman. Il faut leur dire la vérité.

Elle a insisté :

— Tu dois leur parler, Patrick. Tu es leur père.

— J'en suis incapable, a-t-il frémi. Comment leur dire que leur papa est un monstre ?

— Tu n'es pas un monstre. Allons, Patrick, reprends-toi !

— Voilà comment tu vas faire. Ils sont encore jeunes et il n'est pas question que tu entres dans les détails sordides de cette liaison. Tu vas leur dire que Cécile n'a pas été victime d'un accident mais qu'elle a été poussée dans l'escalier par une personne qui travaillait avec toi et qui était jalouse. Pour l'instant, ils n'ont pas besoin d'en savoir davantage. Ensuite, tes parents et moi t'épaulerons. Nous sommes une famille, que diable ! Ensemble, nous ferons en sorte qu'ils apprennent petit à petit la vérité et qu'ils ne t'en veuillent pas.

Michelle s'est adressée à tous :

— Vous êtes d'accord avec moi ?

— Oui, c'est la meilleure des solutions.

La réponse de Martine et de Pierre a été immédiate.

Alors Patrick a murmuré :

— Je ferai comme vous voudrez.

Patrick a réuni ses trois enfants peu après. Il a fait comme sa belle-mère lui a demandé.

Ils ont beaucoup pleuré, enlacés les uns aux autres.

Jérémie a crié qu'il tuerait cette femme.

— Il ne faut pas dire cela, l'a consolé son père, ajoutant : Cette méchante femme va aller en prison jusqu'à la fin de sa vie.

Madeleine, du haut de ses dix-huit ans, a bien compris que les choses n'étaient pas aussi simples. Mais, au fond d'elle-même, elle n'en a pas voulu à son père. Elle a haï cette femme qui a massacré sa maman, détruit leur famille, rendu son papa si malheureux.

Elle ne savait pas comment, mais elle la ferait payer. Tôt ou tard, elle souffrirait à son tour. La prison pour la vie n'était pas une punition suffisante.

Madeleine n'a pas confié son tourment. Elle a consolé sa petite sœur et a seulement dit qu'elle aimait son papa.

Puis Patrick leur a parlé de l'avenir, de leur vie future ensemble. Il a promis de ne jamais les abandonner, de toujours les aimer.

Il a passé la nuit chez sa belle-mère, expliquant qu'il ne pouvait pas laisser ses enfants.

Il y avait longtemps qu'il n'avait pas aussi bien dormi.

Tandis qu'il astique une bottine, Patrick se dit que les choses se sont encore mieux passées qu'il ne le pensait. Il sourit au souvenir des mots de Michelle : « Nous sommes une famille. »

En fin de matinée, après avoir rangé ses chaussures dans leur placard, Patrick rappelle son avocat :

— Je viens de m'apercevoir que vous m'avez téléphoné, je n'avais pas mon portable.

— Constantino nie tout, l'informe aussitôt Grenier. En plus, elle invoque son droit au silence !

— Ah, mince. C'est embêtant ?

— Bien au contraire !

Pour maître Grenier, c'est même une excellente nouvelle. Plus elle niera, plus elle s'enfoncera.

— Elle est fichue. Je connais bien le juge et Castaneda… Quand ils ont un os à ronger, ils ne le lâchent plus !

L'avocat plaisante :

— Vous avez tiré le bon numéro avec cette folle !

Sur ce point, Patrick est tout à fait d'accord avec lui.

59

— Goûter à la prison va lui faire du bien ! dit le juge Marc Rignault en tendant son paquet de Marlboro au commandant.

— Je pensais qu'il était interdit de fumer dans l'enceinte d'un bâtiment public, réplique ce dernier en sortant son briquet.

— Comme il est interdit de voler, de dealer, de tuer, d'arnaquer, André ! Tu ne le savais pas ?

— Ah, bon, c'est nouveau, ça vient de sortir ? Mais que fait la police !

— Bonne question ! Demain matin, la police et moi allons perquisitionner dans l'appartement de la copine de la prévenue.

— Arrête de me donner du boulot !

Le juge revient au dossier. Il confesse :

— Cette femme, c'est un mystère pour moi.

— Elle est chtarbée, cette tête de mule. Je te le dis depuis le début.

— Mais de là, sans préambule, sans prendre d'avocat, à nous traiter de nullards et à invoquer son droit au silence… Je ne comprends pas ce qu'elle veut. Elle n'essaie même pas de se défendre. De toi à moi, on ne m'a jamais fait une pareille entrée en matière.

— Et pourtant, tu en as vu dans ta vie de petit juge ! plaisante Castaneda.

— Arrête de déconner, pour une fois. Sinon, je te retire l'enquête !

— Elle est terminée, Marco. Cette folle est impliquée jusqu'au cou. Je suis déjà sur une autre affaire.

— Nous avons encore du pain sur la planche.

— Allez, raconte ! lui demande le commandant.

Quand Raphaëlle l'a défié, le juge Rignault a voulu aussitôt reprendre la main :

— Ici, madame, c'est moi qui dirige les débats. C'est votre droit d'invoquer le silence. Ce qui, entre nous, ne me paraît pas la plus habile des défenses.

— C'est mon choix, monsieur le juge.

— Et je le respecte. Cependant, je ne vous permets pas de traiter ainsi nos services. Libre à vous de répondre ou pas à mes questions, mais je ne tolérerai pas le moindre écart de votre part. Je vous demande donc d'y veiller. Si cet interrogatoire dérape à nouveau, je serai obligé d'y mettre fin. Je me réserve aussi le droit de vous inculper d'outrage à magistrat dans l'exercice de ses fonctions.

— J'ai parfaitement compris.

Durant le court quart d'heure qu'a duré l'interrogatoire, à toutes les questions, Raphaëlle a répondu systématiquement, et sur le même ton :

— J'invoque mon droit au silence.

Ce fut comme un jeu entre eux. Rignault énonçait les questions : « Qu'avez-vous fait le soir du vendredi vingt-deux mai ? », « Pourquoi vous êtes-vous rendue chez Maisonnave le vendredi au soir ? », « Pourquoi l'avez-vous appelé ? », « Quelles étaient vos relations avec la défunte ? », « Pensiez-vous sérieusement que Patrick Maisonnave allait quitter sa famille pour se mettre en ménage avec vous ? », « Avez-vous poussé Cécile Maisonnave dans l'escalier de sa maison ? », « Quels sentiments vous animaient à son sujet ? », « L'avez-vous agressée ? »…

Et toujours la même réponse : « J'invoque mon droit au silence. »

Quand le juge en a eu assez, il a interrompu l'interrogatoire et lui a annoncé qu'elle allait être placée en détention sur décision du juge des libertés :

— En espérant que la prochaine fois vous reviendrez dans de meilleures dispositions.

Une fois Raphaëlle partie, Marianne, la greffière, s'est permis ce commentaire :

— Cette femme n'en fait qu'à sa tête. Dans l'état où elle est, elle n'a pas besoin d'un avocat, mais d'un psychiatre !

Castaneda a écouté attentivement le récit du juge.

— Elle est assez fascinante au final, a conclu Rignault. Beaucoup moins banale qu'on peut le penser au départ. Je me demande ce qu'elle a vraiment dans la tronche et où elle veut nous conduire.

— Nulle part… Mais ce n'est pas cette défense débile qui va la sauver.

— En attendant, je ne vais pas la lâcher, et toi, tu creuses partout où c'est possible.

— Les grands esprits se rencontrent ! Nous étions programmés pour bosser ensemble !

— Bon, c'est pas le tout, mon ami… mais c'est l'heure d'aller s'en jeter un chez Gilou !

— Toi, tu sais parler aux hommes, sourit le policier. J'ai très soif !

— Et moi, très faim !

60

Pour fendre les embouteillages, le fourgon cellulaire roule sirène hurlante en direction du centre pénitentiaire de Gradignan. À l'intérieur, Raphaëlle peine à se maintenir, s'accrochant de son mieux au banc de bois. Même pour le trajet, ils lui ont laissé les menottes.

Aller en prison ne l'effraie plus. Elle a dit à Laura Pelletier :

— Je tiendrai. Je n'ai rien fait, ils ne me garderont pas. Et si je ne sors pas, j'attendrai jusqu'au procès.

Jamais Raphaëlle n'a eu autant confiance en elle. « Je tiendrai, je tiendrai, je tiendrai… »

Il était important qu'elle se présente à ce premier interrogatoire sans avocat.

Elle a voulu laisser l'impression qu'elle est naïve, qu'elle ne mesure pas la gravité des faits. Il fallait que le juge croie qu'il n'y a que son amour pour Patrick qui compte et qu'il brouille sa vision des choses. Mais à partir de maintenant, elle va suivre le conseil de Laura. Elle va en prendre un. Ne serait-ce que pour avoir accès au dossier d'instruction. La médecin l'a rassurée sur un point :

— Ça ne te coûtera rien, ils vont se battre pour te défendre.

Elle n'est pas mécontente de son escarmouche avec le juge, de la façon dont elle l'a tenu à distance et agacé. Le « droit au silence », en voilà une idée formidable. Il doit encore se demander pourquoi elle refuse de s'expliquer et de se défendre.

Le fourgon pile net à cause d'un cycliste qui vient de lui couper la route. La nuque de Raphaëlle heurte violemment la vitre grillagée derrière elle. La douleur est aiguë mais elle s'en moque. À cet instant, elle ne pense qu'à ses deux fils. Ils lui manquent terriblement, quelle folie de les avoir abandonnés ainsi ! Finalement, le juge a raison de penser qu'elle est tarée. Quel délire l'a prise pour agir ainsi ? Désormais, elle se battra pour eux, pour qu'un jour ils lui reviennent, lui pardonnent.

« Je tiendrai, je tiendrai, je tiendrai… »

61

Raphaëlle arrive au centre pénitentiaire de Gradignan vers 17 h 30. Il fait encore plein soleil et dans la cour elle ralentit le pas pour profiter de la douce chaleur.

Une heure plus tard, une fois que les gardiennes l'ont dépouillée de tout, on lui donne son paquetage. Elle demande si elle va rester longtemps, car elle voudrait « retrouver l'homme qu'elle aime ».

Les gardiennes rigolent :

— Ici, y a pas de chambre nuptiale, ma chérie.

Raphaëlle n'aime pas leurs rires et s'énerve. Furieuse, elle les injurie. Elles la préviennent qu'elles vont signaler l'incident à la direction.

— Tu commences mal, Constantino… Il vaudrait mieux que nous ne te prenions pas en grippe…

Les yeux aux aguets, curieuse de tout ce qui l'entoure, elle traverse les coursives bruyantes jusqu'à la cellule 236 dans le quartier des femmes.

Là, elle fait la connaissance de Djamila, une Marocaine de quarante ans qui s'est fait bêtement prendre avec trente kilos de cannabis dans ses valises en débarquant à l'aéroport de Mérignac. Deux autres mules ont réussi à passer la douane. Pas elle. « Un contrôle aléatoire », lui a-t-on expliqué avant de la conduire dans une pièce sans âme où ses bagages ont été fouillés.

Djamila a immédiatement compris qu'elle était foutue. Plus tard, on lui a fait comprendre que si elle parlait, le juge serait clément. Mais les risques étaient bien pires que la prison, elle a prétendu qu'elle ignorait ce qu'elle transportait. Le juge ne l'a pas crue et, dans l'attente de son procès, il la garde en détention.

Ici, elle n'a pas de famille. Ses trois enfants ont été placés par l'Aide sociale à l'enfance. En dépit de ce sacrifice, elle a maintenu sa version : elle ignore la provenance de ces trente kilos de drogue. Elle ne savait pas qu'elle transportait de la drogue.

D'entrée, Djamila se montre accueillante et amicale. La nouvelle fait bonne figure, mais elle ressent aussitôt sa détresse. Elle la laisse s'installer dans le lit du bas, puis elle lui parle de la vie de tous les jours dans cette prison où elle est incarcérée depuis quatre mois.

Elle attend que Raphaëlle finisse par fondre en larmes pour l'accueillir dans ses bras.

Raphaëlle dit seulement :

— On m'accuse d'un crime que je n'ai pas commis.

— Comme tout le monde ici ! La taule est peuplée d'innocentes ! Même moi, je n'ai rien fait de mal, promis, juré ! plaisante la jeune femme.

Raphaëlle retrouve le sourire.

— Moi, c'est vrai. On m'accuse de quelque chose que je n'ai pas fait.

— Je te crois puisque tu le dis !

— Ce n'est pas pour cela que je pleure, tu sais…, soupire Raphaëlle.

— Et pourquoi alors ?
— À cause d'un homme…
— Ah, l'amour, c'est beau !
— L'amour…, chuchote Raphaëlle.
Ensuite elles partagent un café soluble.
— Tu entends comme c'est bruyant ici ? Je n'arrive pas à m'y faire.
— Je n'ai pas fait attention. En fait, je m'en fiche !

Plus tard, tandis que sa codétenue regarde une comédie sur TF1, Raphaëlle écrit une lettre qui dès le lendemain se retrouvera sur le bureau du juge Rignault :

Patrick, amour de ma vie,

J'espère de tout cœur que ce mot te parviendra.
Ce soir, je ne pense qu'à toi, tes caresses, ton corps ne faisant qu'un avec le mien. Je te voudrais à mes côtés, que nous fassions l'amour pendant des heures et des heures. Malheureusement, la réalité est bien différente. Si triste. Car je t'écris depuis la prison de Gradignan où j'ai été incarcérée ce soir. En toutes circonstances, j'ai toujours été à tes côtés et ils nous ont séparés.

C'est impensable, incroyable : je suis accusée d'avoir tué la sorcière. Ils disent qu'ils ont des preuves contre moi. Évidemment, c'est impossible puisque, tu le sais, je n'ai rien fait, mais ce juge m'accable quand même. Alors j'ai décidé de ne plus rien dire. Ça s'appelle le droit au silence. Tu peux me faire confiance à cent pour cent, je ne parlerai jamais. Ce qui est entre nous deux restera entre nous.

Aller en prison est horrible. Je me demande combien de temps va encore durer ce cauchemar. Tu ne veux pas que l'amour de ta vie souffre, ne cesse de pleurer, hein mon chéri. Il est tard, je ne vais sans doute pas pouvoir dormir, tant la prison est effrayante, tant j'ai peur, tant surtout je ne pense qu'à toi, aux jours heureux dont nous avons rêvé. Je t'en supplie, mon cœur, sauve-moi de cet endroit où je vais devenir folle. Le juge et ce commissaire affirment que tu n'as jamais voulu quitter ton monstre de femme pour moi. Ils disent aussi que tu penses, pire, que tu m'accuses de son assassinat.

Je t'en supplie, mon amour, sors-moi de ce cauchemar. Toi seul en as les moyens. S'il te plaît !!!!!!

Je t'aime et je t'aimerai toujours,

Ta Raphaëlle qui ne pourra jamais vivre sans toi.

Rignault retiendra de cette lettre les surnoms dont Raphaëlle affuble Cécile Maisonnave. Ce détail le conforte dans l'idée qu'elle la détestait, cette rivale qu'elle devait détruire.

62

Le lendemain, Raphaëlle est extraite à la première heure. Elle a juste le temps de boire quelques gorgées de café soluble avant d'être emmenée.

Djamila connaît d'avance la réponse tandis que les gardiennes demandent à Raphaëlle de s'habiller rapidement, mais elle pose quand même la question :

— Où est-ce que vous l'emmenez ?

— Ça ne te regarde pas… La curiosité est un vilain défaut, ironise l'une des gardiennes.

Tandis que Raphaëlle s'éloigne, Djamila lui lance :

— Ne te laisse pas faire, n'oublie pas que tu es innocente !

En réponse, Raphaëlle lève le pouce.

Raphaëlle se sent en pleine forme, pourtant elle a peu dormi. À cause du bruit, de l'inconfort et surtout de toutes ces mauvaises pensées qui polluent son esprit.

— La première nuit en prison est difficile, mais tu verras, avec le temps, on finit par s'habituer, l'a prévenue Djamila.

— Je ne resterai pas longtemps ici, a affirmé Raphaëlle. Il viendra me chercher !

— Qui ? s'est étonnée Djamila.

— Ben, mon homme !

Raphaëlle retrouve sa codétenue en milieu d'après-midi. La perquisition au domicile de Juliette Portelli a duré plusieurs heures qu'elle a passées assise dans la cuisine. Elle a refusé d'en sortir. Elle est demeurée muette, comme indifférente à tout, même à Juliette qui, de son côté, s'est appliquée à l'éviter.

Maeva, en revanche, a forcé le passage pour venir l'embrasser. L'adolescente a eu le temps de lui dire qu'elle avait bien fait de tuer la « bonne femme de Maisonnave ».

Raphaëlle l'a attirée à elle et lui a murmuré :

— Va dire à mes garçons que leur maman les aime de tout son cœur, qu'elle ne les oubliera jamais. Tu peux faire cela pour moi ?

Maeva a répondu sans hésiter :

— Je te le promets. Moi non plus, je ne t'oublierai jamais.

Puis elle a éclaté en sanglots. Raphaëlle a dû faire un gros effort pour ne pas pleurer à son tour.

Les policiers ont fouillé partout. Raphaëlle entendait Juliette protester :

— Qu'est-ce que vous cherchez ? Le cadavre de Cécile ? Vous me traitez comme si c'était moi, la criminelle ! Ne fouillez pas ma chambre !

Dans un grand sac noir, ils ont emporté des vêtements, des chaussures et un ordinateur portable.

Ensuite, ils sont passés chez Méneret et fils, comme l'avocat de Maisonnave l'avait suggéré. Dans un silence glacial, les yeux de ses anciens collègues posés sur elle, Raphaëlle a traversé les couloirs jusqu'à son bureau, la tête droite, le regard fixe.

Elle n'a pu échapper à la remarque de Deltil, le seul autorisé à l'approcher :

— Qu'est-ce qui vous est passé par la tête, ma pauvre fille ?

Il a dit au juge :

— Comme vous me l'avez expressément demandé, nous n'avons rien touché sur son bureau. Vous pouvez tout emporter, même son ordinateur !

C'est ce qu'ils ont fait.

Lorsque, à son retour, Djamila lui a demandé si ce n'était pas trop dur, Raphaëlle a répondu qu'ils avaient perdu leur temps :

— Il n'y a rien à trouver dans les affaires d'une innocente !

Djamila lui a versé un café qu'elle a siroté avec délectation. Puis elle a fermé les yeux et s'est endormie.

63

Les résultats de la perquisition menée au domicile de Juliette Portelli et chez Méneret et fils ne parviennent au juge qu'à la mi-juillet, pendant les quelques jours de congé qu'il s'accorde dans sa maison d'Audenge, un village au fond du Bassin.

La perquisition et l'étude des ordinateurs n'ont rien donné. Sans trop y croire, il a fait analyser les vêtements de Raphaëlle, avec le très maigre espoir qu'on y trouve des traces de l'ADN de Cécile.

Les résultats vont bien au-delà de ses espérances.

Il triomphe au téléphone quand il annonce à Castaneda, le quatorze juillet à 13 heures, alors que le commandant assiste en compagnie de son épouse à une réception à la préfecture, que sur une veste en jean laissée au bureau, d'infimes traces de sang ont été relevées. Les analyses sont formelles : l'ADN est celui de la victime.

Castaneda explose, provoquant la stupeur de ses voisins :

— Putain, on la tient, cette conne !

— C'est le coup de grâce, approuve le juge.

— Ça se fête !

D'un trait, Castaneda vide sa coupe de champagne et en prend une autre au premier serveur qui passe.

Dès le lendemain, le juge confronte Raphaëlle à cette preuve accablante. Désormais, la jeune femme est accompagnée d'un avocat, Jean Durupt, un cador du barreau bordelais. Comme l'a prévu Laura, il ne la fait pas payer. L'histoire de la petite secrétaire, meurtrière de la femme de son amant pour l'amour duquel elle a tout abandonné, est largement médiatisée.

Face à la satisfaction que le juge affiche ostensiblement, Raphaëlle invoque une fois encore son droit au silence.

— Ne nous emballons pas, dit son avocat qui demande une contre-expertise.

Il avance une explication qui ne convainc pas le juge, mais c'est la seule qu'il trouve :

— S'il s'agit bien du sang de Cécile Maisonnave, il a pu être déposé lorsque ma cliente s'est déshabillée dans la salle de bains du couple. L'autopsie fait état d'une coupure à la main de Mme Maisonnave antérieure à sa chute.

— C'est une plaisanterie, maître !

— Pas du tout, répond Durupt, mais on voit bien qu'il manque de conviction.

Le juge a fait mouche. Il sera difficile d'expliquer devant un tribunal d'assises que le sang est arrivé sur cette veste par un mauvais hasard.

Quand il apprendra le résultat des analyses, Patrick dira à son avocat :

— Vous savez, maître, je n'ai pas besoin de nouvelle preuve pour être convaincu de la culpabilité de cette femme dont je ne veux même plus prononcer le nom.

64

Jean Durupt a beau les menacer de poursuites pour diffamation, propagation de fausses informations et violation du secret de l'instruction, les journaux accablent Raphaëlle, même s'ils n'oublient jamais de préciser qu'elle est présumée innocente.

Elle fascine : elle est trop jolie, trop sexy, trop souriante, trop insouciante sur les photos.

Elle intrigue : est-ce seulement poussée par un amour insensé qu'elle s'est ainsi perdue ?

Pendant des semaines, son histoire passionne le pays. Elle est la « jolie secrétaire aux deux visages », comme écrit *Le Figaro*.

« L'ange Lucifer », titre *Le Nouveau Détective*.

Le Parisien l'appelle « L'amante religieuse ». Sur CNews, Morandini consacre deux émissions à la « mygale tueuse qui a tissé lentement sa toile mortifère ». Dans ce programme, un ancien psychiatre auprès des tribunaux, aujourd'hui rayé des listes, affirmera qu'elle a une double personnalité typique des bipolaires : ange et démon.

Dans *Match*, l'interview « d'un homme brisé » fait la une avec ce titre : « L'émouvante confession : "Elle n'existe plus pour nous !" »

Gauthier a accepté de se faire photographier entouré de ses deux fils, dont les yeux ont été barrés de noir. Puis, deux numéros plus tard, c'est au tour de Juliette, « sa dernière amie, qui l'a accueillie », de se confier à l'hebdomadaire. Coiffée et maquillée par une professionnelle envoyée par le journal, elle se trouve superbe sur les photos et achète tout le stock de son kiosquier.

Il n'y a pas un jour sans son lot de révélations exclusives. « Les policiers ont trouvé chez elle le collier arraché à sa victime », « la semaine précédant le meurtre, elle a déjà tenté de s'introduire chez elle mais l'alarme l'a fait fuir ». *Ici Paris* est allé jusqu'à titrer : « La douce secrétaire était la meilleure amie de sa victime. » La rumeur qu'elle l'a empoisonnée avant de la précipiter dans l'escalier a couru, sans être démentie par les enquêteurs.

Car, si certaines de ces informations sont inventées, d'autres sont distillées par Castaneda, avec l'accord de Rignault. Le commandant se confie sous le sceau du secret à des journalistes amis.

C'est de bonne guerre ; en quelques jours, ils ont réussi à détruire l'image de la jeune femme.

Ils espéraient ainsi l'atteindre. Mais sur ce point, ils ont échoué. Raphaëlle reste insensible au déferlement médiatique. Quand Djamila s'en inquiète pour sa codétenue, Raphaëlle la rassure :

— Ne t'inquiète pas pour moi, je vais m'en sortir.

Elle ajoute un énigmatique :

— Chaque chose en son temps.

Tant d'entêtement force l'admiration de Djamila.

— Quelle chance d'aimer à ce point, dit-elle à Raphaëlle.

Et celle-ci la regarde, étonnée.

Quant à Patrick, ce n'est pas faute d'avoir été sollicité, mais il reste à l'écart de l'agitation. Alors on le décrit meurtri, blessé, en pleine dépression. On affirme qu'il a tout perdu, sa femme, ses enfants, son travail.

Il y a bien eu quelques articles négatifs à son sujet, mais dans l'ensemble, la presse respecte son silence. Grenier y veille.

S'il échappe à la curée, il le doit également au commandant Castaneda, qui dresse de lui (« en off, bien sûr ») le portrait d'un homme « tombé dans les filets » d'une séductrice perverse. Le journal *Sud-Ouest* du sept juillet écrit : « Patrick Maisonnave a été piégé. Certes, il a été un mari infidèle, mais il n'aurait jamais imaginé que cette liaison sans importance conduise à un tel drame. Au final, on peut le considérer comme une victime de ses propres turpitudes. »

Alors que la presse lui mène la chasse, il laisse ses enfants passer les vacances avec ses parents, sa sœur, et enfin sa belle-mère. Car il ne veut pas les mêler à cette terrible histoire et ils sont beaucoup mieux, en attendant que les choses s'apaisent, entourés de leur famille, à l'abri, loin de cette agitation.

Il s'oblige à leur téléphoner tous les soirs et à les visiter régulièrement.

— On ne pleure pas ! leur annonce-t-il à chaque retrouvaille.

Il a fini par démissionner de chez Méneret.

— Je comprends, lui a dit Deltil, l'assurant que la porte de sa société lui serait toujours ouverte : Des gars comme toi, on en croise peu.

Pendant l'été, il s'éloigne de Bordeaux, dans une maison prêtée par un ami, un lieu que seuls les enquêteurs et son avocat connaissent. Il est en pleine forme et court chaque matin une dizaine de kilomètres, après avoir bien vérifié qu'aucun journaliste ne traîne.

Il s'active auprès de la banque pour faire débloquer la fortune de sa femme. Il se plaint en haut lieu :

— J'ai perdu mon emploi et j'ai besoin en urgence de liquidités pour mes enfants.

Par bonheur, il est tombé sur une banquière compréhensive et pas insensible à la profondeur de ses yeux bleu lavande. Elle promet de tout régler d'ici octobre.

Pour l'instant, en revanche, il préfère fuir les regards sans équivoque que pose sur lui sa voisine, une femme mariée, quand il sort pour son jogging quotidien.

Il court avec une épaisse couche de crème solaire car il ne voudrait pas réapparaître bronzé à la fin de l'été. Ce serait mauvais pour son image.

« Un homme profondément brisé », voilà ce qu'il est.

65

En dépit de son obstination, Rignault ne tire rien des différents interrogatoires auxquels il soumet Raphaëlle. Il la convoque avec la régularité d'un métronome. Toutes les trois semaines.

Il pose ses questions, toujours les mêmes, et invariablement la jeune femme se réfugie derrière son droit au silence.

Il trouve cependant qu'elle dépérit de convocation en convocation. Il en parle avec Castaneda :

— L'air de la prison ne lui réussit pas. Elle a perdu au moins une dizaine de kilos.

Ils sont convaincus qu'elle ne tiendra plus très longtemps.

Durupt juge sa défense suicidaire et tente de la convaincre d'en changer.

— C'est difficile de défendre quelqu'un qui refuse de s'expliquer, chère Raphaëlle. Ils ont beaucoup de choses contre vous.

— Vous pensez que je l'ai tuée ?

— Bien sûr que non !

Elle affirme qu'elle sait ce qu'elle fait et qu'elle continuera aussi longtemps qu'elle le jugera bon.

— J'ai mes raisons. Maintenant, si vous ne voulez plus être mon avocat, libre à vous !

Durupt n'essaie plus de la raisonner.

Un jour, le juge prend Durupt à témoin :

— La cour tiendra compte des aveux de votre cliente, n'est-ce pas, maître.

— Probablement, se risque à dire l'avocat.

— Alors dites-le à Mme Constantino.

— Elle est innocente, se reprend Durupt.

Face à eux, Raphaëlle demeure le regard dans le vide, indifférente et murmure :

— J'invoque mon droit au silence.

À l'audition suivante, un après-midi orageux de septembre, le juge la prévient, comme chaque fois :

— En vous réfugiant dans le silence, vous n'arriverez à rien. À l'inverse de vous, j'ai tout mon temps !

Raphaëlle fixe Rignault et annonce :

— Monsieur le juge, il se pourrait que je parle un jour.

— Un jour !

Durupt, surpris, intervient :

— Raphaëlle, attention à ce que vous allez dire. Discutons-en avant.

Rignault a du mal à soutenir le regard insistant de Raphaëlle. Il ironise :

— Donc, vous êtes décidée à parler le jour de votre choix, madame Constantino. Ce n'est pas exactement ainsi que les choses se passent… Ici, c'est encore moi qui décide…

— Je le sais, et c'est pourquoi je vous demande d'organiser une nouvelle rencontre avec l'homme que j'aime.

— Patrick Maisonnave, c'est bien de lui qu'il s'agit ?

— Oui.

— À chacun sa façon de voir les choses… Donc, si je vous suis et si confrontation il y a, vous seriez disposée à parler ? Pourquoi pas maintenant ?

Raphaëlle supplie presque :

— J'ai besoin de le voir et si j'ai des choses à dire, ce sera seulement en sa présence.

— Sinon ?

D'un coup, elle se referme :

— Je n'ai rien de plus à ajouter. Seulement que je voudrais retourner en prison.

Durupt glisse :

— Vous noterez, monsieur le juge, la volonté de collaborer de ma cliente. Cette confrontation avec Maisonnave ne peut que faire progresser l'instruction. Aussi, je vous demande de prendre en considération la demande de Mme Constantino.

Rignault n'en revient pas. Il s'attendait à tout sauf à ça. Il reste sur sa réserve :

— Maître, c'est moi qui dirige l'instruction et pas votre cliente. Dans l'immédiat, je ne vois pas l'utilité d'une autre confrontation… pour qu'elle se termine comme la première ! Donc, nous verrons.

Peu après, il triomphe devant Castaneda :

— Je n'en croyais pas mes oreilles, André. Qu'est-ce qu'elle cherche à ton avis ?

— À mon avis, comme elle sait qu'elle est perdue, elle veut lui dire en face qu'elle a tué sa femme par amour…

— Elle va y avoir droit, à sa confrontation !

— Quand ?

— Bientôt… Je vais la laisser mijoter quelques jours.

66

Dans les jours qui suivent, Durupt dépose une première demande de mise en liberté conditionnelle. Rignault hésite à intervenir pour qu'elle soit refusée. Castaneda aimerait la voir dehors, « histoire qu'elle fasse une grosse connerie ».

Finalement, Rignault la préfère en prison. Il appelle le juge des libertés et de la détention, un copain, avec un argument décisif :

— La prévenue, vu sa personnalité instable et imprévisible, n'offre pas toutes les garanties de présentation. De plus, au regard de l'émotion que son acte a suscitée dans le pays, sa libération serait très mal perçue.

Enfin, il lui rappelle que Raphaëlle Constantino a abandonné ses enfants. L'argument fait mouche. Le JLD le rassure :

— Je n'avais nullement l'intention de la lâcher dans la nature. À la lecture du dossier, très lourd et très limpide, tout l'accuse de cet assassinat. Je ne vais quand même pas mettre une meurtrière en liberté ! De plus, cette femme est dangereuse, pour elle, ainsi que pour les personnes en liaison avec ce dossier. Je pense notamment aux enfants du couple. En détention, elle sera sous contrôle et en sécurité. Je te la laisse à disposition, Marc. Fais-en bon usage !

— T'inquiète… Il ne me manque que ses aveux… Et même sans, elle va direct aux assises.

— Ce n'est pas grave, maître. Je savais qu'ils ne me laisseraient pas sortir, réagit-elle quand Durupt lui annonce la décision.

Puis, elle s'inquiète :

— Et pour ma rencontre avec Patrick, ça avance ?

— Cette seconde confrontation risque de vous détruire, Raphaëlle. Déjà que vous dépérissez en prison.

— Rignault refuse qu'il vienne me voir et je suis sûre qu'il retient les lettres qu'il m'écrit. C'est ma seule chance de revoir l'homme que j'aime.

Quand Durupt le demande au juge, Rignault reste vague :

— Cela ne saurait tarder, maître. Je m'étonne cependant que votre cliente y tienne à ce point.

L'avocat lâche :

— Mme Constantino est toujours si amoureuse de cet homme que tout peut arriver ce jour-là, même ses aveux. Voilà pourquoi j'insiste, au nom de ma cliente, pour que vous y procédiez rapidement.

— Rapidement… La justice avance à son rythme, maître, je ne vous l'apprends pas.

— Je le sais… Mais nous sommes dans de bonnes dispositions, vous devriez en profiter.

Rignault et Castaneda se régalent des lettres qu'elle adresse quasi quotidiennement à Patrick. Celui-ci leur a fait savoir qu'ils peuvent les conserver et qu'il n'a nullement l'intention de répondre à celle qui a tué sa femme.

Toutes sont d'interminables déclarations d'amour et des appels à l'aide : « Je meurs en prison », « Sauve-moi », « Seul le souvenir de nos cœurs réunis m'aide à tenir dans ce cauchemar », « Dis-leur que je n'ai rien fait ». Elle supplie : « Viens me voir, je t'aime trop. Je suis si seule. » Elle rappelle sans cesse qu'ils sont « deux, inséparables ». Elle a cette formule : « Unis un jour, unis toujours. »

Le commandant ricane :

— Elle est enragée !

— Le pire, c'est qu'elle ne réalise pas ce qui l'attend. Cette femme est totalement inconsciente.

De la prison leur parviennent régulièrement des rapports de discipline qui font état de crises à répétition de Raphaëlle qui accuse les gardiennes de jeter ses lettres. En larmes, elle les supplie de laisser entrer l'homme qu'elle aime plus que tout, plus que sa propre vie.

Rignault demande une surveillance renforcée. Comme il l'explique au directeur :

— Cette détenue perd pied. C'est une déséquilibrée et elle serait capable de mettre fin à ses jours.

Il se retient d'ajouter : « rien que pour m'emmerder ».

En retour, le directeur l'informe qu'elle s'alimente peu, se laisse aller et tient des propos incohérents avec les gardiennes et les autres détenues.

C'est ce jour d'octobre qu'il décide la tenue de la seconde confrontation entre les deux anciens amants.

Il informe Castaneda :

— Constantino est à point ! Si elle ne craque pas, je me fais flic !

— C'est un boulot trop dur pour toi ! Et on ne veut pas de loser dans la police…, réplique le commandant.

67

Castaneda a beau lui répéter d'arrêter de se prendre la tête, ces mois d'instruction laissent le juge Rignault insatisfait.

Pourtant, il a tout ce qu'il faut contre Raphaëlle Constantino et il l'enverra aux assises.

Cette femme lui échappe, et pas seulement parce qu'elle se retranche dans le silence. Il ne parvient pas à la cerner ni à briser son armure où se mêlent insolence et pure naïveté. Une question le hante : qui est-elle vraiment ?

Certes, l'enquête menée par les équipes de Castaneda permet de mieux cerner la personnalité de Raphaëlle. Beaucoup de témoignages, jusqu'à ceux des anciennes camarades de lycée, ont conforté leur certitude : la jeune femme n'est pas l'oie blanche qu'elle prétend être. Certaines, les plus sévères, sont allées jusqu'à la décrire comme vicieuse, calculatrice. « Constantino a toujours bien caché son jeu », a déclaré Jeanne Charlan, qui fut pendant six mois sa colocataire. Si nécessaire, elle est d'accord pour témoigner aux assises contre cette menteuse, mythomane. « Je n'irai pas jusqu'à dire qu'elle était également nympho, mais j'ai le souvenir que les mecs ne lui faisaient pas peur… Ça défilait à l'appartement. »

Sur PV, elle explique qu'elles se sont séparées fâchées pour des questions d'argent.

> « Il n'y a que ça qui l'intéressait. C'était son principal sujet de conversation. Le fric, le fric, le fric. » (Extrait procès-verbal de Jeanne Charlan)

Pour Castaneda, le témoignage à charge de Jeanne Charlan éclaire parfaitement le mobile de l'assassinat :

— L'ambition, le fric et le besoin de changer de condition sociale sont les moteurs de sa vie. Elle a tué un peu par amour et beaucoup par appât du gain. N'oublie pas, Marco, que Maisonnave est le principal bénéficiaire de la fortune de son épouse en cas de décès. Constantino ne pouvait l'ignorer.

Les enquêteurs ont fouillé cette piste, confirmée par Aurélie Mai, une amie du couple Constantino :

> « Raphaëlle n'assumait pas. Elle avait honte de son mari, qu'elle trouvait trop lisse ; sans dimension. Elle s'est prise pour Madame Bovary, alors qu'elle n'était que Mme Constantino ! » (Extrait procès-verbal d'Aurélie Mai)

Quelques personnes, en dépit de l'image peu flatteuse de Raphaëlle relayée dans les journaux, sont pourtant venues dire qu'elles gardent un bon souvenir de Raphaëlle, celui d'une fille « honnête, courageuse et bien ». Ces témoignages ont été écartés sous prétexte que « ces gens-là se sont fait balader par une jeune femme calculatrice et retorse ».

Le juge laisse aux défenseurs de Raphaëlle le soin de les trouver et de les faire témoigner au procès, si bon leur semble.

Il y a surtout la déposition de Gauthier, le mari, qui attend avec impatience que le divorce soit prononcé pour « enfin tourner la page de quinze années de mensonges. J'ai honte de l'avouer, mais j'ai sans doute été fait cocu par cette salope plus souvent qu'à mon tour ». Gauthier a livré alors plusieurs noms de « types avec lesquels elle a couché. Beaucoup d'hommes mariés ! ».

Malheureusement pour le juge, aucun n'a voulu reconnaître de liaison avec Raphaëlle devant les enquêteurs.

Seul un ancien voisin a admis que, vu la façon dont elle lui tournait autour, il aurait pu facilement coucher avec elle. « Je ne voulais pas d'emmerdes, alors je n'ai pas prévenu Gauthier. » Il a plaisanté : « Avec le recul, ma femme a eu chaud ! »

En revanche, Patrick ne l'a jamais accablée. Il a continué à résumer leur relation à une simple affaire sexuelle entre « adultes consentants ».

Il raconte qu'il ne réalise pas. Certains jours, le geste dont on accuse Raphaëlle lui paraît inconcevable. Il relance la thèse de l'accident, du cambriolage.

— Un leurre, une mascarade. Je vous rappelle que nous avons relevé les empreintes de Mme Constantino dans le salon, tranche le juge.

Il précise, sûr de lui :

— Dans le dossier, tout prouve, monsieur Maisonnave, que votre femme a été assassinée.

Il ajoute :

— Tout prouve AUSSI que c'est Mme Constantino qui a commis ce crime. Ce n'est pas un accident. Ni même un meurtre, au sens juridique du terme.

Il explique à Patrick pourquoi elle est inculpée d'assassinat :

— Le geste de Raphaëlle était prémédité, et cela aggrave lourdement son cas.

Alors, Patrick dit qu'il se rend à l'évidence. C'est bien son ancienne maîtresse qui a tué Cécile.

Cet après-midi-là, le juge se demande si l'homme face à lui n'a pas été amoureux de la jeune femme, tombant dans son piège comme d'autres avant lui.

Ainsi, ce dragueur sûr de lui, ce flambeur qui a multiplié les adultères sans importance, ne peut admettre qu'il a succombé aux charmes nocifs d'une séductrice.

Le juge se prend à plaindre l'homme détruit qui lui fait face. Un homme qui, peut-être, ne se relèvera jamais de ce drame dont il se sent responsable.

Il partage l'avis de sa greffière quand elle affirme :

— Ce monsieur a été la victime d'une femme toxique.

68

— Je crois que Marianne n'est pas insensible au charme de ton play-boy des secrétaires…

— C'est ton client aussi, je te signale ! rectifie Castaneda, une lueur malicieuse dans les yeux.

Marianne est la greffière du juge. Elle a quarante-trois ans avec, comme dit Rignault, « de beaux restes ». Elle a quatre enfants. Paul, son mari, s'est tiré pour une nana de vingt-cinq berges quelques mois après la naissance du quatrième. Tout penaud, il est revenu huit mois plus tard, reconnaissant qu'il avait fait une grosse connerie. Elle l'a repris, mais depuis il le paie cher. Comme elle l'explique sans détour :

— J'ai épousé un con et maintenant je le traite comme un con !

Marianne est une grande gueule rancunière.

Dès la première audition, elle a pris Raphaëlle en grippe. Elle fait une fixation sur un point : comment a-t-elle pu abandonner ses gosses ?

Quand son juge lui demande son avis sur Raphaëlle, elle n'épargne pas cette voleuse de mari, cette aguicheuse et briseuse de famille. Elle a conscience que son avis compte pour son juge. Parfois, elle en abuse :

— Non seulement elle n'affiche aucun remords, mais en plus, elle vous nargue ouvertement avec son droit au silence. Cette femme est fourbe et dangereuse.

Elle ne croit pas à l'amour fou qu'elle proclame. Elle est convaincue et le dit tel quel à Rignault :

— Cet assassinat se résume à une histoire de cul et de fric.

Elle n'est pas mécontente de la voir dépérir d'audition en audition. Elle en plaisante :

— Je sais ce qu'il me reste à faire pour retrouver mon poids de jeune fille. Être inculpée par le juge Rignault.

Castaneda en a craché son café de rire.

En revanche, et elle s'en amuse avec son juge, elle a un petit faible pour Patrick. Elle qui n'a jamais pardonné l'infidélité de son mari excuse celle de « M. Maisonnave ».

Pour avoir été elle-même victime d'une croqueuse d'hommes, elle comprend qu'il ait cédé :

— Certaines femmes sont des serpents.

Elle le trouve touchant quand il parle de ses gosses. Elle partage sa douleur lorsqu'il évoque la perte de sa femme.

Quand Castaneda (celui-là aussi, elle l'aime bien. Il est tout petit, tout vilain, mais il la fait rire et c'est un flic hors pair) entre dans le bureau du juge sans prendre la peine de frapper ce jour-là, elle sait qu'elle doit les laisser seuls. Elle respecte ces moments d'intimité où ils ont besoin de discuter sans témoin, entre hommes. Elle travaille au palais depuis vingt-trois ans, et c'est si rare qu'un juge et un flic s'entendent aussi bien.

Avant de sortir, elle demande au juge si elle doit aller récupérer M. Maisonnave.

— On vient de me prévenir, il attend dans la salle des pas perdus.

— Il est déjà arrivé ? Je n'avais pas fait attention à l'heure. Proposez-lui un café, sourit son juge.

Elle sort, toute frétillante.

Une fois la porte refermée, les deux hommes évaluent la situation, à quelques minutes d'un face-à-face qu'ils espèrent crucial.

Il leur manque des aveux, même s'ils disposent déjà de tout ce qu'il faut pour envoyer Raphaëlle aux assises. Une série de preuves imparables : sa présence avérée sur les lieux, les taches de sang de Cécile sur sa veste, ses empreintes et son ADN relevés dans la maison.

— Rien qu'avec ça, elle va prendre vingt ans, se félicite Castaneda.

À cela s'ajoutent les menaces qu'elle a maintes fois réitérées, l'enquête de personnalité, sa haine de la femme de son amant et l'une des deux expertises psychiatriques qui la présente comme un être dominé par une haute idée d'elle-même, avec un ego surdimensionné et une volonté farouche de revanche sur la vie.

L'expert la décrit comme prête à tout pour arriver à son but. Il relève un manque d'empathie, ce qui, selon lui, explique qu'elle a aussi facilement abandonné ses enfants. L'expert emploie les mots « calculatrice » et « ambitieuse ». Il a aussi étudié un point qu'il estime central dans son comportement, celui d'avoir abandonné sa famille. Il parle d'altération des sentiments.

— Elle a basculé dans un état où seule comptait sa liaison avec Patrick Maisonnave, de façon obsessionnelle et exclusive. Cela explique en grande partie son passage à l'acte. Elle a perdu tout sens des réalités.

Les deux hommes disposent depuis peu du témoignage d'une voisine qui a d'abord parlé à un journaliste de *Sud-Ouest*. Elle affirme avoir vu une voiture rouge se garer dans leur rue tous feux éteints le soir du meurtre de sa « chère Cécile ». Cela l'a étonnée que personne n'en descende. Plus tard, elle a entendu une porte claquer doucement, « mais j'ai l'ouïe fine, malgré mon grand âge ! ».

Raphaëlle a une nouvelle fois opposé son droit au silence quand le juge a cité « ce témoignage que nous considérons comme capital ». Il s'est adressé à Durupt :

— À chaque fois qu'elle est face à une nouvelle preuve, votre cliente refuse d'y répondre. Ce refus s'apparente à un aveu, maître.

La voisine a indiqué qu'elle n'a vu personne quand elle a regardé par la fenêtre de sa chambre. Pour elle, c'est la preuve que l'assassin s'est caché pour entrer chez sa voisine.

L'avocat s'est moqué de la vieille dame :

— Elle a peut-être l'ouïe fine, mais il lui faudrait des lunettes !

Cela n'a pas été du goût du juge et de sa greffière.

— Si on va aux assises, je démonterai ce témoignage, a assuré l'avocat.

— La voiture de Mme Constantino est bien rouge, n'est-ce pas ?

— Vous ne vous êtes pas demandé si le journaliste ne lui avait pas forcé la main, puisque, je vous le rappelle, NOUS ne sommes pas sortis ce soir-là ?

— Il nous manque juste les aveux, la cerise sur le gâteau ! s'exclame Castaneda.

Ils passent le quart d'heure suivant à définir la meilleure façon de manœuvrer. Puis le juge fait venir Maisonnave et son conseil.

— Vous désirez un autre café ? demande Marianne, toute pimpante.

Elle annonce :

— Le fourgon de Constantino vient d'arriver, monsieur le juge.

Rignault prend la parole :

— Nous avons cinq minutes, messieurs.

69

Debout, Castaneda reste en retrait, laissant la parole à Rignault. Il observe Maisonnave de profil. Celui-ci a les traits tirés, les yeux rougis. D'évidence, il a toujours du mal, en dépit des mois écoulés, à surmonter la perte de sa femme.

Quand Rignault, par politesse, s'inquiète de savoir comment il va, Grenier répond à sa place :

— Je ne vous cache pas, et je parle sous son contrôle, que Patrick se relève difficilement de cette terrible épreuve. Sa femme lui manque et mon client mesure l'erreur fatale qu'il a commise. Il s'en veut beaucoup de ne pas avoir été clairvoyant. Mais Patrick est courageux et volontaire. Il reprend le dessus petit à petit. N'est-ce pas, mon cher Patrick ?

Oui, maître… Il le faut, pour mes gosses…

Dans son coin, Marianne dissimule son émotion derrière l'écran de son ordinateur.

L'avocat poursuit :

— Je voudrais vous féliciter, messieurs, au nom de mon client et de sa famille, pour votre travail remarquable.

— Oui, merci à vous, murmure Patrick.

— En préambule, reprend le juge, je dirai qu'il est important que cette confrontation avec Mme Constantino ne se termine pas comme la précédente, dans un grand n'importe quoi. Nous ignorons dans quel état d'esprit va se présenter Raphaëlle Constantino. Il faut que vous sachiez, poursuit-il en s'adressant à Patrick, que votre ex-maîtresse supporte très mal sa situation.

— C'est-à-dire, monsieur le juge ?

— On pourrait résumer cela à une dépression. Elle dépérit, s'alimente peu. Elle se montre agressive et traverse des périodes de totale léthargie.

— Elle est surtout folle, intervient méchamment l'avocat.

— Sachez que Mme Constantino se réfugie derrière son droit au silence. C'est la stratégie qu'elle a choisie pour éviter les questions embarrassantes. Nous pouvons craindre qu'elle n'utilise le même subterfuge pour échapper aux questions gênantes.

— Malheureusement, c'est ainsi depuis le début de l'instruction, souffle l'avocat.

— Aussi, reprend Rignault, nous devons faire en sorte de ne pas lui donner l'occasion de prendre la main. Et c'est là, monsieur Maisonnave, que je compte sur vous. Comme vous le savez en tant que partie civile, nous disposons de preuves indiscutables contre elle. Je ne devrais pas vous le dire, mais, pour moi, elle est coupable.

— Totalement d'accord ! intervient Grenier.

— Bref, avant de refermer ce dossier et de demander un renvoi devant les assises, il serait important que nous obtenions des aveux. C'est le but de cette confrontation. Voilà pourquoi nous avons besoin de vous.

Patrick acquiesce tandis que le juge expose sa stratégie. Dans un premier temps, il devra montrer à quel point il est accablé, chercher à comprendre ce qui s'est passé en interrogeant Raphaëlle avec gentillesse. Le juge ajoute :

— Et même avec affection, si vous le pouvez, bien sûr.

— Vous m'en demandez trop, monsieur le juge, tremble Patrick. J'en suis incapable. Elle a détruit ma famille. Aujourd'hui, je déteste cette femme…

— Je comprends… Mais votre collaboration est capitale, monsieur Maisonnave. Nous avons lu les lettres qu'elle vous adresse. Elle a toujours confiance en vous. Nous devons l'encourager à parler. Elle vous a piégé, à votre tour de la piéger !

— J'ignore si je serai à la hauteur…

— N'hésitez pas à lui dire que vous endossez votre part de responsabilité, insiste Rignault. En ne l'attaquant pas de front, nous la déstabiliserons par petites touches. Alors, je suis certain qu'elle avouera la vérité.

— Ça, c'est la méthode douce, intervient Castaneda.

— Parce qu'il y a aussi la méthode dure ? s'exclame Patrick, l'air désorienté.

— Ce sera notre dernière chance, monsieur Maisonnave. Et cette fois encore, je compte sur vous…

Le juge explique qu'il attaquera bille en tête.

— Puis, Patrick, vous changerez de registre. Vous l'accuserez d'avoir tué la femme que vous aimiez. Si vous en avez la force, accablez-la. Haïssez-la… Maudissez-la.

— Je le ferai, monsieur le juge. Vous pouvez compter sur moi.

Pour la première fois depuis son arrivée, Patrick paraît déterminé.

— Parfait, sourit le juge.

Grenier tapote le dos de son client et croit bon d'ajouter :

— Je ne serai pas loin, Patrick. Courage !

Le juge n'a jamais dit à Patrick ou à son conseil que c'est Raphaëlle qui a réclamé cette confrontation. « Il ne serait pas venu », pense-t-il.

Marianne, la greffière, revient avec un plateau :

— Du café pour tout le monde ?

70

Ce matin, Djamila a aidé Raphaëlle à se préparer. Elle l'a sentie tendue et l'a rassurée.

Elle a aussi voulu qu'elle soit belle, rayonnante, pour ce jour si important pour sa codétenue. Elle s'est désolée :

— Tu n'as plus que la peau sur les os.

Elle a ajouté :

— Aujourd'hui, tu vas retrouver l'homme de ta vie. Tu dois être à la hauteur de l'événement !

Raphaëlle s'est laissé faire. Elle lui a lavé les cheveux, l'a maquillée sans ostentation, a sorti un pantalon noir et une chemise blanche dont au dernier moment elle a dégrafé les deux boutons du haut.

— Fais-le baver, ton amoureux !

— Pour baver, il va baver, crois-moi, a souri Raphaëlle.

— J'aimerais assister à ça…

— Il ne m'aime plus.

— Mais si, a tenté de la rassurer sa codétenue. Il est comme toi, il est perdu.

— Non, je n'existe pas pour lui. Je le sais maintenant.

Quand elle est partie, alors qu'elle l'embrassait et lui souhaitait bonne chance avec ce « connard de première » de juge, Djamila l'a trouvée volontaire, comme si elle était impatiente de les affronter.

— Il te tarde de le voir ? lui a-t-elle demandé.

— Qui ?

— Ben, ton Patrick !

— Ah, oui. J'ai hâte, tu ne peux pas imaginer à quel point !

Djamila est convaincue que sans sa prévention de tous les instants, Raphaëlle aurait sombré.

Les semaines passant, elle a vu Raphaëlle perdre de sa superbe. Elle n'avait que Patrick en tête. La jeune femme maigrissait, sortait rarement en promenade, restait habillée en jogging, critiquait son avocat, la prison, le juge, les flics… Tout.

Elle se plaignait de ne plus avoir de contacts avec l'homme de sa vie. Pourquoi ne répondait-il pas à ses lettres ? Elle accusait la terre entière de lui interdire de la voir.

Cependant, à la suite d'un appel de Rignault, le directeur a convoqué Djamila pour lui demander d'être attentive avec sa codétenue :

— Je veux que vous m'informiez du moindre incident. Si ça se passe bien, j'interviendrai en votre faveur.

L'urgentiste Laura Pelletier lui a rendu visite tous les samedis, même durant les mois d'été. Impuissante, elle aussi l'a vue se laisser aller, s'enfoncer. Elle s'est inquiétée pour sa santé chancelante. Elle l'a dopée à coups de vitamines. Elle a alerté la direction de la prison, elle a écrit au procureur de la République pour réclamer une attention particulière, puis une hospitalisation.

Elle a fini par menacer d'alerter la presse. Là encore sans résultat, comme si le sort de sa protégée n'intéressait personne.

— Je l'aide et je ne peux pas l'abandonner, dit Laura à ses amis qui s'étonnent de son attachement pour cette femme accusée de meurtre.

Ils se moquent :

— Fais gaffe, tu vas te retrouver le crâne défoncé au pied de l'escalier.

D'abord, elle en a plaisanté :

— Aucun risque, j'habite au rez-de-chaussée !

Maintenant, c'est plus fort qu'elle, elle s'énerve et tente de s'expliquer :

— Elle n'est pas folle ! Je l'aide de mon mieux, car je crois, je suis sûre, qu'elle n'y est pour rien. On l'accuse à tort.

Elle voit bien que ses amis pensent que son engagement auprès de Raphaëlle la mène au chaos.

— Ne te laisse pas entraîner dans son malheur. Tu vas te perdre, lui a conseillé son ex-mari.

Elle préfère désormais ne plus parler à personne de Raphaëlle.

Au fil de leurs rendez-vous du samedi, elle a fini par détester ce type, ce Patrick. Un fumier qui s'en est tiré et « la laisse crever en taule ».

Apprêtée au mieux, belle, souriante, Raphaëlle s'est laissé conduire à travers la prison.

La gardienne qui la précédait a remarqué, avec une pointe de perfidie :

— Dis donc, Constantino, qu'est-ce qui t'arrive ? T'es maquillée comme un camion volé ! Tu as un rendez-vous galant ? N'oublie pas que tu dors ici ce soir !

Raphaëlle n'a pas relevé.

71

— Dépêchons-nous !

Maître Durupt oblige Raphaëlle et son escorte à presser le pas dans les couloirs encombrés du palais. Ils ont été repérés par un homme qui les prend en photo avec son portable. Un autre l'a aussitôt imité.

L'avocat demande aux policiers qui les accompagnent d'intervenir.

— Nous sommes en retard, le juge nous attend, répond celui qui semble être le chef.

Il ne fait qu'obéir aux ordres de Castaneda. Le commandant leur a demandé d'emprunter les couloirs et non la souricière pour rejoindre le bureau du juge.

Il ignore qu'il en faut bien plus, ce matin, pour déstabiliser Raphaëlle. Elle repère Laura, perdue dans la foule. Elle lui avait promis qu'elle serait là, pas loin. Elles échangent un signe discret de la main.

La porte du bureau de Rignault est entrouverte. Depuis le banc assez éloigné qu'on leur a désigné pour patienter, Raphaëlle entend les bribes d'une conversation sans comprendre ce qui se dit. Elle reconnaît la voix de Patrick. Elle ferme les yeux, donnant l'impression de chercher à s'imprégner du timbre grave et velouté de son amant. Son avocat voit son émotion et lui prend la main.

— Courage, Raphaëlle. Ce sera bientôt à nous. Ce sera une épreuve, mais vous la surmonterez !

Silencieux, ils écoutent pour tenter de saisir ce qui se dit. C'est trop confus, mais ils perçoivent une connivence détestable, même un petit rire. Alors qu'on les fait attendre depuis une bonne dizaine de minutes, l'avocat tonne :

— C'est insupportable !

Durupt se lève et ferme la porte. Il sait que le juge n'appréciera pas, mais il faut savoir se faire respecter, surtout quand on a conscience que le dossier de sa cliente est lourd et sa défense fragile. L'attente dure encore quelques minutes. Durupt se dit que le juge leur fait payer son coup de nerfs.

L'avocat profite de ces instants en suspens pour rappeler une ultime fois à Raphaëlle de ne pas se laisser impressionner, ni par ce juge, ni surtout par la présence de Patrick Maisonnave. Puis, d'une voix douce, il demande :

— Vous avez voulu cette confrontation, Raphaëlle, et je ne sais toujours pas pourquoi. Vous ne voulez pas me dire ce que vous comptez raconter au juge ?

— La vérité, maître. Seulement la vérité.

Il répond d'un ton las :

— Espérons qu'il vous entendra…

— Il m'entendra, maître.

Il s'inquiète :

— Soyez courageuse, alors. Parce que le juge ne va rien vous épargner…

— Ne vous en faites pas pour moi, maître. Je n'ai pas l'intention de lui faire ce plaisir. Je ne vais pas craquer.

Il sourit :

— Je vous sens combative et c'est très bien.

Ce n'est pas facile de défendre une femme accablée de preuves à charge et qui se prétend innocente. Pourtant, au fil des semaines, il s'est habitué à la personnalité complexe de Raphaëlle. À ce qu'il appelle « ses coups de folie ». Bien sûr, elle est imprévisible, mystérieuse, mais il s'est attaché à cette femme qu'il trouve touchante.

Il ignore toujours si elle va faire des aveux aujourd'hui comme s'y attend le juge, ou si elle se contentera de clamer son amour à la face de son ancien amant.

Mais quoi qu'elle dise ce matin, il est certain qu'elle n'échappera pas à un procès.

Il a l'intention d'y détruire Maisonnave. Il a déjà sa tirade en tête. Il le traitera de lâche, de « pauvre type qui a abusé d'une femme trop crédule. Une femme tellement amoureuse qu'elle est allée jusqu'à commettre l'impensable ». Il dira qu'il est aussi responsable qu'elle.

Il fera apparaître Raphaëlle comme une victime, une femme plus à plaindre qu'à blâmer, et il plaidera pour sa cliente la bienveillance du tribunal. Il espère ainsi obtenir une peine d'une douzaine ou d'une quinzaine d'années, loin de la perpétuité que réclamera sans doute l'avocat général.

Il lui tarde d'être aux assises. Voilà pourquoi, à ses yeux, la confrontation de ce matin est précieuse mais pas déterminante. Une simple péripétie dans un dossier exaltant.

Ils restent silencieux. Elle regarde fixement les taches sur le mur vert face à elle et se met à les compter. Dix-huit.

Lui consulte un dossier extirpé de son cartable pour se donner une contenance tant ce silence lui est soudain pesant.

La porte s'entrouvre enfin et le commandant Castaneda passe devant eux sans un regard. Puis le visage rond de la greffière apparaît. Elle les dévisage et annonce que le juge les attend.

Raphaëlle se lève dans une précipitation qui surprend son avocat.

Tandis qu'il range ses affaires, il remarque le regard de mépris que pose la greffière sur sa cliente quand elle s'écarte pour la laisser passer.

72

Raphaëlle pose ses yeux sur la nuque de Patrick. Les cheveux sont courts, parfaitement coupés. Il ne s'est pas retourné quand elle est entrée.

Son ancien amant ne lui offre que son dos. Elle reconnaît la veste de toile qu'il portait lors de la dernière rencontre. Elle cherche ses mains posées sur ses genoux. Ses mains aux doigts si fins. Elle devine une alliance à son index. Il ne la mettait pas avant.

— Merci d'être là, madame Constantino, dit le juge d'un ton qui se veut amical.

Il désigne une chaise libre devant lui.

Raphaëlle la néglige, traverse la pièce et s'assoit d'autorité complètement à gauche, pour être face à Patrick. Elle semble déterminée. Rignault se demande ce qu'elle prépare. Une nouvelle crise ? Va-t-elle enfin parler ?

Le silence général est seulement troublé par le « bonjour, cher confrère » murmuré à voix basse par Grenier.

— Bonjour ! répond Durupt qui, toujours debout, salue le juge d'une vigoureuse poignée de main.

Il tire une chaise pour s'installer à côté de Raphaëlle. Coincé contre le mur, il n'est pas à son aise.

— Faites-moi un peu de place, lui demande-t-il.

Raphaëlle s'exécute sans quitter Patrick des yeux. Celui-ci relève enfin la tête, esquisse un léger sourire et dit :

— Bonjour, Raphaëlle.

Elle répond, un brin désinvolte :

— Bonjour, mon amour, puis elle enchaîne : comment vas-tu ? Tu t'en sors avec tous ces malheurs ?

— Oui, ça va. Je tiens… Il le faut bien.

Quand elle lui reproche de n'avoir pas répondu à ses lettres, il se défend maladroitement :

— Je n'en ai reçu aucune…

Elle insiste :

— Tu habites toujours à la même adresse ?

Le juge fait un signe d'agacement de la main pour signifier que ce dialogue n'a pas lieu d'être. « Ne t'énerve pas », se dit-il, et il annonce d'une voix monotone :

— Madame la greffière, je vous prie de noter : nous sommes réunis ce jour (il consulte sa montre) à 10 h 32 dans le cadre de l'instruction de l'assassinat avec préméditation de Mme Cécile Maisonnave, née de Saint-Seurin, commis le vingt-deux mai de l'année en cours. Comparaît devant nous Raphaëlle Constantino, née Benedetti, inculpée, incarcérée au centre de détention de Gradignan. Elle est accompagnée de maître Durupt. Devant nous également Patrick Maisonnave, époux de la défunte, et maître Grenier, bâtonnier du barreau de Bordeaux. Je précise que M. Maisonnave s'est porté partie civile dans l'affaire en question.

Il s'interrompt, balaie la pièce des yeux et conclut, tout content de lui :

— Je n'ai oublié personne ?

Son trait d'humour fait sourire Grenier, les trois autres restent de marbre. D'expérience, l'avocat de Patrick sait qu'il faut toujours montrer qu'on apprécie les bons mots d'un juge.

Celui-ci poursuit d'une voix posée :

— Nous sommes ici pour évoquer les relations adultérines entre Raphaëlle Constantino et Patrick Maisonnave, amants au moment des faits. Ce que l'un et l'autre nous direz sera très éclairant pour la conduite de mon instruction et nous permettra de comprendre au mieux ce qui a pu se passer et qui, selon nous, aurait poussé Mme Constantino à commettre ce crime.

Raphaëlle lève les yeux au ciel. Jusque-là, droite sur sa chaise, elle n'a pas quitté Patrick du regard. Lui, en revanche, la fuit. Quand, par mégarde, il relève la tête dans sa direction, il s'en échappe aussitôt et fixe le juge.

Rignault s'est promis de mener la confrontation avec douceur, mais le comportement de la jeune femme l'agace déjà. Alors il lâche d'un ton sans appel :

— Madame, je vous demande de me regarder quand je parle.

— Pourquoi, monsieur le juge ? Je n'ai pas le droit de contempler l'homme que j'aime ?

— Parce que c'est moi qui dirige les débats, et qu'en conséquence, c'est moi que vous devez regarder.

Il s'adresse à la greffière :

— Hors PV, Marianne.

Il reprend :

— En introduction à cette confrontation acceptée par les personnes présentes, je voudrais, madame, que vous rappeliez dans quelles circonstances vous avez rencontré celui qui allait devenir votre amant. Je vous demande cela dans un souci de bonne compréhension.

L'avocat de Raphaëlle intervient aussitôt :

— Est-ce bien utile, monsieur le juge, de revenir sur les prémices de leur relation, puisque ces faits ont déjà été consignés par procès-verbal ? Ne devrions-nous pas plutôt entendre Mme Raphaëlle Constantino qui a accepté de s'exprimer à l'occasion de cette rencontre avec Patrick Maisonnave ? Je crains que nous ne perdions notre temps en évoquant des détails déjà connus. Ne serait-il pas plus indiqué que nous écoutions ce qu'elle a à nous dire ?

Rignault répond sèchement :

— J'ignorais, maître, que vous dirigiez cette instruction. Si c'est le cas, je suis tout prêt à vous laisser mon siège. Mais croyez-moi, il n'est pas aussi confortable que vous semblez le penser.

— C'est juste que…

— C'est juste que rien du tout, maître. Ici, c'est moi et rien que moi qui donne le tempo.

Le juge plastronne, regarde Grenier qui se régale sous cape. Puis il se tourne à nouveau vers sa greffière :

— Tout cela hors PV, bien sûr.

— J'avais compris, monsieur le juge, sourit-elle, pas mécontente de la petite leçon que son patron vient d'administrer à l'avocat de cette garce.

« Il est aussi imbuvable que sa cliente. Ces deux-là font une sacrée paire ! » pense-t-elle.

— Reprenons… Dans un premier temps, madame, afin de conceptualiser votre relation, dites-nous précisément à quelle occasion vous vous êtes rencontrés. Et vous, monsieur Maisonnave, vous nous direz ensuite comment vous avez vécu ce moment précis. Le but de cette confrontation est de comparer vos points de vue. Cela vous convient, comme manière de procéder ?

Les avocats approuvent d'un signe de tête. Patrick prononce d'une voix morne :

— Oui, monsieur le juge.

Dans le même élan, tous se tournent vers Raphaëlle.

La jeune femme les regarde un à un, finit par Patrick et dit doucement :

— Non.

— Quoi, non ? s'énerve le juge.

— Non, cela ne me convient pas.

— Et on peut savoir pourquoi, madame ?

— Parce que je ne suis pas là pour ça.

Durupt tente d'intervenir :

— Que se passe-t-il, Raphaëlle ? Monsieur le juge, accordez-moi quelques instants en privé avec ma cliente.

— Il n'en est pas question, maître. Nous avons assez perdu de temps comme ça.

Raphaëlle quitte le regard du juge pour planter ses yeux sur le visage impassible de Patrick :

— Je suis là pour affirmer devant cet homme que Patrick Maisonnave a tué sa femme. Je l'accuse formellement de ce meurtre et je dispose de tous les éléments qui le prouvent.

Elle se tait, parcourt l'assistance des yeux et dit :

— J'étais présente.

73

— Quoi ? laisse échapper Marianne à haute voix.

La greffière n'a pu retenir ce « quoi ? » dans lequel flotte un mélange de surprise et de reproche. « Comment cette femme, que tout accuse, peut-elle invoquer une défense aussi minable ? »

Tous, à l'exception de Raphaëlle, la dévisagent. Marianne baisse la tête et s'excuse.

Imperturbable, Raphaëlle répète :

— Je dispose de toutes les preuves. J'étais présente, monsieur le juge.

Alors, d'un coup, une tempête dévaste le bureau du juge Rignault.

Dans le tumulte, Grenier se lève, pointe la jeune femme du doigt. Il tonne :

— Qu'est-ce qui vous prend, madame Constantino ? À l'assassinat, vous ajoutez la calomnie. C'est honteux !

Durupt s'étonne :

— Raphaëlle, vous êtes sûre de vos accusations ? Pourquoi ne m'en avez-vous pas parlé ?

Grenier prend le juge à témoin :

— Vous avez raison, elle est folle.

Il s'adresse de nouveau à Raphaëlle :

— Ne persistez pas sur ce terrain-là, sinon vous en répondrez devant un tribunal !

Sur sa chaise, Patrick se prend la tête dans les mains. Il semble abasourdi. Marianne pense qu'il pleure. Il murmure, mais tous l'entendent :

— C'est faux… Jamais je n'aurais fait de mal à Cécile.

Soudain il se dresse à son tour, interpelle Raphaëlle :

— Pourquoi tu veux me salir, Raphaëlle ?

— Je dis la vérité, mon amour, proclame Raphaëlle, indifférente à son avocat qui la presse de garder le silence. Tu sais que j'étais là.

Patrick éructe :

— Je ne suis pas ton amour. Je te hais, espèce de tarée !

— Non, Patrick, je sais que tu m'aimes. Tu as fait cela pour nous deux… Et par amour pour moi.

— Je vais te massacrer comme tu as massacré ma femme !

— Calmez-vous, Patrick, intervient Grenier qui le retient à grand-peine. Laissez-la s'enfoncer. Elle est perdue et invente n'importe quoi. Votre défense est pitoyable, madame Constantino !

Puis il s'adresse à Rignault :

— Monsieur le juge, mettez fin à ce cirque lamentable. Cette mascarade est indigne !

— Je n'ai pas tué Cécile Maisonnave, mais j'étais là, répète Raphaëlle sans rien perdre de son assurance.

Jusqu'à présent, Marc Rignault a laissé faire, le temps de juger de la réaction de chacun. Maintenant, non pas parce que Grenier le lui a demandé mais parce qu'il estime qu'il est temps, il frappe du poing sur la table :

— Tout le monde se calme ! Quant à vous, madame, je ne veux plus vous entendre.

Raphaëlle le défie :

— Parce que je dis la vérité ?

— Non, tu mens, se désole Patrick.

— C'est ce que nous verrons, monsieur Maisonnave, proclame Durupt qui, un temps dépassé, reprend le dessus.

Ce qui se passe n'est pas pour lui déplaire.

Derrière son écran, Marianne ne trouve pas de mots assez violents pour qualifier la jeune femme. Elle n'en a qu'un en tête : « saleté ».

74

— Putain, cette gonzesse n'a pas fini de me surprendre, commente Castaneda qui a accouru dans le bureau du juge.

Il ajoute, presque hilare :

— Tu n'es pas dans la merde, monsieur le juge !

— Toi aussi, je te signale. Il va falloir faire chauffer les heures supplémentaires ! Y a du taf…

— À ton service… Bon, allez, raconte maintenant.

Le juge évoque d'abord la tempête qui s'est abattue dans son bureau.

— C'était la folie ! Quel bordel ! Au final, ça a duré à peine plus d'une minute avant que je calme tout ce beau monde, mais je t'avoue que je me suis régalé à les voir s'engueuler et monter dans les tours.

— Quand je pense que j'ai raté ça…

— C'est sûr que le spectacle valait le coup. Faut être juge, André, pas flic… Tu passes toujours à côté du meilleur !

— Bon, tu racontes ou je me casse !

— Tu es impatient !

Rignault, après les avoir obligés à reprendre leur place, a demandé à Raphaëlle si elle maintenait ses propos.

— Madame, vos accusations ne resteront pas sans conséquence si vous mentez. Vous en avez conscience, j'espère.

— Oui… Malheureusement.

— Malheureusement ?

— J'aurais préféré que les choses se passent autrement.

Le juge s'est adressé à Patrick et à son avocat :

— Il va falloir nous laisser, messieurs.

Grenier s'est élevé contre cette décision :

— Nous préférerions rester, monsieur le juge. Nous sommes vraiment curieux de connaître les âneries que Mme Constantino a inventées et, ainsi, pouvoir les balayer dans la seconde. Ses accusations sont insensées, j'espère que vous en avez conscience !

— Maître, dans un premier temps et dans le calme de ce bureau, j'ai besoin de m'entretenir avec Mme Constantino. Je n'oublie pas que vous êtes partie civile dans cette affaire, et je m'engage à ce que vous ayez accès à l'intégralité de son audition.

— J'espère bien ! Avant que nous partions, soyez convaincu, monsieur le juge, que nous sommes totalement sereins. Ce n'est pas à vous que je vais l'apprendre : la vérité triomphe toujours du mensonge !

Marianne a dû se lever pour fermer la porte derrière eux.

Le juge a attendu que sa greffière ait regagné sa place avant de demander :

— Madame Constantino, vous vous rendez compte de la gravité de vos accusations ?

— Je ne sais pas si elles sont graves, mais oui, je m'en rends compte.

— Monsieur le juge, puis-je m'isoler quelques minutes avec ma cliente ?

— Non, maître.

— Non ? Mais je dois m'informer des intentions de Mme Constantino. Tout cela est nouveau pour moi.

— Non.

Puis Rignault s'est adressé à Raphaëlle :

— Je vous écoute, madame. J'espère que vous ne m'opposerez plus votre droit au silence. Ce serait dommage !

75

La suite est consignée sur le procès-verbal, à la cote 234 :

« [...] L'idée de se débarrasser de Cécile Maisonnave a pris forme petit à petit. Mais j'affirme qu'elle est venue de Patrick Maisonnave. Il en a parlé le premier. Je me souviens parfaitement de ce qu'il m'a dit, plusieurs mois avant de la tuer : “Ce serait tellement formidable qu'elle disparaisse. Elle ne serait plus un obstacle à notre amour.” Il évoquait régulièrement le sujet, si bien que la disparition de sa femme a fini par s'imposer comme une évidence, comme la seule solution possible au malheur que nous faisait subir cette sorcière. Je dis “sorcière” car c'est ainsi que nous surnommions Cécile Maisonnave. [...]

Vous ne la connaissiez pas, monsieur le juge, mais cette femme était un monstre qui martyrisait ce malheureux Patrick. Il a tant souffert à cause d'elle. Elle était méchante et dangereuse. [...] Elle lui faisait vivre un enfer et jamais elle n'aurait accepté que Patrick la quitte. [...] Je me souviens parfaitement du soir où nous avons décidé de la date de sa mort. Il fallait que cela passe pour un accident. C'est Patrick qui a eu l'idée d'une chute mortelle dans l'escalier, d'autant que sa femme, “l'autre”, ou “le monstre”, comme nous l'appelions également, prenait des somnifères pour dormir. Pour lui, ce serait un jeu d'enfant, car elle était quasi comateuse à cause des médicaments. Quelques jours plus tard, il m'a dit qu'il avait peaufiné le plan. Il avait l'intention de faire croire à une tentative de cambriolage. Les policiers penseraient qu'attirée par le bruit, sa femme avait perdu l'équilibre. Je dois préciser qu'il était très fier de son plan. Il disait qu'il passerait comme une lettre à la poste. [...] Je reconnais que j'ai fini par adhérer à son funeste projet. Car, comme il disait, et j'étais d'accord, notre relation ne pouvait pas durer ainsi, nous nous aimions trop pour continuer à nous cacher. [...]

Cependant, dans le cas où les policiers auraient eu un doute sur la réalité d'une chute accidentelle, Patrick avait conscience qu'il serait le premier soupçonné et que notre liaison serait mise au jour par les enquêteurs en dépit des précautions que nous prenions pour la cacher. Il devait donc avoir un alibi incontestable. La soirée des anciens de son école lui a paru la date idéale. Il connaissait les lieux, savait qu'il pouvait s'absenter sans qu'on le remarque. Il m'a dit que pendant ces soirées tout le monde boit, danse, et qu'ils seraient trop nombreux pour qu'on repère son absence. Il a même fait en sorte que sa voiture soit immobilisée par d'autres véhicules. Nous avons convenu que je viendrais le récupérer à 22 heures et que je le ramènerais ensuite. Il a estimé à vingt-cinq minutes la durée maximale de son absence à la fête. Il m'a assurée que mon rôle se limiterait à venir le chercher et qu'il se chargerait du reste. [...]

À sa demande, afin de me familiariser avec les petites rues dont aucune ne dispose de caméra de surveillance, j'ai effectué le trajet à plusieurs reprises. Mon record, dont j'étais très fière, était de six minutes et quatre secondes, mais ce soir-là j'étais tellement stressée que j'ai perdu une minute trente, et au retour c'est lui qui a conduit. [...] L'objectif de vingt-deux minutes était réaliste. Voilà comment il a compté : une minute pour quitter et regagner la soirée, douze minutes trente pour le trajet, neuf minutes dans la maison. Dans les faits, cela ne lui a pris que cinq minutes. [...]

À de nombreuses reprises, aussi bien lui que moi (je dirais surtout moi), nous avons hésité à mener ce projet au bout. J'avais tellement peur, mais il suffisait que Patrick évoque les misères que lui faisait subir Cécile, la vie que nous aurions sans elle pour que nous ne renoncions pas. [...]

Je l'ai donc récupéré à 22 heures ce soir-là. [...] Je me suis garée, comme nous l'avions répété, derrière une haie de thuyas, à trois maisons de la sienne (je vous indiquerai précisément où, si vous le désirez). Effectivement, la vieille dame a dû voir ma voiture rouge ainsi qu'elle l'a déclaré. [...] Je vous jure que je ne suis pas entrée dans la maison. Je n'explique la découverte de mes empreintes que par ma venue quatre jours plus tôt chez Patrick, comme je l'ai relaté. J'attendais qu'il revienne quand, soudain, j'ai été effrayée par ce que nous étions en train de faire. Je l'ai appelé pour qu'il renonce, mais il n'a pas répondu. Voilà pourquoi mon téléphone a borné à cette heure-là et à cet endroit-là. [...] »

Le juge croit alors la coincer :

— Il y a un point que je ne comprends pas ; car, lors d'une précédente audition, vous avez affirmé que vous aviez perdu votre portable. Vous ne pouviez pas téléphoner !

Raphaëlle ne s'est pas démontée :

— Je ne pouvais pas dire que j'avais appelé Patrick, monsieur le juge. J'ai menti par amour. Pour le sauver, lui. Moi, cela n'avait plus grande importance. Il n'y avait que Patrick qui comptait.

— Si je suis votre raisonnement, madame Constantino, c'est aussi par amour que vous l'avez accompagné pour qu'il assassine sa femme. Et soudain, comme par miracle, vous l'appelez pour qu'il renonce.

— Oui, j'ai réalisé que nous faisions une énorme erreur.

— C'est le moins que l'on puisse dire.

— J'ai eu peur, monsieur le juge.

— Et pourquoi faudrait-il que je vous croie aujourd'hui ?

— Parce que c'est la vérité.

— Moi, je crois que vous vous vengez parce qu'il ne vous aime pas.

— Il n'est pas question de vengeance. J'en suis loin… J'ai juste le sentiment d'avoir été trahie depuis le début de notre histoire.

Maître Durupt intervient :

— Ma cliente, comme vous le constatez, monsieur le juge, est là pour dire toute la vérité sur cette soirée. Une soirée terrible, et j'ose le dire, autant pour Cécile Maisonnave que pour elle. Toutes deux sont les victimes de Patrick Maisonnave.

— Poursuivez, madame Constantino.

Derrière son écran, Marianne fulmine. Son juge ne va quand même pas se faire avoir par cette folle !

« Quand Patrick est revenu, il m'a prise dans ses bras, serrée très fort. Il n'a pas eu besoin de me dire quoi que ce soit pour que je comprenne ce qu'il avait fait. Je suis restée silencieuse et je n'ai pas osé lui demander si sa femme était morte. [...]

En revanche, il était mécontent de lui. “Je n’ai pas foutu assez de bordel dans la maison. Ce n’est pas sûr que les flics croient à un cambriolage.” Il a même hésité à y retourner. Heureusement qu’il a conduit, parce que j’en étais incapable tellement j’étais bouleversée. Nous n’avons pas échangé un seul mot pendant le trajet. J’étais partagée entre un immense bonheur, car il était tout à moi, et la peur, bien sûr, que ce crime soit découvert un jour. Je ressentais aussi une immense détresse. [...] Quand nous nous sommes séparés, nous nous sommes embrassés tendrement. Il m’a dit : “J’ai fait cela pour toi, ne l’oublie jamais.” J’aurais aimé qu’il dise pour nous. [...] Les jours qui ont suivi, mon amour pour lui n’a, je crois, jamais été aussi puissant. Je me disais qu’il avait assassiné sa femme pour moi, pour que nous vivions un jour ensemble. [...] »

Après une petite pause, hors procès-verbal, elle dit au juge :

— Vous ne pouvez pas me comprendre. On peut tuer par amour, vous savez… J’ai malheureusement cru que Patrick Maisonnave avait agi par amour pour moi.

Puis l’interrogatoire a repris. Le juge a beau essayer de la déstabiliser en lui démontrant que Patrick ne peut pas être l’assassin puisqu’il était à la fête des anciens, elle ne varie pas :

« Je maintiens que je suis allée le chercher, monsieur le juge. D’ailleurs le lundi, au bureau, il était content de lui car personne ne s’était aperçu de son absence pendant la fête. Je vous ai dit exactement comment les choses se sont déroulées. J’ai ma part de responsabilité dans cette histoire, je ne le nie pas. Cependant, il faut que vous compreniez que je n’étais plus moi-même à partir du jour où j'ai rencontré cet homme. Il m'aurait demandé de me jeter par la fenêtre par amour, je l'aurais fait. Monsieur le juge, j'ai abandonné mes fils pour lui. C'est Patrick qui me l'a demandé et je l'ai fait. Quelle maman est capable de ça ? C'est vous dire à quel point je l'aimais. [...] »

Alors, le juge lui demande pourquoi elle a tant attendu pour faire ces aveux. Sa réponse tombe, brutale :

« Tout le temps que j'ai été avec lui, je n'étais plus moi-même. Je ne vivais que pour lui, qu'à travers lui. Il m'en a fallu du temps avant de réaliser qu'il ne m'a, sans doute, jamais aimée. C'est lui l'assassin. Moi, je n'ai été qu'un vulgaire jouet dont il a profité. Ma stupidité me fait honte, monsieur le juge. Nous devons assumer cet acte monstrueux tous les deux. »

Avant de repartir vers la prison, tandis que le juge indique au policier qu'il est inutile de lui passer les menottes, Raphaëlle lance :

— Je regrette tellement. Malheureusement, il est impossible de réécrire l'histoire. Cécile Maisonnave ne méritait pas de mourir.

— Vous êtes donc affirmative : c'est Patrick Maisonnave qui a eu l'idée d'assassiner sa femme ?

— Oui... Et il m'a entraînée dans ce cauchemar.

— Notez, Marianne !

La greffière fusille Raphaëlle du regard et se retient de la traiter de « sale menteuse ».

Castaneda rend au juge le long PV qu'il vient de lire :

— Ça me fait chier de le dire, mais on ne peut pas négliger tout ça, commente-t-il.

— Sa version des faits est plausible…

— Plausible, mais pas très crédible, estime le commandant. Elle peut aussi avoir tout inventé.

— Ouais, mais n'empêche, il faut tout reprendre à zéro, André.

Castaneda soupire :

— Moi qui pensais en avoir fini avec cette histoire…

76

Raphaëlle ne change plus jamais de version.

À chacune de ses auditions, elle apporte des détails supplémentaires.

Elle se souvient de la façon dont Patrick était vêtu ce soir-là.

— C'est sur toutes les photos de la fête ! fait remarquer Grenier, toujours partie civile.

Elle a refait avec Castaneda l'itinéraire exact par lequel ils seraient passés.

— N'importe quoi, elle a pu faire le trajet des centaines de fois !

Elle évoque un homme qui promenait son chien et qui l'a obligée à se coucher sur le siège.

— On ne l'a pas retrouvé !

Elle décrit avec précision l'endroit où elle a récupéré Patrick, à proximité de la fête.

— Encore ses foutus repérages !

Maître Grenier affiche sa confiance :

— Tout est bidon, sa défense est non seulement pitoyable, mais indigne.

Il rappelle les conclusions de l'expertise psychiatrique.

À chaque interrogatoire, elle parle beaucoup de la pression psychologique à laquelle, prétend-elle, Patrick l'a soumise. Elle n'était plus elle-même et, selon elle, il en a profité pour l'entraîner dans cet assassinat, au point de lui en faire porter la seule responsabilité. Lors de ses interrogatoires, elle donne le sentiment de vouloir se libérer de celui qu'elle nomme désormais « son prédateur ».

— Du cinéma ! Il faut reconnaître qu'elle est championne en la matière, commente Grenier.

Durupt produit des témoignages favorables à Raphaëlle et à charge contre Patrick. C'est le portrait d'un homme bien plus calculateur qu'il n'y paraît que l'avocat dessine petit à petit.

— Vous salissez mon client, objecte Grenier. Patrick Maisonnave est un homme respectable et respecté.

Les enquêteurs, qui interrogent à nouveau la plupart des participants à la fête, ne réussissent pas à démonter l'alibi de Patrick. Le président de l'association des anciens est formel :

— Maisonnave ne nous a pas quittés de la soirée. Je l'aurais vu.

Grenier fait remarquer :

— Puisque Mme Constantino affirme qu'elle l'a appelé, le téléphone de Patrick aurait dû borner aux abords de la maison, alors qu'il a été repéré au restaurant. Donc, elle ment !

Durupt avance une explication qui convainc peu :

— Il l'a volontairement laissé là.

En revanche, quand il parle des lettres qu'elle a envoyées en détention à son amant, il fait mouche. Car elles sous-entendent clairement que sa cliente était présente. Il cite le premier courrier envoyé de prison et versé au dossier :

— Mme Constantino a écrit : « Je ne parlerai jamais. Ce qui est entre nous restera entre nous. »

Patrick tient bon. Il accuse son ancienne maîtresse de mentir :

— Cette folle que j'ai fait l'énorme erreur de baiser !

Il a des mots très violents à son encontre. Son alibi demeure convaincant.

Dans son coin, Marianne, la greffière, approuve. Ensuite, elle ne manque jamais de donner son sentiment à son juge.

Rignault hésite toujours. De plus en plus, même. Il a du mal à admettre les faits tels que Raphaëlle les raconte. Castaneda est encore plus sceptique que lui.

— Elle ne nous fait pas marcher, Marco, elle nous fait courir. Elle est vraiment forte.

Le juge s'apprête à clore l'instruction, balayant un à un les arguments de Raphaëlle. Elle a tenté d'entraîner son amant dans sa chute.

Elle a échoué et elle ira seule affronter le tribunal.

77

Pour la première fois depuis que Raphaëlle accuse Patrick, maître Durupt est pessimiste. Cette nouvelle convocation chez Rignault l'inquiète.

Dès qu'il pénètre dans le bureau du juge, Durupt remarque le regard que pose la greffière sur sa cliente. Sa mine satisfaite n'annonce rien de bon. Le ton du juge est sec, presque brutal, quand il les invite à s'asseoir. « Mauvais signe aussi », pense-t-il.

Sans perdre de temps, Rignault ouvre une chemise rouge. Il devine que c'est l'ordonnance qui va envoyer Raphaëlle aux assises.

À ses côtés, la jeune femme ne semble se douter de rien. Elle attend, confiante, les questions du juge. Durupt pose la main sur son bras. Raphaëlle s'étonne :

— Que se passe-t-il ?

— Il se passe, madame Constantino, qu'à ce stade de nos investigations, nous n'avons pas retenu votre version des faits et que nous vous considérons toujours comme l'unique auteur, ou autrice, comme on dit aujourd'hui, de l'assassinat de Cécile Maisonnave. Nous allons donc vous renvoyer devant les assises de la Gironde.

Le juge, l'avocat et la greffière guettent la réaction de la jeune femme. Va-t-elle hurler, s'effondrer ? Ils s'attendent à tout maintenant que les choses sont dites.

Mais non, Raphaëlle est très calme. Résolue, volontaire.

Elle annonce d'une voix ferme :

— Monsieur le juge, je suis désolée de vous contredire, mais je n'ai pas tué Mme Maisonnave. C'est son mari, Patrick, avec lequel j'ai eu une liaison adultérine pendant deux ans, qui a commis ce crime.

— Vous ne cessez de nous le répéter, madame. Malheureusement pour vous et votre défense, nos investigations ont démontré le contraire. Vous êtes la seule et unique mise en examen.

— Vos investigations, monsieur le juge, et je suis encore désolée de vous le dire, n'ont pas été bien menées. J'ai la preuve irréfutable de ce que j'avance.

— Il est bien temps de produire une preuve ! Vous n'abdiquez donc jamais ! ironise Rignault.

— Jamais !

— Qu'avez-vous à nous annoncer ? Je suis impatient !

— Ne souriez pas, monsieur le juge.

— Il faut avouer que tout cela devient comique... Allez, qu'on en finisse. J'ai d'autres dossiers qui m'attendent.

Dans son coin, Marianne, la greffière, se régale. « Qu'est-ce qu'elle ne va pas nous inventer ? »

Durupt, enfoncé dans son fauteuil, garde le silence.

78

— Monsieur le juge, commence Raphaëlle, puis-je vous conseiller de regarder les photos prises à l'occasion de la fête des anciens de Sup de Co à laquelle participait M. Maisonnave ?

Rignault en a plus qu'assez que Raphaëlle joue avec lui. Il répond sur un ton sans appel, histoire de la remettre à sa place :

— Ne nous prenez pas pour des amateurs, madame Constantino. Nous les avons toutes passées au crible. Elles ne démontrent rien, sauf que votre ancien amant est présent sur beaucoup d'entre elles, prises tout au long de la soirée.

— Si je puis me permettre, monsieur le juge, et avec tout le respect que je vous dois, vous les avez mal examinées.

Le juge s'agace :

— Arrêtons de tourner autour du pot. Que voulez-vous nous démontrer ?

Raphaëlle ne plaisante plus :

— Je vous demande de comparer les photos de groupe prises au début de la soirée et celles prises à la fin. Elles figurent sur le compte Facebook de François Vannier, le président de l'association.

Elle ordonne :

— Durupt, passez-moi votre ordinateur.

L'avocat s'exécute, tandis que Rignault tonne :

— J'espère que vous ne nous faites pas perdre notre temps !

Raphaëlle présente l'ordinateur au juge. Elle pointe son index sur Patrick, souriant au premier plan sur les deux photos de groupe :

— Patrick Maisonnave est ici, à 21 heures, et là, sur cette photo, vers minuit. Vous ne remarquez rien, monsieur le juge ?

Rignault s'applique :

— Non.

— Ses pieds !

— À quoi jouez-vous, madame Constantino ?

— Ses pieds, monsieur le juge !

— Bon Dieu…

— Oui, c'est bien cela. Il ne portait pas les mêmes chaussures au début et à la fin de la soirée. Sur les deux photos, ce sont des mocassins marron foncé, mais les seconds sont à pompons, pas les premiers. Patrick a dû en changer après avoir tué sa femme car il y avait des traces de sang dessus. Il me l'a dit quand il est monté dans la voiture.

— Vous le saviez depuis longtemps ?

— Depuis le début, monsieur le juge. Mais il faut bien garder des cartes dans son jeu !

79

Castaneda fulmine :

— Trahi par ses chaussures… J'ai toujours su qu'il fallait se méfier des mecs qui cirent leurs pompes ! Ce sont des pervers et des assassins en puissance.

Marc Rignault regarde les pieds du commandant :

— Toi, en revanche, tu es un mec au-dessus de tout soupçon !

Castaneda sera nommé commissaire trois mois plus tard.

— Votre époux est un flic exemplaire. Il a mené cette enquête de main de maître, dira son patron à sa femme, si fière de lui.

Dès le lendemain de la déposition de Raphaëlle, Castaneda a mené une perquisition au domicile de Maisonnave. Les mocassins, une paire de Weston à cinq cent quatre-vingts euros, ont été découverts, rangés dans l'armoire à chaussures parmi une trentaine de paires. Vu leur prix, Patrick a renoncé à les jeter. Il les a nettoyés et parfaitement cirés pour les rendre comme neufs. Mais les marques de sang n'ont pas échappé à la détection au luminol. L'ADN du sang imprégné dans le cuir est celui de sa femme.

Ses colères, autant que ses appels à son innocence, n'y ont rien fait : le trente octobre, la veille d'un week-end où il devait emmener ses trois enfants dans les Pyrénées, « loin de tout ce bordel », Patrick est inculpé d'assassinat avec préméditation et aussitôt incarcéré à Gradignan.

Durupt avertit sa cliente que le juge a tranché en les renvoyant tous les deux aux assises pour le même chef d'accusation : meurtre avec préméditation. L'avocat la rassure :

— Je vais faire requalifier votre accusation en complicité d'assassinat. C'est en tout cas ce que nous défendrons au tribunal. Après tout, vous n'êtes pas entrée dans la maison. C'est Maisonnave l'assassin, et vous apparaîtrez comme la victime de ce personnage malfaisant.

— C'est bien ce que je suis, maître, une victime, affirme Raphaëlle, stoïque. Le monstre, c'est lui. Pas sa femme. Il m'en a fallu du temps pour le comprendre.

— Vous ne l'aimez vraiment plus ?

Durupt n'oubliera jamais la réponse de la jeune femme :

— Non, je veux qu'il souffre.

— Il souffrira, je vous le promets, chère Raphaëlle.

Jean Durupt, avocat réputé, ignorera jusqu'au bout la vérité. Même devant la cour d'assises, il ne saura jamais que Raphaëlle a tout inventé.

80

La vérité, Raphaëlle ne la révélera qu'à Laura. Elle la doit à cette amie fidèle. La médecin urgentiste est effarée d'apprendre que celle qu'elle croyait innocente va être jugée pour assassinat. Elle mérite les explications de son amie.

Celles-ci ont lieu le samedi suivant et Laura en ressort rassurée et heureuse.

Pendant l'heure que dure la visite, Raphaëlle lui raconte tout, à voix basse. Elle s'excuse d'abord d'avoir feint pendant des semaines pour apparaître comme une femme follement amoureuse au point de dépérir.

— J'ai compris qu'il m'avait piégée le jour de notre première confrontation. Autant que ses mots, c'est le regard de victoire qu'il a posé sur moi qui m'a fait réaliser qu'il me manipulait depuis le début. Cela m'a sauté au visage, comme une évidence. Ce ne pouvait être que lui ou moi qui avait tué Cécile. Comme ce n'était pas moi, c'était lui. Et il m'accusait, tu te rends compte, il m'accusait ! Être le jouet du plan machiavélique d'un monstre auquel j'avais tout sacrifié est, crois-moi, la pire des choses à vivre. Je me suis sentie trahie, humiliée, salie.

Elle pleure. Laura la prend dans ses bras. Raphaëlle essuie ses yeux d'un revers de la main. À nouveau maîtresse de ses émotions, elle poursuit :

— Quand j'ai compris ce qu'il avait manigancé contre moi, c'est-à-dire me faire endosser un crime que je n'avais pas commis, j'aurais dû m'effondrer. Mais, par je ne sais quel miracle, j'ai décidé de me battre, de le vaincre sur son propre terrain, celui du mensonge et de la duperie.

« J'ai choisi une stratégie difficile, mais la seule possible. Les policiers et le juge, si bien manipulés par Patrick, étaient convaincus de ma culpabilité. Avec les éléments réunis par les flics contre moi, je n'avais aucune chance d'échapper à un procès et à une lourde peine. Il fallait que je l'entraîne dans ma chute en minimisant mon rôle. J'ai donc tout inventé. »

Elle raconte à son amie que Maisonnave et elle n'ont pas fomenté ensemble la mort de Cécile. Contrairement à ce qu'elle a affirmé, elle n'est pas allée chercher Patrick à la fête, ne l'a pas attendu dans la rue, ne l'a pas appelé au téléphone. Elle n'est pas sa complice.

Ce soir-là, Raphaëlle n'était pas présente devant le domicile de celle qu'elle n'appelle plus « la sorcière » ou « l'autre », mais « Cécile Maisonnave ».

Elle dit :

— Je n'ai jamais souhaité sa mort. Je voulais seulement qu'il la quitte.

Elle confie qu'elle a volontairement écrit des lettres ambiguës.

— Il fallait qu'ils croient que je l'aimais toujours, et en même temps, je distillais l'idée que je l'avais accompagné le soir où il a tué sa femme.

— Et cette histoire de chaussures ? C'est dingue ! Comment tu as fait ? Ça, tu n'as pas pu l'inventer.

— Maintenant, tu sais pourquoi je t'ai demandé de m'imprimer les photos de la fête des anciens de son école.

— Sur le moment, je n'ai pas compris, et j'ai perdu un temps à les trouver ! Finalement, elles étaient sur le Facebook de leur association à la noix… Je t'en ai apporté une bonne vingtaine, et en couleur !

— Vingt-huit exactement… J'ignore pourquoi, mais j'avais un pressentiment. Il fallait que je les voie. Crois-moi, ça m'a sauté aux yeux dès que je les ai examinées de près. Patrick est obsédé par ses chaussures et, va savoir pourquoi, c'est la première chose que j'ai regardée. Alors là, jackpot ! J'ai compris tout de suite que s'il avait changé de mocassins, c'est qu'il y avait un truc pas net.

— Là, franchement, tu m'épates…

— Après, avec le juge, j'y suis allée au bluff, et par bonheur, ça a marché. Patrick a bien changé de chaussures parce qu'elles étaient couvertes de sang.

Elle rit doucement :

— Sur ce coup, j'ai joué gros !

Laura demande, comme si elle n'y croyait toujours pas :

— Tu n'es donc pas la complice de ce sale type ?

— Non, jamais ! J'ai menti au juge en avouant ma complicité. Mais je n'avais pas d'autre choix. Maintenant, je n'ai plus qu'à espérer que le tribunal me croie quand j'expliquerai que je n'étais plus moi-même, quand je parlerai de l'emprise qu'il a exercée sur moi et à laquelle je n'ai pas su ni pu résister. Ça, ce n'est pas un mensonge, c'est la pure vérité.

— La victime d'un monstre…, murmure Laura.

Raphaëlle ajoute dans un demi-sourire :

— Le plus difficile a été de ne pas vous mettre dans la confidence, Djamila et toi.

Laura lui caresse le visage :

— Tu as été formidable.

— Comment ai-je pu être aussi naïve ?

— Tu l'aimais, Raphaëlle !

— À la folie…

Elles ne se le disent pas, mais, en cet instant, elles savent que tout va se jouer aux assises, dans un face-à-face avec son ancien amant où chacun défendra sa peau.

Épilogue

Raphaëlle se dépêche dans les couloirs de la prison. Les portes pour les visiteurs sont ouvertes depuis 8 heures. Elle est en retard, Laura doit être là. Elle a perdu du temps à se préparer et à effacer la fatigue de la nuit.

Raphaëlle n'a pas dormi.

Depuis des mois, elle n'a plus Djamila pour la maquiller, la coiffer, effacer les rides apparues en deux années de détention, la rendre belle. Elle est seule dans sa minuscule cellule dont les murs sont couverts de photos de Guillaume et Augustin.

Djamila, en liberté conditionnelle, a suivi le procès, assise au premier rang de la foule, et l'a encouragée du regard pendant les quatre jours d'audience. À ses côtés, Laura, elle non plus, ne l'a pas lâchée du regard.

Les dernières semaines avant le procès, elles ont travaillé ensemble, elle l'a fait répéter.

— L'impression que tu donneras au tribunal, surtout aux jurés, sera capitale. N'oublie pas qu'eux aussi lisent la presse avant d'arriver.

Laura lui a recommandé d'éviter de regarder Patrick :

— Il va chercher à te déstabiliser.

Raphaëlle n'a pu s'empêcher de le faire. En deux ans, Patrick a grossi, s'est dégarni. Il a pris dix ans. Un journaliste racontera sur RTL : « La jeune femme a longuement fixé l'homme qui fut son amant pendant trois ans. Dans son regard se mêlent étonnement, déception et colère. Comme si, soudain, elle réalisait en l'apercevant l'ampleur de son erreur. »

Après le verdict, dans l'agitation qui s'est emparée du tribunal, Laura et Djamila ont tenté de l'approcher, de traverser le cordon de police.

Le président a ordonné d'évacuer la salle et elles ont été repoussées au milieu d'une foule aux réactions partagées. Certains ont applaudi, d'autres ont hurlé leur mécontentement.

Mais aujourd'hui, quand elle l'aperçoit dans le brouhaha de la salle réservée aux visiteurs, le visage de Raphaëlle s'éclaire. Elle s'avance et elle étreint Laura, s'attendant à tout instant qu'une gardienne ordonne qu'elles se séparent. Mais aucune n'intervient, et elles restent ainsi, silencieuses, de longues minutes.

Ce n'est qu'une fois revenue dans sa cellule que Raphaëlle lit le journal que lui a apporté Laura. Sans se presser, elle se prépare un café, le boit par petites gorgées, s'allonge sur son matelas étroit. Enfin, elle ouvre *Sud-Ouest*, où le verdict fait la une.

C'est à l'issue d'un délibéré de près de cinq heures que le verdict est tombé. À l'énoncé du jugement, Raphaëlle Constantino s'est effondrée en larmes sur sa chaise, vite réconfortée par son avocat. De l'autre côté du box, Patrick

Maisonnave, furieux, a hurlé à l'adresse des siens qu'il était innocent. Menotté avec difficulté, il a rapidement été emporté par les policiers. Des cris, des applaudissements, des huées, des pleurs, c'est dans la confusion la plus totale que s'est achevé le procès de ceux qui, un peu trop vite, ont été surnommés « les amants diaboliques ».

Les quatre jours d'audience ont été d'une tension extrême entre deux accusés qui se sont renvoyé la responsabilité de l'assassinat de Cécile Maisonnave.

L'un, le mari adultérin, a continué à nier avec force avoir tué sa femme. Son avocat, Alain Grenier, a accusé formellement l'ancienne maîtresse, énumérant les preuves rassemblées contre elle par les enquêteurs. Maisonnave s'est dit victime d'une femme perverse et calculatrice.

Sa stratégie de défense était simple : « Ma seule faute, a-t-il dit, a été de ne pas réaliser que Mme Constantino est instable psychologiquement et j'ai été piégé par une folle. » Pendant quatre jours, son avocat et lui ont mené une attaque systématique et brutale contre la jeune femme.

Le repentir de l'accusée

Raphaëlle Constantino, en revanche, s'est montrée beaucoup plus réservée. C'est d'une voix plaintive qu'elle a reconnu sa faute. Elle a avoué, les yeux humides, avoir accompagné son amant ce soir-là : « Je ne veux pas fuir mes responsabilités, a-t-elle affirmé de son côté, mais j'ai été comme ensorcelée par cet homme. Depuis le début de notre liaison, je n'ai vu ma vie qu'à travers lui. Je l'ai aimé au-delà de tout et j'ai perdu le sens des réalités. » Il a fallu suspendre un moment les débats quand elle a parlé de ses deux garçons. « Je les ai abandonnés pour lui, parce qu'il me le demandait, parce que je croyais lui donner la plus belle des preuves d'amour. Aujourd'hui, j'ai peur de les avoir perdus à jamais, qu'ils ne veulent plus de moi. » C'est en larmes que la jeune femme, amaigrie par deux années de détention, a murmuré : « Je voudrais que mes fils m'entendent, leur dire à quel point je les aime et à quel point je regrette tout ce qui s'est passé. Je n'ai qu'une excuse : avoir été séduite puis ensorcelée par un homme calculateur. Mais jusqu'à la fin de mes jours je me demanderai comment j'ai pu les sacrifier, moi qui les aimais plus que tout. »

C'est alors que Patrick Maisonnave a explosé de colère. Indifférent aux demandes répétées du juge de se taire et aux interventions de son avocat pour le calmer, il a traité son ancienne maîtresse de menteuse, de monstre, et même de sorcière, les mêmes qualificatifs dont le couple affublait la défunte. « Ses gosses, a-t-il hurlé, elle n'en avait rien à foutre ! Ne vous laissez pas manipuler par son cinéma. Cette femme est folle ! Ce n'est pas elle la victime, mais moi ! » Il s'est tourné vers l'assemblée, a fixé son fils et ses deux filles assis au premier rang et s'est écrié : « Je vous aime, mes enfants ! » Le président Hervé Pauchon a dû à nouveau interrompre les débats. Mais à ce moment-là, au deuxième jour du procès, on a senti que le jury basculait en faveur de Raphaëlle Constantino. Ce sentiment s'est accentué au cours des audiences suivantes. À une jeune femme contrite, Maisonnave n'opposait que sa haine. Sa véhémence autant que son mépris pour sa coaccusée ont fini par agacer.

Trahi par ses souliers

La cour a basculé définitivement lorsque le commissaire Castaneda, un policier à la carrière exemplaire, est venu dire comment il avait repéré que l'inculpé avait changé de chaussures pendant la fête des anciens de son école. « Nous avons examiné des dizaines de photos prises durant la soirée. L'évidence m'a sauté aux yeux. Il a d'abord nié, puis quand nous lui avons montré les photos, ses explications ne nous ont pas convaincus, d'autant que les taches relevées au luminol sur les mocassins qu'il portait au début de la soirée sont bien celles du sang de sa femme. »

Maisonnave a répété ce qu'il avait dit au commissaire. Il a effectivement changé de souliers car il était plus à son aise dans les autres et il a remis la première paire pour rentrer chez lui. C'est quand il s'est précipité vers le corps de sa femme que ses mocassins ont été souillés par son sang.

« Comment expliquez-vous que les policiers ont indiqué que vous étiez pieds nus quand ils vous ont découvert auprès du corps de votre femme ? »

Maisonnave a répondu sans se démonter : « J'ai enlevé mes mocassins en attendant les secours. »

La réponse a fait sourire le président Pauchon : « ... pour ne pas les tacher ! Cela ne tient pas, monsieur Maisonnave. Et vous le savez. Vous aviez pris une douche en rentrant chez vous... »

Ensuite, il fut facile à Jean Durupt de démontrer que Maisonnave avait tout planifié pour faire porter l'entière responsabilité de l'assassinat à sa maîtresse. « Cet homme a tout manigancé pendant des mois », a-t-il affirmé à la face d'un accusé qui le toisait dans un mélange de morgue et de mépris.

Jusqu'au bout, Maisonnave a nié l'évidence.

Un verdict contrasté

Au final, la cour a suivi les recommandations de l'avocat général, Vincent Robert, qui a été indulgent avec Raphaëlle Constantino. « Cette femme est coupable, mais elle est aussi victime d'un manipulateur sans états d'âme. » Pour expliquer son indulgence, il a dit, en s'adressant à Raphaëlle : « J'ai été sensible à votre repentir, madame. Et je demande à la cour d'en tenir compte. »

En revanche, il s'est montré très sévère avec Patrick, qualifié de « grand ordonnateur de ce crime sordide. Sordide, parce que, au-delà de la mort terrible d'une femme et d'une mère, il a manipulé tout le monde, sa maîtresse, ses amis, ses employeurs, ses enfants, sa famille. Il a non seulement trompé son épouse, mais aussi sa maîtresse.

Oh, non pas en s'offrant d'autres liaisons, mais en lui faisant croire qu'il l'aimait à la folie, en lui faisant miroiter qu'ils vivraient ensemble, en décrivant la malheureuse Cécile Maisonnave tel un monstre, en faisant porter l'entière responsabilité du crime à sa maîtresse, ce crime qu'il a commis. C'est un homme sans scrupules, un homme qui n'a manifesté aucun remords que je vous demande de condamner lourdement ».

Dans la salle, les trois enfants de Patrick Maisonnave ont éclaté en sanglots. Jusqu'au bout, ils ont soutenu leur papa et haï celle qui, selon eux, est responsable de leur malheur.

Raphaëlle referme le journal sans achever l'article. Elle esquisse un sourire en lisant le titre qui s'étale sur toute la une : « Les amants diaboliques : clémence pour elle, sévérité pour lui ».

Patrick a été condamné à vingt-deux ans de réclusion criminelle. Il a décidé de faire appel.

Raphaëlle a pris quatre ans, dont un avec sursis. Grâce aux remises de peine et comme le parquet a annoncé qu'il ne ferait pas appel du jugement la concernant, elle devrait sortir dans les semaines qui viennent.

Elle a gagné, sa stratégie s'est avérée la bonne. Mais à quel prix : des mois de prison, de solitude, d'espoirs déçus, de peur, de haine et aussi de mépris de soi.

Raphaëlle ne sourit plus, elle sanglote.

Si elle pleure maintenant, ce n'est pas parce que son cauchemar est enfin terminé, mais au contraire parce que son combat continue.

Le prochain s'annonce difficile : reconquérir ses deux garçons.

Elle y mettra la même force que celle qui lui a permis de vaincre et de sortir de cet enfer.

Rien ni personne ne l'arrêtera.

Du même auteur :

Le Jour de ma mort, Sonatine, 2019 ; Le Livre de Poche, 2020

Sauvez-moi, Sonatine, 2018 ; Le Livre de Poche, 2019

Ne nous quittons pas, Albin Michel, 2017 ; Le Livre de Poche, 2018

Hortense, Sonatine, 2016 ; Le Livre de Poche, 2017

Scènes de crime : 60 portraits de meurtriers célèbres, Presses de la Cité, 2015

Tu me plais, Le Livre de Poche, 2015

Deux gouttes d'eau, Sonatine, 2015 ; Le Livre de Poche, 2016

Qui ?, Sonatine, 2013 ; Le Livre de Poche, 2014

Grands criminels de l'histoire, Éditions Radio France Roularta, 2012

Adieu, Sonatine, 2011 ; Le Livre de Poche, 2013

Ce soir je vais tuer l'assassin de mon fils, Anne Carrière, 2009 ; Le Livre de Poche, 2011

La Théorie des six, Anne Carrière, 2008 ; Le Livre de Poche, 2010

La Femme du monstre, Anne Carrière, 2007 ; Le Livre de Poche, 2009
La France qui gagne, Liber, 1996
Gens de l'Est, La Découverte, 1992
La Longue Peine, Calmann-Lévy, 1989

PAPIER À BASE DE FIBRES CERTIFIÉES

Le Livre de Poche s'engage pour l'environnement en réduisant l'empreinte carbone de ses livres. Celle de cet exemplaire est de :
250 g éq. CO_2
Rendez-vous sur www.livredepoche-durable.fr

Composition réalisée par PCA

Achevé d'imprimer en septembre 2021, en France sur Presse Offset par
Maury Imprimeur – 45330 Malesherbes
N° d'impression : 256930
Dépôt légal 1re publication : octobre 2021
LIBRAIRIE GÉNÉRALE FRANÇAISE – 21, rue du Montparnasse – 75298 Paris Cedex 06

26/9177/3